U0525424

巷里林泉

杨云苏

著

四川文艺出版社

果麦文化 出品

目录

谈猫
/
1

啥子孃孃
/
40

雾里火车
/
61

洗头
/
70

我带炖肉去看你
/
79

她自己的主人
/
122

嘎
/
129

瓦煲楼
/
142

吕青工
/
152

他的好手段
/
171

我爸八则
/
185

吃白米酥的唐兵
/
194

哭得响点儿
/
263

谈猫

一

丹叔叔本身是物理教授,这么多年教过的学生只怕逾万。另外,他以前给很多朋友和邻居的孩子补习功课,光我们家就有三四人,算起来编外的学生又已近百。再有他曾勤工俭学,教钢琴贴补生计,琴课学生还有好几十。这么多这么多学生,能跟他说上话,或者说他有兴趣交谈一番的,这些年我感觉,我绝对算一个。要知道丹叔叔虽然温厚和善,却又有些孤僻,又带一点少年的腼腆,平常话少,对我们子侄辈更是长年地但笑不语,能跟他连续说上几句话他还没有托词走掉,或者所谓正事说完他还能闲话几句的,实在不多见。我有次竟然,天,还得到这样一种待遇:他骑车经过,我隔老远就点头哈腰向他问好,他到面前时不仅捏了闸,还下了车——下了车,站在地上与我说了话。而最常见的是他虽然也堆着笑,但不仅不停还脚下暗暗使劲儿一踩,冲刺般掠过想要与他攀谈的人,或者实在混不掉不得不停下时,他叉开腿,两脚点地,手不离把,臀不离座,肢体语言一望而知:时刻准备溜。

所以,丹叔叔特别看重我。我可以得出这个结论了。

尽管他很可能并不希望我到处去说我曾在数学方面师从于他。那是二十多年前了,我才十五岁,一生的数学天分就已经耗尽,成绩糟透。姨妈姨父跟丹叔叔是邻居,很要好,他们求到他,求他当我是活马医,丹叔叔那样温厚和善,只能默默答应。遗憾的是后来马还是死掉了,这当然是马的问题,但丹叔叔跟我毕竟有了一场师徒情分。只要不提数学。现在很多年过去,我也醒事不少,看得出来他对我真是一种平等的亲切。只要不提数学。

一开始,我并不明白桃李天下的丹叔叔为什么会特别看重我,我只是惊喜得意,我就猜啊,是我比较懂事?我更孝顺?我人品出众?然而又似乎都不足以匹配这份殊荣。四顾无人时我还进行了更为大胆的推测——我比大家有出息?

可是"大家",也就是丹叔叔历年的学生当中,有小小年纪便获得奥物大奖的,有轻松考入普林斯顿的,有进入国家级科研团队的,还有那些弹着肖邦、李斯特走向世界的……我比大家……有出……息?

结果没太久就解密了,丹叔叔看重我是因为要跟我谈猫。对,谈猫。

不要想深了,"谈猫"并不是专有名词,也没有特殊含义,就是字面的意思，谈谈我们看见的猫。四川大学望江校区这边猫很多，个个可爱得令人痛心。一般人见了听了都会很喜欢很着迷，很容易沉湎于此，丹叔叔就已经到了难以自拔的地步。我知道他自己是不养猫的，大概总是家里条件不具备，所以他总是，现在讲的，"云吸猫"。他找我谈猫为的就是过一过这个干瘾，我的功能相当于饭后一支烟。

　　他太喜欢跟我谈猫。谈猫他只喜欢跟我。实际上他跟我只谈猫。有时候他也客套客套，也问起我的职业生计，也聊聊最近天气，也议论几句时局，但我一看就知道他这都是虚招儿，东拉西扯，他真正要跟我谈的就是猫，不管从哪里下嘴，十小节后一定会奏响猫的主题曲。他非常狡黠，果然教育工作者看人眼睛真毒，我别的不敢说，谈猫谈得不是一般地好，能谈得很透，很过瘾，跟我谈过的人没有不赞的，我的出息主要就体现在谈猫上。他们做老师的，对每个学生的情况心里都明镜儿似的吧？这个孩子稍微指导一下就能拿奥物名次；这个只需突击一年就稳进普林斯顿；这个得悉心栽培，中国空天的未来就在他肩上；这个要全力雕琢，她一定会成为古典音乐演奏的华人新星……那个，回头谈猫找她。

　　老实说我现在已经不懊恼了，不躁了，不怨了，我也想通了，这个世界上总得有人谈猫吧，你也不谈他也不谈，你去拿大奖上名校，他去搞科研搞艺术，老师想谈猫了怎么办？想谈猫谈不成把他憋坏了怎么办？所以总得有人做这个事。

　　谈猫。

3

我们第一次谈猫是四年多前,第一次就谈得很深入,畅所欲言,风暴式的。

那天我是去姨妈家看望姨父。姨父那时刚刚出院,但休养阶段任性胡闹,姨妈的劝诫他根本不听,一整天躺在躺椅上追剧,连看九集七个小时没怎么动窝,犯了大忌,次日便出现血栓,再度入院,姨妈把他骂惨了。等这趟出院时他气焰矮了不少,自知理亏嘛。为了转移姨妈的注意力,他一出院就通知我可以去看望他,陪姨妈好好聊聊。

我到时是下午,一进门看见丹叔叔已经在那里,多半也是被强邀来探病的。家里电视机关着,躺椅的靠背调直了,姨父时而站起来走动一下,表现出良好的自我控制力。姨妈又倒茶又削水果,被老式的待客之道支使得团团转。我表弟塔塔没上班,坐在远一点的地方,假装参加聊天,其实在玩游戏。其乐融融。然而我稍坐了一下就感觉气氛有点尴尬,因为发现丹叔叔只要一问起这次血栓住院的具体情况,姨父就打断人家。

"二哥你这回还是遭了一点罪嘎?"丹叔叔一向叫我姨父"二哥",倒并不是他们结拜过,"二哥"就是我姨父的外号,他们那帮人都这么叫他。

"哦,没有没有,处置得很及时,简直没遭罪。"一派胡言。那天多么惊险我是知道的,他腿肿得象腿一般了,还"简直没遭罪"。

"你这个血栓是怎么形成的啊?是运动得不得法吗……"丹叔叔不解。

"你尝一下我新泡的仔姜……你去捞一碗,等会儿给他们带走。"姨父推姨妈去厨房捞姜,姨妈不动,乜斜眼睛看着他,早把他看透了。

"他血栓咋个搞的?他不听劝看电视一口气看了九……"姨妈刚要开始演讲,还是被姨父打断了,"哎呀不说这个了嘛,别个不愿意听这些——"姨妈拗不过只得被他推着去捞姜,两个人咕咕哝哝一起走去厨房。

他们都这岁数了还有这种少年夫妻的回合,丹叔叔看了只是含笑垂头,一时也不知道该说啥。喝口茶又抬起头,向塔塔问:"结果后来那个小的怎么样了喃?"

"啊,没事了没事了,现在就是太瘦,精神还多好的。"塔塔赔笑答道。

他们说的"那个小的"并不是塔塔的小孩,而是他春节时从办公室带回的那只流浪猫。当时它快要生小猫,偏偏赶上公司放假,他就把它带回来,在家门口的空地角落搭了一个奢华的猫别墅,小猫们在那里平安降生。塔塔很得意,给自己记大功一件,天天在朋友圈图片直播炫耀。平常我们发朋友圈丹叔叔从不发声,可那几天他天天去给我弟点赞,还发了一个鼓掌、一个笑脸、一个红心,太丰富了。后来还写评论,问为什么有只小的看起来病怏怏的。可见动了真心。

然而说完两句,他们俩一时就没话了。塔塔是丹叔叔的学生,不仅幼年就整天缠着丹叔叔,本科时还规规矩矩地上了两年他的课,所以跟丹叔叔很像,一样是严重的理工男,笑多言少,是很多有趣话题的终结者。果然,他实在找不到话,半天挤出一句:"新生的猫还是有一定的死亡率的。"这怎么聊的天啊,真不会聊天。

"当然当然,应该可以查到。"丹叔叔说。这位更不会。

姨父他们捞好泡姜出来又闲话一阵,丹叔叔就告辞了。我本来也该走,正好与他一起,而且懂礼数的话还要送他到家才对,但我不太想跟丹叔叔一起,他对我们虽然亲切,但我们终究还是毕恭毕敬浑身拘束的,何况姨妈家离市区有点远,我一算得拘束一小时,就假装还要继续待下去,只得与丹叔叔道别。过了十分钟,我估摸他已经走远,也就出来了。

还走在单元外面的小路上,还没上大路,就看见七八步外的榕树下面站着一个人,看背影他像是在观察前面的岔道,不知道岔道上出了什么状况。他身上是一件阿迪达斯黑色三道杠运动衣,下面是一条阿迪达斯黑色三道杠运动裤,脚蹬黑色运动鞋,头戴黑色棒球帽,手里拎着黑色尼龙运动背包,不用打开看我都知道里面鼓起来的是一大包泡姜,跟我包里装的泡姜出自同一人同一坛——不是丹叔叔又是谁?他比我早出发十分钟,却仍在小区里,他搞什么搞呀。我只得叫他,这下我的小心思一定给他瞧破了。

"丹叔叔。"我大声道,"结果我还是没法在这边吃晚饭,临时有事还是要回家去。"笑着向他解释。

可他只是含含糊糊，还有点讪讪的，倒像被我瞧破了什么小心思。这种情形我可是头一次见，非常稀奇非常趣致，呵呵，我怎么能放过他。

"你在这儿干什么哪？你不是早就出来了咩？一直在这儿站起的啊？"我问。

"当然当然，我刚刚出来就在这儿站起了，确实站得久了一点，确实久了一点。"他一边说一边同我一起往前走，一边侧过身往后面看，很别扭的行进姿态。我顺着他的目光看，草丛里并没什么。

"跑了跑了。"他说，终于转头看我，"你出来得晚了一些，没看到刚才非常惊险的一幕。"他忽然停下，往左一指，"刚才那边来了一个人遛他的金毛，没拴绳绳，金毛昂首阔步。"又往右一指，"刚才从这边过来一只麻猫，在街沿上走。"

"啊！"我叫了一声。他虽寥寥数语，我却感到事情并不简单。丹叔叔看着我，意识到我很有愿望听下去。

"金毛要去那边，麻猫要过这边，它们两个——怎么样？"他问。老师的职业病。

"相向而行！"我抢答。

"对的！"他赞许道，"金毛人家就是金毛，很提劲，很得意。麻猫呢？它看到金毛以后，怎么样？它一下就愣住了，它不动了！"

丹叔叔说金毛的时候，我就有感觉了，心里暗暗一惊，因为发现他下意识地代入了金毛，两臂聚拢扮作前腿，还颠颠儿走了几步，面带微笑眼睛看天，以表现金毛的威武昂藏高傲憨傻。等他代入麻猫的时候，更不得了，全身心地投入表演事业中。他学麻猫，努力把身体缩成一团，胳膊扮前腿时只使用小臂，两手虚虚握拳，交叠行进所谓猫步。麻猫本来悠闲地在街沿上散步，发现金毛当前，立刻刹脚，随即伏下，贴地趴着一动不动，全身的肉和毛都呈现出高度的紧张，眼睛死死盯着金毛，眼神透露出一颗激动不已、贪婪无比的贼心。整套动作，从躯体到眼睛到贼心，丹叔叔环环相扣栩栩如生一气呵成。那一刻我也恍惚了，仿佛眼前没有阿迪达斯的衣帽三件套，没有人，只有一只麻猫本猫。

麻猫定住以后，他又去扮金毛，一人分饰两角，我万没料他竟这样娴熟。金毛发现麻猫却毫不在意，只是慢下了脚步，缓缓站住，从眼角俯视麻猫。

"人家金毛怎么样？"他问。

"啊怎么样？"我急等揭晓。

"——根本看不起它。"他叹道。又扮回麻猫，眼睛朝上盯着金毛。

"它咋个想的？"他伏地歪头问。

"啊咋个想的？"

"哼，狗东西好大个儿啊——老子要吃三顿才吃得完。"他从三瓣儿嘴的嘴角挤出冷笑。

二

丹叔叔一专多能我们早就领教，但今天我才发现，他其实是一个——演员。流派上当归斯坦尼（斯拉夫斯基）体系。从他刚才这一番表现看，毫无疑问，曲不离口，拳不离手，他平素一直在练、在钻、在悟。到底体系里的。

我瞧丹叔叔，但见他已经从角色中恢复到自己，一个貌端体健、和颜悦色，但孤僻寡语的物理教授。真的，要不是亲眼看见，绝想不到他会在路上给我来这么一段"教科书"式的无实物表演。其实，要讲做演员，按照现在的口味，丹叔叔未必能红，虽然貌端体健，但也就是貌端体健。多么出众谈不上。然而，他刚才那几下子我看竟然已经是老戏骨，迟早拿奖。一会儿金毛一会儿麻猫儿，一会儿又扮上帝。斯坦尼本人也不会更精彩了。阿迪达斯黑色尼龙三件套包裹着一个怎样的灵魂？

我模糊记得以前塔塔提过，他们上丹叔叔的光学课，他曾有令人难忘的表现。比如有次讲分光光谱，他忽然拐到音乐，一竿子找上巴赫十二平均律——我既不通音律又不懂物理，记住这些话实在太吃力了——他说什么巴赫把高八度内的十二个音平均分配，这样形成的和弦、调性的重组增强了调性的表现力，而光谱恰好在十二平均律内不断地重复、变化它的峰值高度，什么什么的，所以归结下来，这是他的原话了——"那么我讲：声音也是有颜色的。"塔塔说丹叔叔在课上讲这段话，讲着讲着就不对劲了，因为眼睛慢慢虚起来，半闭渐至全闭，微笑摇头,无限陶醉,仿佛去了另一个世界。而他平常哪是这个样子,平常他们都怕他那一双大眼睛,满含知识满含威胁,扫射着大家。

丹叔叔的眼睛大归大,却并没什么神采,我印象更深的不是黑眼珠而是眼白,像瓷碗瓷瓶子的白。他黑眼珠不那么鲜明,算起来黑白仿佛均等了。但这也许是他常浅浅地,不自觉地翻白眼的缘故,为那些他认为荒唐的事。我少年时代上他的课,因自知愚弱,噤若寒蝉,他看我的时候我不敢看他,我看他时他又不屑于看我,所以总记得他大大的一块眼白。更熟以后发现,白眼也好瞪眼也好,都是他的常态,毕竟生活中令他惊骇但又只得拉倒的事情太多,而塔塔说他眼睛慢慢虚起来,半闭进而全闭,我知道,这反倒不寻常了。

"从光说到音乐,又说声音有颜色,好酷哦嘎——可惜对牛弹琴的哇。"塔塔羞愧大笑,代表全班同学。他还记得丹叔叔闭眼沉醉的几秒钟,同学们都互相看,满教室眼色横飞,窸窸窣窣一阵小乱,没见过老师有这样深情的流露,都稀奇得不行,直到他眼睛一睁,笑靥忽收:"好,说回来……"

这件小事塔塔就是当时说到什么顺便提了几句,并没当回事,我却意识到丹叔叔的丰富,我还跟塔塔感叹:"别看你从小赖着丹叔叔,丹叔叔在我们家孩子里也明显最喜欢你,但你未必真的了解丹叔叔,他的世界很丰富的。"

"这有啥子嘛?"塔塔诧异道,"我晓得,他弹钢琴嘛,我妈说他弹得多好的。"

我表弟呢，是个理工男，所以我就不多做评价了。他对丹叔叔的爱是很深的，只是他自己不太知道，虽然他对丹叔叔很好，家里有时候会差他去给他送东西，他开很远的车也不辞劳苦。有次他发现丹叔叔抽了一点烟，就一定要送给他电子烟以免丹叔叔惨遭有害物质荼毒。他对他很好，但我仍然认为他不太知道自己多爱他，其实也许丹叔叔知道，他们理工男有自己的信息感知。在我看来他对丹叔叔的好没有好在点儿上，他还是不够了解丹叔叔最需要什么。

最需要什么？谈猫啊。电子烟算哪根葱。

我自从那次意识到谈猫是件大事要事之后，似乎也在丹叔叔那里确立了一个形象，一种功能，甚至拥有了一等地位，因为我开始跟他通微信了。其实我早就有他微信，除了年节向他请安问候，也曾经请教他一些自然科学的问题，甚至还发表一点看法。但他从不回复，或者很多天以后才回复一句半句，"肯动脑筋总是好的"。后来我也就不再自取其辱，安于做一个科盲。然而，近年他竟然主动发信息来了，主要是他随手拍的照片，全是他活动半径之内的猫。

"这个三花是常驻农林村门口的，它们本来是三弟兄，今天那两个不晓得去哪里了，只剩它一弟兄了。"

"竹林村大车棚新喂了一根橘猫，围到我转了下发现我没有火腿肠就跑了，很狡猾。"

"竹林村花坛那边突然出现一根玳瑁色[1]的大猫，有点凶。"

"研究生宿舍（男生）门口的麻花出走了，去了隔壁女生宿舍门口，据说有罐筒[2]——还是人家女生舍得。"

丹叔叔虽然教授光学很多年，但他自己随手拍摄的照片却……常常主体都不太明显。第一张三花一兄弟，乍看是一户人家的阳台，晾着萝卜条、白菜叶和几挂香肠，瓦盆里的天竺葵开着粉红的花，放到很大很大才发现墙根有只猫窝在那儿睡觉。第二张是他自己穿阿迪达斯黑色运动鞋的脚和半个自行车辋辘，快要出画的地方有一块黄斑，不知是橘猫的尾巴梢还是脚尖，果然狡猾。第三张是一片堆满枯叶的泥巴地，无边落木密密匝匝看得人头昏，得拿出当年看三维画的眼神儿才能分辨出前景那团落叶是玳瑁，凶倒是凶，模糊得凶。最后一张拍得很成功，拍到了男生宿舍一个空空荡荡的大门口，生动展现了失去麻花猫之后男生们晚景凄凉，对自己的抠门儿悔恨不已。

当然也偶有佳作。

"昨天在东风楼那边，住在底楼的老先生因为在家门口发现一堆大便，很愤怒，但不知道是出自人类还是动物所以也不知道该骂谁，他只好空泛地骂，吼得震天动地的。恰好有只黑猫

1　玳瑁色：玳瑁是一种海龟，壳子的颜色是黑黄相间。
2　罐筒：罐头。

经过，吓惨了，我看出它本来应该直走、走在路上的，但它不敢继续，它宁可钻进灌木绕冤枉路。"

图上的那只黑猫为了证明"吓惨了"，正转过身往回看，眼睛虽然看不清，但肢体语言果真是"惹不起惹不起"。可想暴怒的老先生正在画外跳脚大骂呢。

"我们坐上班车，我低头刚好看见一只麻猫蹲在我正对面不远，在很高的草丛里面东张西望的，同事说它经常在那里抓麻雀，那个位置非常好。"

这张虽然是大全景，但麻猫的神态竟然给他抓到了，那是一张坏蛋的包子脸，又恶又饿，山贼里不多见的肥仔。

"今天三弟兄大战一只巴儿狗！相当精彩！巴儿狗的主人遛狗没拴绳绳，尽[1]它个人去耍，她跟卖菜的在旁边摆龙门阵。结果巴儿狗就去骚扰三弟兄。照片上左一是老幺，右一是老大，老二被巴儿狗挡住了，只能看见它的尾巴。巴儿狗先想闻人家的罐筒，还没走到面前，老幺就哈气警告它，它不听，根本不听，去刨人家的碗，这下老大老二毛[2]了——好大的胆子不想活了咩？！狗也毛了，老子摸一下都摸不得嗦？狗也叫，凶得不得了了。我怕真出事，我就上前制止了。"

---

1 尽：让。
2 毛：生气。

按图索骥，左一是三花丙，左二是巴儿狗，巴儿狗背上伸出一根黄尾巴高高竖着，是三花乙，右一是最大的，三花甲。但奇怪的是，与会者虽然一个不少，却都没有看着对方，不像他说的剑拔弩张的危险情境，而是大家齐齐地看着镜头，都看着镜头，眼睛里是吃惊，好像不可思议的样子。我猜这时候就是他说的，"我就上前制止了。"因为三花甲乙丙和巴儿狗的眼神看上去都是：关你屁事？

我还收藏了一张非常珍贵的照片，那是我最喜欢的一只流浪猫，白嘴，是丹叔叔最早发现并介绍我们认识的。白嘴是奶牛猫，从头到尾像盖了一床漆黑的被子，只一个嘴四只蹄雪白。他说："那个动画片《汤姆和杰瑞》你看过吗？白嘴跟汤姆穿得一模一样——只有胡须不一样，汤姆是黑胡须。"白嘴的胡须是白的，仿佛小小年纪就艰辛操劳，愁白了。

第一次在照片上见白嘴，我就笑傻了，它还什么都没做呢，丹叔叔拍到的就是它在吃人家布施的猫粮。说是在吃，它却在警惕地观察周围，好像提防着被人下套儿。这倒不是它多心，丹叔叔说，听说有好几个人想逮它走，都太喜欢它了，没法了。那些人都跟我一样，一见白嘴就傻笑。丹叔叔模仿它的口气："笑啥子你们？——这儿的宝气[1]太多了。"

我就像订了一份《猫报》，不拘早中晚都能收到持续滚动

---

1 宝气：爱出风头的憨包。

14

的消息，足不出户，方圆三公里内流浪猫的动向和命运尽在掌握中。我给他的回复中原创很少，全都是搬运社交媒体上最火最炙手可热的猫网红，以及万千粉丝的精彩留言，常博他大笑。如此持续了大半年。

直到有一天，我想起来，有一个多星期丹叔叔都没有更新消息，发信打探他也不回，《猫报》忽然停刊了。哪有这样的啊。

三

我平常很少从东门进校园，因为在东门下车还要步行老远才到家，相当于把整个校园走了个对穿。除非像今天骑车。骑车的话必进东门。尽管南门离家近，西门和北门更堂皇，但对我来说东门才是打开校园的正确方式。因为整个20世纪80年代，我到姨妈家玩都从东门进进出出。以至于走东门本身就是一个欢乐的仪式，这后面有多少好事儿啊。姨妈非常疼爱我从不唠叨我成绩，姨父有各种古怪惊喜，五岁的表弟能提供大量笑料；天地宽，风景美，隔锅香，那神自由、放纵、如鱼得水的美滋滋，三十年过去了都还在。只要是骑车，我便过其他三门而不入，绕二里地也要进东门。

我骑得不慢，背上就汗毛毛的，有一点点刺痒，这刺痒让我觉得自己特年轻。进了东门是一条直路，趁着冬天园丁们把悬铃木的大枝都打掉了，所以一眼就能看到路尽处物理系的红楼。寒风从那边穿堂而来，我像扑通跳进一潭清波，舒服得想放歌。我还是像少女时代那么贪凉。

远远看见物理系门前的荷花池和池中岛，过去常常流连忘返之地，总还是有点激动。仍然没有脱敏。其实这池塘真是没啥出色的。四四方方，池壁由砂岩砌起来，除了简单的装饰线条没有更多设计。将就挖出来的泥巴在池心堆出一座岛，岛上花木久失维护，枯藤蔓草像野坡一样。倒又有座八角亭，远看朱红柱琉璃瓦，顶上立着葫芦，色彩虽然明艳，但整体实在太小，像盆景里的小物件小茶宠，掩映在枯藤蔓草间，晃眼只觉单薄抠搜。

可是越近越觉得今天这池塘不知哪里有点怪里怪气。

抵到池塘边时我刹住车细看。噢，原来他们把小岛大大修整一番，艾杀蓬蒿斩草除根，整个岛像理了个发登时清爽了。再一看，有更惊人的发现，亭子现出全貌——亭子哪里小了，八角亭乃是八角重檐亭，此前看见的是它小小的重檐而已。竟然错看了三十多年。可一旦看清全貌，那么大，那么空，反而觉得悲酸，长年人迹罕至，亭座、阑干、檐下、出入，一切为人的留人的设施终成虚设。唉，不由得叨咕一句：何处是归程，长亭更短亭。它仿佛就是诗里说的，苦旅中的一座荒亭一座弃亭。

我拍了张照片，发给丹叔叔了，不知道他是不是也会吃一惊。三十年前，最早到池塘来玩，是他带我和弟弟来的，他到系里办他的事，我们在池塘边等他。池塘非常有玩头，水里有鱼，有泥鳅，水鸟在睡莲间游弋，青蛙趴在石缝里等虫子飞到嘴边。现在想起来丹叔叔其实并没有跟我们一起在池塘边玩过，他带我们来只是顺便而已。他也从来没有说起过池塘的好玩，也许是因为他从没意识到池塘好玩。我还记得我跟弟弟绕着池塘追一只水鸟，丹叔叔远远地在对岸松树下等我们，双手背在背后，松弛地稍息，既不加入我们也不催促我们，姿态是一种单纯意义的等，等的是时间而不是两个贪玩的孩子。他虽然跟我姨父要好，但他们实在不一样，每回我姨父跟我们一起玩，最后总是我们催他"够了嘛，该走得了"，不然他可以一直玩到天黑的。而丹叔叔是可以等到天黑。所以我甚至有一个印象，丹叔叔对校园景色并不怎么留意，那么多好玩的地方他都视而不见，走过池塘、扁竹兰草地、芭蕉林还有最好玩的斑鸠树林，他连停也不停一下的，真白瞎了。我有次要写校园里的一处旧景，听说那边曾是学校教师子弟的快乐天地，而我模糊记得丹叔叔从小在那边长大，兴致勃勃向他打听掌故，结果他回信非常之简略："原先是水稻的试验田。"就完了。这可真噎人。要是有人问起我儿时玩过的地方，我三天三夜都讲不完呢。不过丹叔叔一向怪，"他不怪才怪了。"我点头同自己冷笑道。要说我对他一点微词也没有那倒也不是的，他惯会扫兴。

除非谈猫。

谈猫的话他能独力撑起一家报馆。他的《猫报》自创刊以来虽然读者只有寡人我一个，但还是办得蒸蒸日上。要不是他忽然住院了。

他在病床上躺了快一星期，很无聊的。那天我去医院探望他，陪他聊了好一阵。一开始他说他的病，其实也就是要做一个胆囊的微创手术，平常人都觉得没什么了不起的，甚至还会谢天谢地不是什么大麻烦，丹叔叔却很懊恼，甚至有点儿羞辱。因为他少年足球队员出身，这辈子除了可数的几次感冒，到现在还没有生过一回像样的病呢。

"二天我可能喝不成冰水了，医生说的。"他沮丧道，"冰西瓜、冷汤冷稀饭这些，都吃不成了，在相当长的一个历史阶段。"

我听了默默地吓一跳。这叫怎么回事，人家都捧着滚热的养生茶养生汤了，他怎么还灌冰水！在他这个年纪！我当然不便随意透露丹叔叔的私人信息，我只敢说我叫他叔叔，我反正四十多了。就算他是个年轻的叔叔，现在也到了该……加枸杞的年纪。

"太冰的东西好像本来也不宜……"我试图劝诫他，学我姨妈平常劝诫我的口气。

"没有充分的证据表明这一点。"他都不叫我说完，竖着食指朝天花板抖动几下，表示权威在那个方向，又将就这只手做了一个拉开门取东西仰头就喝的动作，"我一贯，一贯——直接。"我猜那门是个冰箱的门。他喝罢傲慢微笑道："——很巴适。"

我除了赔笑附和还能怎样。

"我给你削个梨儿？"我问。我看电视里探望病人都要削水果的。

"现在不是我吃水果的时间。"他说。我想起来了，丹叔叔是按每日作息表生活的。

"我去帮你把晚饭订了？"我真懂事。

"订好了。"他说。唉唉都说了是按作息表的我怎么又忘了。

两击不中我喉咙有点发干。

"最近怎么样，还好吧？"他微笑问。

"很好啊很好。"我道。怎么这会儿寒暄起这个。但我忽然听懂了。

"——最近我们那边来了一根焦黄的，早先从来没见过。"

"焦黄的？"丹叔叔本来半躺着，刚刚输完液拔了针头，闻言一边转身去给自己加了个枕头变成坐着，一边努力思考，"焦黄的……"

"焦黄的。我遇见过好几次，每次它都在27栋倒拐的地方坐起的，我喊它它不理我，钻到车子底下，我一走它就出来，还是在那儿坐起。"

"它在等开饭。"丹叔叔笑道。

"哦对，大车棚那边有个老头经常喂。"

"历史系的老主任。"没有他不知道的，"肯定它听说的这边伙食好，不晓得哪个传给它消息了。"

据说丹叔叔谢绝了好些朋友来探望他，一是不愿意给人家添麻烦，二是人家来了总要聊天吧，这下他可没地方躲了。他

19

这么孤僻，偏偏就有很多人要来看他，可见人缘究竟还是好的。我事先打电话给他，说姨妈告诉我他住院的消息，我离得近所以派我先来看望，他开始也说"还是不来的好，不必要"，我坚持了一下，他也就不再反对。挂了电话我昂首一笑，觉得自己还是比较有一些分量，有几分薄面。

结果他还是因为想谈猫。

"白嘴我前几天又看到它的。"我说。

"哦白嘴！它怎么样？"

"它很好。那天它跟一只麻猫吵架，在墙头上，我看到的。要打慌了，还是没有打起来。"

"现在冬天家，吵啥子嘛？"他不解。一般认为猫只在春天才会斗殴，为了爱情。

"擦枪走火。"我正色，丹叔叔耸肩一笑。"白嘴你不要看它叫白嘴，"我说，"它嘴巴其实脏得要死，一直骂脏话啊。"我摇头。丹叔叔笑，不说话，期待我说下去。"我给你学一段儿？"我说。丹叔叔愣了，意思这怎么学。

我对白嘴它们很了解，因为整天在我楼下吵得鸡犬不宁。我决定采用它那种刁顽而滑稽的、自以为天下第一邪恶第一狠毒的音调，高高低低反复几次，填上词，词是对它原话的直译。我凑到床边，压低嗓子：

"锤——子哦，你个狗——日的……老子整——死你信不信。"我鬼哭狼嚎道。

丹叔叔笑得背过气去。我自己绷住了不笑，淡淡地等他。

等啊等。他偶然抬头时眼角依稀竟有泪光。

"原话。"我又说。他笑得更厉害,半天挤出几个字:"信达雅。"

四

我有个,怎么说呢,不知道是不是错觉,好像丹叔叔出院以后变本加厉了,对猫。一方面更为急迫地收集情报,一方面也更为积极地输出。我就是在那段时间里认识了石宝弟。石宝弟绝对想不到,跟它八竿子打不着的一个人对它每天的一举一动一颦一笑完全了如指掌。那段时间的《猫报》期期是石宝弟特刊。

石宝弟是丹叔叔一个老同学的猫,美短,不到一岁,智商很高。那家的宠物除石宝弟之外还有一只蝴蝶犬,按说它们俩算同僚,共事多年,但石宝弟不知道为什么一直以主人自居,常常玩弄狗子。比如狗子要出门,它蹲在门口不让,左堵右断。或者狗子要从凳子上跳下来它就围着凳子做高速运动,不给留空地。丹叔叔最爱看这种视频,老同学一发来他就转发给我,还提醒"可以收藏"。他自己肯定是要收藏的,因为第一次发来之后隔了很久,他大概忘了曾经发过,又发了一遍来,还配了一些文字注释:

"石宝弟像不像一个老练的驯兽员!!!"他认为石宝弟就不算兽。

"狗儿太老实了！不懂得利用自身体形优势！！"狗子肯定有名字但他不知道。

"注意看石宝弟的左右手配合！左手上都是假动作发现没有！！！"富含智能的爪他称之为手。

他这样挥霍惊叹号，全世界的储备都不够了。后来他学会了发语音，我才知道惊叹号在他这里不光是惊叹感叹，另有一重功能似乎更强烈，可以重新命名为"狂笑号"。因为他在语音里常常说不了一句整话，老被自己的狂笑打断、打哑甚至呛住。

"石宝弟最后还……还……哈哈哈哈……还卖了一个破……破哈哈哈哈破绽，它把屁股去对到狗儿，狗儿以为……哈哈哈哈有机可……哈哈哈乘，结果石宝弟跳起来给了……哈哈哈给了它脑壳一下，哈哈哈咳咳咳咳……'咚'的一家伙，你听到没有哈哈哈咳咳咳咳"。

老实说这段视频平平淡淡，猫狗相争不都那样吗。唯一好笑的在视频外，猫狗相争丹叔得利，狂笑把他的智商拖垮了，可这我又不能告诉他。所以我也乐，我们各乐一摊儿。

谁知道好景不长，《猫报》办到最火热的时候再次停刊了，有一天早晨我接到他通知，丹叔叔说："石宝弟掉了，我同学全家出去找了四天都没找到。"我问："咋个掉的嘛？"他也没回。我后来忙起来也就忘了这事，晚上忽然想到又问："石宝弟找到了吗？它回家了吗？"一连发过去三四条也都没有回信。次日、再次日都没有回信，他那边好像非常非常寂静。我知道他一定难过了。

之后很长时间，总有一个月，他没有任何消息。我也没再联系他，因为他跟我如果不谈猫其实是没太多话的，我甚至认为既然我这人跟猫的联系如此紧密，这段时间我这人也最好不要再出现，免得老提醒他。

星期五下午，我送小孩回他外婆外公家转来，找了一辆车骑上，沿着江边。江边开阔，有点冷风，风带来岷江上游山石草木的气息。这气息外人闻着大概是受不了的，因为透着枯木苍苔的苦、砂岩的石腥气、树林中长年阴雨的腐沤，还有雪线以上刀锋一样的寒冷。但我们本地人闻着正好，每一味都正宗、每一味都不能少。大概四川人性格中的坚忍沉默跟自幼服食这种气体有关。

拐进临江路，这边正在修地铁，车道非常狭窄，幸好也没什么人。秋末天光短了，六点过已经黑透，街灯刚亮。不过亮了也很昏暗，因为路边的香樟树太茂密，灯光被密鳞一样的树叶完全包裹住，漏不下几缕。即便如此，我也认出来前面不远，那个趴在山地车上的背影是丹叔叔。他骑得有点慢，不是优哉游哉那样的慢法，而是有一点疲惫，不想花太多力气蹬车。他穿的还是黑色运动装，在灯光照不到的时候他的背影几乎消失，忽而又黄黄地亮一下，衣服上一处细小的荧光标志幽幽地反一下光。他伏在车上像浮在水上，像一个在水里寻求安慰的泳者。太阳下山以后河水变黑了、变冷了，阻力奇大他游不快，也不太愿意浮在水面，他深吸一口气就沉下去，水面上陡然寂静，好半天他才伸出头吐口气，然后又沉下去。

我在想要不要叫他，赶上去打个招呼，问问石宝弟咋样了找着没有。但算了吧，要找着了他必定早就告诉我。我捏了刹车，落下去一截。我猜我们不会同路太久。果然他在路口就要左转了。

路口上突然很热闹，水果店、甜品站、炒货铺子开了一长溜，灯火通明，行人也稠密。一大群姑娘小伙子勾肩搭背地过马路，丹叔叔刚刹车站住就一下子被他们吞没掉。我完全藏进路边的树影中，在人群里寻找他的脸。很好找，因为他比他们都白，老实说丹叔叔虽然好像没什么不健康，但面色总是苍白的。另一个使他非常显眼的特征是，他没有一丝一毫的笑意。当然，一个人走在大街上平白无故笑什么笑呢，但他的表情比没有表情还要再空旷一些，他表情的信息量好像是一个负值。最奇怪的是，在一大群青春热烈的年轻脸庞里，他并不显老，虽不显老又不显年轻，他好像没有合适的年龄可以归属。

一个不留神他就不见了，年轻人里再也找不着他，等好一会儿他们终于走过去，丹叔叔才又显露出来，原来他弓下腰在看地上的什么东西。地上的东西被他的车辘轳挡得严严实实，我啥也看不见，只看见是一家卖瓜子花生的小铺子，门口堆着好些竹筐麻袋。他又掏出手机来回比画了一下，好像拍了照片。

车一多人一挤我在路边就待不住了，心里跟丹叔叔说了声"拜拜"，然后往右一拐骑进了大院儿。刚停好车微信就响了，是丹叔叔的，两条。第一条是张照片，一只橘猫在吃饭，猫脸长啥样、吃的啥饭统统看不见，因为是个大俯拍。橘猫很瘦小，在构图不讲究的画面中只占有中间的一小块，四周的竹筐麻袋显得又高又壮。照片之后还有几行字："学校门口的铺子头养的。正如塔塔小时候说的——把别个拴到喂,太坏了!!"我再去看照片,果然发现在橘猫的颈项上拴着一条破布带子,拖出一大截在地上,另一头不知拴去哪里。再回去看微信,看见在这句话的最后,是一个流泪的表情——继笑脸、鼓掌和红心之后,丹叔叔又学会了使用"流泪"。我记起来这话的确是我表弟五六岁的时候说的,那次他也是看见人家养的猫在吃饭,颈项上的绳子绷得紧紧的,猫吃得相当费力。他当然不懂,这种猫是工作猫,人家养着是为驱鼠,不拴绳子它立刻就抛家舍业再也不回来了。塔塔很心疼,但他才没哭,他火冒三丈骂骂咧咧。

丹叔叔哭了,在表情符号里。

怎么回复我可真是很费思量。只想到几句安慰的话,我说:"可能它太小了还不醒事,人家只能这样强制它认门,可能过几天养家了就不得拴了哦?不然咋个逮耗子喃?肯定要松绑噻——不松的话我就喊塔塔一起去抗议!"刚发过去就收到回信了,五个哈哈大笑的表情。丹叔叔生活里似乎很少见他这样豪爽,没想到微信里能见到,还五倍量。其实,他怎么会想不到我说的那些,我难道还能比他更有阅历了?所以,终究还是情感上太陷入的缘故。

五

我们就此重新联系上了,但他不提石宝弟我也不提,而且

《猫报》没有再恢复。元旦，我给他发了微信，就是极简短地问候了一下，知道他不会回复。果然没有回复。除夕再发时却收到了回复，是一个奶牛猫的大脸，奶牛猫嫌恶地看着我，字幕是"恭贺新禧"。仔细看时又发现底下还有一行小字，"张雄平祝您阖家团圆万事如意"。张雄平是谁？我愣了一下才明白，他肯定是转发别人发给他的呗——因为这个对他而言必然是"最佳"贺岁微信。我收了这样一个莫名其妙的二手祝福，非但不气，还很开心，知道这才是丹叔叔的一片真心。另外，总觉得《猫报》似乎又有复刊的苗头了。

那年过完元宵节我就要去北京工作，而且计划又有好几年不会再回成都久住。其实，年初定下来后，整年都闷闷不乐的，只要一想起离别。走之前我决定把该请的人请一圈，心里好像能舒服点。丹叔叔是其中最后一位。他居然接到邀请后没有谢绝。

我找了家离他很近的饭馆，点菜时绞尽脑汁琢磨他的口味。记得原先他与我姨父做邻居时他们经常去大门口的卤菜店买卤牛肉，百吃不厌。但因为青年教师薪水低，他们只能称个二两三两，回来下一大碗面，每一片都弥足珍贵，所以从来也没真正吃痛快过。有次我问他，假如完全不管不顾，到底能吃多少牛肉？一斤？三斤？我还记得他瞪着眼，好像非常诧异我怎么能问出这种荒谬的问题，"一斤？三斤？——我论头！一整头！"说完翻个白眼耸耸肩。

一整头牛我还是买不起，但点了一个灯影牛头皮，一个烟笋烧牛尾，一头一尾算凑上了。不知他还记不记得这桩旧事。

丹叔叔坐下时已经开始上菜,他并没有迟到,是我太早,对他我总有一种格外的恭敬,所以总是用力过猛。他肯定也知道我这个昔日差生格外恭敬的心理,他会不由自主流露出不落忍,会格外地安抚我,表示过去的事情就让它过去吧,所以他也总是用力过猛。

"我非常抱歉地通知你,你精心为我准备的这些——"他还专门用普通话说,为了将就我,同时也是尽量显得郑重。但他一开口我就乐了。

"啊咋了咋了?"他被打断了很不安。

"没事没事您说——我还以为到机场了——您请接着说。"

"哦哦——我是说啊,我很抱歉,我现在一口都吃不了,这些好东西。"

"啊为啥喃?"我急了就自然切换回乡音。

"我——不吃馆子——已经很多年了。"他微笑道,"算是我给我自己的一个死命令吧。"

"咹?死命令?……完全不吃吗?"

"几乎不吃……呵呵当然当然,你主观上也可以把这一点看成是我的一个怪癖。"

什么叫我"主观上也可以"?你这明明从客观上就是一个怪癖呀!说得好像很体谅我没有客观判断力似的。我有点儿气。我十四五岁认识丹叔叔至今,本以为对他的各种怪癖早已经熟练掌握,没有我应付不了的,万万没想到他还有新招儿。但是,唉,算了,这是我的问题。

"我来付账哈,你不要跟我争——你放开好生吃,吃不完打包就是了。"他说话的时候竖着一只手掌,隔在我们中间,像门板一样把我的抗议挡在外面,同时又闭上了眼睛,连我的目光也不接收,双保险。我看他是早都想好了。我心里苦笑一下,好好好,你买单,早知道点个东星斑。

我们说着话,菜已经上齐了,店伙报菜名道:"灯影牛头皮——""烟笋烧牛尾——"

烟笋烧牛尾倒没什么特别,半透明的灯影牛头皮浸在清亮的芝麻红油里,真是相当漂亮。

"现在你还爱吃牛肉吗?"我笑问,伸筷子去撺那尖上裹满芝麻的一片。

"哈哈哈哈!我记得有一次你问我最多能吃好多,我说我要吃一整头,你吓得眼珠都掉出来了,哈哈哈哈。"

我嘴被占了笑不出来,拼命点头。红油配牛头皮的美味匪夷所思,既糯却韧,对立统一。幸好丹叔叔不吃,这一碟全归我。老实说全归我我还未必够呢。

"……你肯定吃不完对不对?"他盯了一下碟子,又看我。我咯噔一下,什么意思。

"这样,我们干脆,把你肯定吃不完的那一部分打包,你看怎么样,行不行?"他边说边又瞟了一眼碟子,"你吃剩的,我说的是,我也打包一点,拿回去明天吃,这下我们两个都很巴适!——你不得反对嘛嘎?"他微笑着看我。

他很明显惦记上牛头皮了。打包我吃剩的？谁信啊，我听了这话我还好意思继续吃？传出去我成什么人了？另外，你不是不吃馆子吗，还"很多年"，还"死命令"，你这死命令还真灵活呢。居然问我会不会反对？请问我要怎么反对。我还给他一个微笑道："好啊这样最好，你把我想的都说出来了。"

他很开心，马上请服务员送来餐盒。我一直记得他是那种动作把稳甚至有一点迟缓的人，没想到折箩他动作倒快，哗的一下把牛头皮连油带料全部倾进餐盒，碟子里立刻只剩一个红圈。而且我就垂头去喝口茶而已，一抬头他轰的一下把烟笋牛尾也装盒了。"哎？哎哎？……"我叫道。

"不要慌，"他忍着笑，"我不要你的烟笋牛尾，我只是帮你把它打包，我料定你吃不下。"

桌上还剩一碗酸菜鱼片汤和一碟清炒豌豆颠，我自己吃的话……确实好像也够吃了，但不知怎么的总觉得不大对劲。

"你慢慢吃你的，根本不要着急，完全不要着急，我们随便摆龙门阵嘛。"说着他跷起一个二郎腿，同时把手里一直握着的一串自行车钥匙、一个不智能手机和一个充电宝都放在桌上，还有一个透明塑料袋他放在旁边空椅子上，里面是四五根莴笋尖和一个白萝卜，"是我的晚饭，哈哈哈。"他道，"等会儿回去弄个汤。"在仰身往后靠的时候他把背后背的小包转到前面，但并没取下来。"慢慢吃你的哈！"又微笑叮嘱我。

我忽然想起来姨妈讲过一件事，当笑话讲的，说丹叔叔逃避社交到什么程度呢，研究生的谢师宴，一桌大席请他去，他躲不掉只得去，但从来熬不到散席。而且，他也总有一些办法缩短一个酒席的时间。

他不吃。他看着我吃。但不知怎么的，我感觉他腰背胳膊腿儿就不是什么安安稳稳踏踏实实的姿态。"吃啊，你吃嚒！你看我做啥？"丹叔叔笑着帮我把酸菜鱼推到我下巴底下。我心一横，干脆连公勺公筷和骨碟全不用了，直接舀汤送进嘴里。我嘴就是这样被烫伤的。

丹叔叔被我的惨叫吓得够呛："哎哟——哎呀遭遭遭遭……"他结巴，"哦嗬这下咋咋咋咋办……"又哭丧着脸直叹气，"你咋跟塔塔小时候一样哦，硬是两姐弟嗦！"他又四下翻找想找到一点能拯救我的东西，钥匙、充电宝好像都不合适，扒开塑料袋时他眼睛一亮，"要不然吃几口萝卜？这萝卜冰巴冷的！"我苦笑摇头，等这一阵儿疼痛熬过去后我说："没事，我自己太着急忙慌。"可我为什么着急啊，还不是被你丹叔叔逼的……后面这句我悄悄咽了回去。

我这下是真的吃不快了。不过我被烫伤以后他忽然消停了，眼神里是歉疚和认命。

这会儿正是吃饭的高峰，所有桌子都满满当当，透过窗玻璃能看见外面还有好多等位子的食客，领位的服务员别了耳麦才能应对这么大场面。店堂里像我们这样只有两个人的很少，基本都是一大桌子一大桌子，非常喧闹。被邻桌的喧闹压着，我们沉默了好一阵。

"哦对了，我一直想问你……"我说。

"没有找到。"他答。脸上有一种像是笑的表情，不能叫假笑，却也不是真笑。

"石宝弟……"

"还是没找到，到这会儿都有三个多月了。"

"嗯……不过喃，"我说，有句话我早就想好的，"石宝弟这种不得吃亏，随便哪个把它捡回去，还不是当亲生么儿养起啊。"

"……这个，那简直是百分之百的。"他似乎在脑子里推演了一下，迟缓地，但终于笑了。是笃定的真笑，而且似乎有种愉快的自责：我咋个就没想到喃。

"哈哈，简直百分之万嘛！"我很得意。

"噢不不，就是百分之百，没有百分之万，我知道你的学科可能常有这种……算是一种修辞，但实际上从数学的角度看——比较可笑。"他耸耸肩。很好很好，虽然又遭他打击，但我很高兴他恢复了元气。

"你为啥自己不养个猫儿喃？"我趁机问，装作随机，实际早在伺机。

就这一瞬间，他的真笑消失了，虽然是无缝连接，但我一看就知道，后面的笑是赝品。他边笑边弓下腰，埋头扯了几下裤管，不知是想把裤脚扯高还是扯低，"我不得再养猫儿了，再也不得养猫儿了。"他说。

"我小时候养过一根，黑白的，现在喊奶牛猫，叫'煤块儿'，精灵得不得了。"等抬起头时他脸上的笑有点僵，黑帽檐

31

的阴影显得他特别苍白。

"哈我就说嘛！"我笑道，"我看你那么喜欢白嘴。"

"是，煤块儿跟白嘴很相像，只是煤块儿眼睛以下基本是白的，像戴了一个佐罗的眼罩。"他拿手指在自己脸上画了一条线表示分界，"但是下巴，注意，下巴这儿，"他点住自己下巴，"又黑了一小块。"真的，我都不知道猫还有下巴。

"相当滑稽，相当地滑稽。"他渐渐微笑起来，"它不喜欢在屋头缩起，除非天太冷，冷得遭不住。我从来不拴它，它自己晓得回来。那个时候，我们家后面那片地方不是在现在的宿舍楼，是我爸他们的试验田，种的水稻。很大的一片，非常有趣。

"春天家，生物系的那些学生老师在田里劳动，插秧子，中间工歇的时候坐在田坎上，就听见他们一阵一阵哄笑，拍巴巴掌，他们在看啥？——看我煤块儿。'快看煤块儿逮到田鼠咯！''快看煤块儿逮到麻雀咯！'他们惊叫，马上你就能看到煤块儿，果然，嘴巴头叼起一只田鼠或者啥子鸟，好得意！

"煤块儿很能干，他们有的人就看起它了，打它的主意，想把它逮起走，去他们实验室要么家头帮他们逮耗子嘛。哪晓得，煤块儿狡猾得很，一看那些人没对，一下就跑来没影儿了哈哈哈——只有我喊它，它才出来，只有我。

"我跟煤块儿两个还有一个保留节目咧。我那个时候有一门绝技，弹绷子，就是弹弓。这个我可以说是——不是我提虚劲哈，是真实的哈——弹无虚发。我们那儿都晓得。秋天家，学生老师他们又来打稻子，工歇的时候坐在田坎上，都扯起喉咙喊我们哦,'那个神枪手娃儿喃?来耍嘛!'我们就负责表演给他们看噻,我就拿弹绷子打麻雀,稻田上麻雀很多,我随手一打就有麻雀掉下来,就在麻雀掉下来的一瞬间,煤块儿就不晓得从那个楸楸角角头钻出来,一伙跳到半空上一口咬住。哦我的天哪太精彩了太精彩了!——观众些都佩服惨了——佩服我们两个。演出了几十上百场,我们只有一次失败,可能就是因为太得意,太骄傲自满。那次煤块儿落地以后,以为自己已经把麻雀咬得死死的,就有点松劲,结果突然之间麻雀从它嘴边边上飞起来,冲天炮儿一样,煤块儿眼睁睁看到哦,一点办法没有。观众些起哄嘲笑我们,煤块儿当时很痛苦,可以说瞬间跌入痛苦的深渊。我发誓,它眼泪花儿都包起了,我亲眼看到的。有些观众确实比较无情。

"我们两个还有过更大型的狩猎行动。我们去物理系旁边那片树林逮野鸽子,在小河头逮鱼。野鸽子好大对不对?煤块儿叼起拖起就走,拖到草丛头去,它喜欢藏在什么地方吃,可能是不是也晓得自己吃东西的样子比较疯狂,不想别个看到。它很懂得体面,吃完把自己打整得干干净净才出来。但小河里头的鱼它不敢抓,流起口水在河边坐起,眼巴巴看我喊我,命令我下河,催我逮了甩给它,我还是有点可以的哦,基本上总还是能逮个一条两条,那种四到五公分的小鱼。那个时候校园哪里有现在这种规划得整整齐齐的,都是野地,没有围墙也没有几幢楼,有一大片芭蕉林,我小学那边是一大片草地,春天夏天都开野花,煤块儿忙得哦,忙到扑蝴蝶、扑蜻蜓——那时比现在不晓得好要到哪儿去了。我们两个硬是把校园所有的角落耍交[1]了，就跟探险一样。我跟煤块儿两个。"

晚饭的下半程完全是丹叔叔一个人的演讲，我除了点头"嗯嗯"没有插嘴。插不进。而且惊讶也使我想不到该说啥，丹叔叔几时有过这样的滔滔不绝。当然也是因为对我，我这样一个在数学和器乐领域里的聋哑人，他能有什么可滔滔不绝的。只有谈猫他话多一些。至于谈过去，谈他的儿时，认识他这么多年，我知道，那是他的避讳。姨妈姨父早在我和弟弟小时候就告诫过我们不许去打听。但实际上他们自己偶然忍不住聊起，对我们又忘了防范，点点滴滴地我也拼凑出不少丹叔叔的旧事。

"他们那种家庭条件么，如果没有遭，现在他绝对，不晓得好可以。"姨父说。

"算了——妈老汉儿都没得了，咋说的，家破人亡，他那会儿好大？才比大女子大两岁。"姨妈苦笑道。"大女子"指我，我那时十五。

他们说的是20世纪60年代的丹叔叔家。他父亲是教授，家里经济条件一直很好，丹叔叔学钢琴学足球，有自己的房间，常被带出去吃奶油面包，也常被逼着洗头洗澡，家里的教育理念跟随的是那个圈子的主流，就是仿照西式。按照父母的规划，丹叔叔应该是十七八岁远赴欧美名校，二十五六学成归来，而

1　耍交：玩遍。

立之前报效祖国，功成名就恰逢不惑。但他还没满十一呢，一天下午家里来了一波人[1]，拳打脚踢翻箱倒柜之后，家里的一切条件全没了，之后很长时间连吃饭都成问题。在他十七岁上父母相继去世，没给他留下任何财产，家里的存粮也只够半个月。

大概这类故事这么概括起来也就几句话，像他这样踏入过阴惨绝境的人也不是少数，同样经历过的人觉得平平无奇，没经历过的人又很难体会。外人能看到的反正你也活过来了，活得还不赖。虽然你家的一切都没有还给你，但那个动荡年代又不是你一人如此，别人也没比你好到哪里去，能活下来已经是得到了关照，再说后来几次加工资你不也都赶上了吗。

但究竟是怎么活过来的，每一天每一刻，只有他自己知道。我记得20世纪80年代末，我高二那会儿常在姨妈家混着，有次听丹叔叔跟我姨父聊起某个共同认识的老教授，丹叔叔说这老太太人很好，是父亲生前的同事。父亲死后他见过她一次，那次是他当背水工，背了两桶水送去她们办公室，也就是父亲生前的办公室。他走的时候她追出来，喊他小名，叫他一定要考大学，再苦也要考大学，"二天要像你们父亲一样。"她还塞了一斤粮票给他。

"一斤哦，二哥！一斤！"他瞪着眼朝我姨父说。

"不得了，一斤，啥子概念，现在的娃儿些懂不起。"姨父拿手背朝我挥了一下，摇头叹息。

---

[1] 一波人：一群人。

"丹叔叔你为啥要去给别个背水喃?"我抓住的重点是这个。
"唉?为啥?为啥?——活命啊我要!"他惊讶道。

他后来果然考上了大学,多年后果然像父亲一样做了教授,生活挺不错,也的确赶上了几次加工资。但是,有件事真是非常令我费解,他曾有过很多机会去更大的城市更著名的院校,出国也完全不难,他却一直没有离开过他出生的大学校园,明明能够远走高飞却偏不。虽然随着他职级的变化他搬了好几次家,从东头搬到西头,从南边搬到北边,但始终还是在他从小长大的校园里打转转。我原先以为他家老屋早就没在了,这么多年了都,光我亲眼见着的校园都发生了很大的变化。可他家的老屋还在呢,在一幢老旧阴暗的楼里,门前是一片香樟树林。前不久,姨妈姨父带我们散步时经过过,专门绕到楼前瞻仰一下。说那里曾经是学校顶尖级教授们的宿舍,好些著名学者的故居集中于此。现在这楼里里外外有很多地方都残破了,学校却始终没有要拆的意思,或者未来是要做什么用处吧。

不过楼后的水稻试验田,丹叔叔和煤块儿赢得欢呼喝彩的舞台,没有了,那片地盖了宿舍楼。物理系旁边的树林还在,煤块儿爱吃的野鸽子也还有很多,不知它们已经繁衍到几世几代。四到五公分的小鱼没有了,因为小河没有了,那边整个填平变成了一个小广场。芭蕉只剩几棵,病病歪歪,称不上丹叔叔说的"芭蕉林"。他小学母校那边的草地还在,煤块儿心爱的玩具蝴蝶蜻蜓都还偶有出现,但丹叔叔说的"春天夏天都开野花",我却从没见到过。

如果是我,我早就离开了,大概也没愿望再回来。真不明白丹叔叔是怎么想的,他偏偏记忆力还那么好,他滔滔不绝时,花鸟鱼虫好像纷纷扬扬都到眼前来。

"我们两个硬是把校园所有的角落耍交了,就跟探险一样。"他说着往椅背上一仰,把身上一直背着的包取下来,"我跟煤块儿两个。"

我已经捞完了酸菜汤里的鱼,就着酸菜和豌豆颠吃了一大碗米饭。忍着舌头的烫伤。我不敢剩,我记得丹叔叔从来最不高兴人家剩饭。"后来喃?煤块儿喃?"我问。

"掉了嘛,煤块儿就掉了噻。"他微笑,"我爸不是后来突然就得病了吗,住院,我妈照顾不过来,就喊我跟到我外婆回老家,我们老家在重庆,我在重庆住了一段时间。当然也是因为那段时间可能实在太困难了,家头的生活,非常困难。等我从重庆回来的时候他们给我说,煤块儿掉了。不晓得跑哪儿去了,没找到。"

"你在重庆待了好久喃?"

"应该有半个多月吧……煤块儿它肯定搞不清楚是咋回事噻,肯定觉得我是不是不要它了,哦嗬,它肯定等了我的,尽等尽等,尽等也等不回来,我想它可能也是太失望了,没法了。

"我找它找惨了,这儿校园里头,稻田树林草地河边,任何楸楸角角都找遍了,没得。喊也喊不答应。我不是给你说过吗,只要我喊它,随便它在哪儿,只要听到我的声音,它都'水儿——'的一下就跑出来。找了好久哦都没找到,还不是只好就算了。"

"它会不会回来过?——你不是后来很久都在老屋头住的咩?"

"对,不排除这种可能性,但是我们两个还是就——没有再打过照面。我确实,也还是等它回来的,我也等了好久。后来上面来人喊我一定要搬家了嘛,没法了……我还是等了它好久哦。而且就算我后来搬起走了,我还是偶尔要回来溜一眼,我怕万一,万一喃嘎?哈哈。"他笑道。

他笑,笑声就两声,笑声还没完呢笑容先已经没了。他伸手从桌上拿走他的钥匙串儿,套在拇指上晃了晃,又取下来放回去。两手空了之后交叠起来搁在膝上,按住膝盖前后摇了两三个来回,停下时他伸手去够椅背上的包带,摩挲几下,我看得出他想背包,但又没背,像克制住了。脸转过来的一瞬间他瞄了我一眼,然后垂下头笑着叮嘱我:"慢慢吃哈。"

我不知道他等了它多久,到哪一天算停,但反正早就超过了一只家猫的寿命。

六

"北京的流浪猫比成都的普遍胖一圈。"有一天我在我家楼下的池塘边坐着，非常幸运地拍到一只黑脚麻猫的背影，马上献宝一样给丹叔叔发过去。但他没回。过了三四天，他回了，一连七八张图片，全是同一只白色波斯猫。它躺在一个老式的秤盘上，肚子朝天，两条后腿叉着，两只前爪举手投降，眼睛没闭紧露出一丝眼白，胸腹扁得像张毯子，正是睡到昏天黑地的程度。当然可爱极了。可也不能七八张都一模一样啊！只有一点点角度一点点景别有难以察觉的变化。

"我在菜场看到的。它叫小咪，一个相当于没有名字的名字。"

"它很爱睡觉。"

"它太爱睡觉了。"

"人类在婴儿期的睡眠是大脑发育的关键时刻，我想小咪二天一定很聪明。"

《猫报》算是再次复刊。此后至少两个礼拜，全是小咪的各种照片，还是在秤盘里，还是在睡觉，看一张等于看了三十张。我猜它醒时他根本就没拍到过。一开始他还配上解说词，后来文思大概也枯竭了，只有图片。有一天终于又收到他一条文字信息：

"你好久喊塔塔方便时到我这儿刹一脚，我要给他两大包卤料，买得太多堆不下了。我不卤东西的，你喊他拿回去给二哥，他爱卤。"

"好的。可你不卤你买那么多卤料干啥？"

"小咪家卖的。"

啥子孃孃

我妈差不多已经睡着了。她趴在桌沿儿上，头枕着胳膊，后脑勺冲我。我哪睡得着，在两张办公桌拼成的小床上我直挺挺地躺着，瞪着大眼。我生着一点气，我妈非要按着我头睡中觉，还"必须睡着"。我那时怎么可能睡得着？我一点也不困哪！六岁的小孩子精力旺盛得可怕，我到现在几十年过去了都还记得那种直挺挺两眼光芒四射的痛苦。

灰蓝布窗帘拉拢了，午后的天光仍然很强悍地从纤维的空隙中渗进来。窗下的办公桌上也趴着一个人，是我妈的同事丁婆婆，也睡着了，她的金丝边厚眼镜撂在腮边，亮晶晶的镜片后面即使没有眼睛也像是在盯着什么。她后桌那位是闫伯伯，闫伯伯朝天仰着睡，一个人把一张半圆形的藤椅塞得满满的。他先前掺开水时肯定忘了把暖瓶塞子塞上，现在桌边地上不断冒起来一股一股热气儿。

这间屋子是我妈他们仪表厂的一间检验室，曾经具有很大的权威。然而，这曾经的权威跟我妈他们几个检验员并没有关系，而是全部寄托在一个巨大的机器上，这机器跟现在机场安检的那套设备性质差不多，一张床拦腰套着一个舱，总体像跑旱船的旱船。它堵在门口，雄伟而冷酷。我听他们讲它很厉害，产品送来都要塞到它嘴里，再等着它从后面拉出来，有问题的话它突然愣住，红灯大闪并且"嘟嘟嘟"拼命叫。不过我没赶上它的辉煌，我来的时候它已经趴窝好几年了，说是坏了但厂里没钱修，时间一久它就成了个碍事的大废物，舱里堆满杂物。我睡不着时总会把它想象成一个怪兽，趴在那儿企图吞噬经过的人。

屋角一个落地电风扇在吹，它很老，站在那里都已经晃晃悠悠，还不停摇头，摇的时候像头天落了枕，咔咔地，颈子痛死了。

屋里很寂静，只听见外面很远的地方传来知了叫。我躺着，鼻子朝天，能做的只有闻。塑料气，机油气，石灰气，水泥气，铁锈气，热茶气，藤椅气，暖瓶壳的竹子气，软木塞的木头气，报纸的墨气纸气，乳白胶的酸馊气，所有气息清晰可辨，也很强烈，即使电风扇把它们吹走了，过会儿它们还是会回来。

远处的知了叫得很凶。我都知道它是在哪棵树上待着，因为厂子是从城里迁到市郊来的，原先的老树几乎没留，只有车间外面那棵幸存的桉树有点高度，知了肯定藏在树顶上。

我又摆弄了一会儿手指。两只手五指奓开[1]再合十，拇指对拇指小指对小指食指对食指中指对中指无名指对无名指，再横

---

[1] 奓（zhà）开：张开。

过来，会发现下面那只手是倒影，两只手中间像有片湖。

我又思考了门口那棵棕树，它的果实像巨型的小米粽子，黄澄澄实咪咪，显然很好吃，我妈却说有毒。可我说我明明看见一个小野孩儿狠命撸了几把塞嘴里啊，我妈却说他已经送去三医院洗胃。

好了，赤手空拳能玩儿的一切我都玩儿尽了，仍然甚至更加精神。

1979年的夏末，我从幼儿园肄业即将上小学，家里没人看我，这个青黄不接的暑假我几乎天天跟着我妈到厂里上班。这段时间我记得简直就不怎么快乐，主要就是因为这种强制性的睡中觉，我像戏班子里表演滚钉板的，后背上千芒万刺，扎死还不能出声。很大以后我跟我妈抱怨，问她为什么到底非睡不可。我以为她总会说小孩子需要睡眠之类的套话，没想到她竟然有点歉意，承认那时是太强硬了一些，当然也是因为没办法，总不能她睡她的放我一个人出去玩吧。

呵呵，这个可就，再欺骗她我都不忍心了，这么多年过去也该解密。

我其实常常是溜下"床"偷跑出去的，一旦听见她鼻息规律。不过怕被发现所以跑不远，而且耍一下就蹑手蹑脚回来，回来时她总还没醒呢。只有一次搞砸了，因为那次耍得太忘情，错过时间，闯了祸。可我不后悔，那次收获极大，物质的精神的，几乎可以扭转我对仪表厂岁月的灰暗乏味的记忆。

那天溜出来之后我不记得逛过什么地方了，只记得在食堂外面草地上待了一阵。草地到处积着雨水，好多豆娘围着水里冒出的青草飞来飞去。旁边一根很粗的铁管子躺在草里，像森林中被伐倒的大树，大概它躺了很久所以锈迹斑斑。我坐在上面时看到，那些被铁管子压住的酸酸草都结了荚，而且已经爆炸过了。

"你在看啥？"一个阿姨的声音。我仰头看见她在笑，她胳膊夹着个塑料盆子，头发好像刚洗过，一条毛巾搭在肩上，毛巾还在滴水，她衣服湿了好大一片。

"酸酸草。"我说。

"去不去我屋耍嘛？"她笑问。

"你有没得月历片儿嘛？"我问，我记得非常清楚，因为那时候我逢人就问，一根筋似的根本不管什么情形，像那些集邮的呆子一样，我在收集月历片儿，巴掌大的花花绿绿，迷得快痴了。

"咋没得喃，"她非常得意，还俯下身来神秘地低声说，"我还有阿尔巴尼亚的，烫金的。"

"啥子喃？"我惊愕问，她这句话太刺激，出现了我从没听过的两个生词。

"走不走嘛？"

"走嘛。"

我记不清这一路是怎么走的了，好像有点远。只记得当时使劲小跑追在她后面，仰头忍着刺眼的强光，问她："你是啥子嬢嬢喃？"她头也不转过来，扯着嗓子回答说："要爬楼哈，梯坎好多哦。"

我妈他们厂子人很多，嬢嬢尤其多。每天早上我们去街上赶厂里的大卡车上班，车还没到跟前呢，嬢嬢们的欢声笑语已经听得清清楚楚。我人矮，一旦挤在她们中间，更觉得天上地上的都是嬢嬢。不过虽然多，我倒也都能叫出她们是谁，冬天穿丝袜的是孟嬢嬢，帕子不离手的是曲嬢嬢，给我吃青果把我苦得流口水的是孙嬢嬢。这个嬢嬢大概从来没坐过大卡车，所以我没见过。

那天从她屋出来时我乐疯了。两只手紧紧握着一个牛皮纸信封，里面厚厚的一大沓，全是这个嬢嬢送给我的月历画片。人家没有吹牛的哇，真的有烫金的，还有烫银的，还有烫红烫蓝烫紫烫绿，最让我激动的是，果然有外国的，不光阿尔巴尼亚，还有，我还学了一个新词——印度尼西亚的。一个装着一沓子花花绿绿的纸片的、厚厚的牛皮纸信封所带来的快乐，我长大以后也体会过有限的几次，的确超级快乐，但仔细比较，似乎还是烫金烫银阿尔巴尼亚印度尼西亚那一次，最快乐。

我打算哗的一下倒出来摊在我妈给我拼的那张桌子床上好好看看。

可怪事啊，走到门口，我妈办公室的门口挤了好多人，他们都抻着脖子朝里面，吵吵嚷嚷的，我只好在外面站住。就听见一个男的大声说："还是去喊保卫科，嘎，还是——"他一面说一面朝外走，走出来我看见原来是闫伯伯，他今天竟然睡醒了，以往他中觉老是睡不醒，坐在藤椅上脑袋歪到一边，扯噗鼾扯得山响。他话说到一半突然哑巴了，瞪眼看着我。

"嘿——"他喊，"你跑哪儿去了！"不等我回答马上转头朝屋里大叫，"回来了回来了娃儿没掉！回来了！"扑上来一把钳住我手腕把我往里面拖："把你们妈都吓瘫了！"一路拖一路喊，围在门口的人都欢呼起来："没掉没掉——死娃娃！"

我进去正好看见我妈以一个鲤鱼打挺的姿态从藤椅上蹦起来，她果然是躺着呢。她从闫伯伯手里拖过我，含泪骂我一大堆，她骂的啥我统统不记得了，只记得周围的人都柔声劝她打我一顿。闫伯伯也苦口婆心道："就是，这个娃儿是该打得了。"

"你跑哪儿去了？"丁婆婆没有凶，她跕下来盯着我温言问。

"那边，那个孃孃的屋。"我朝外面指。

"啥子孃孃？"

这我不知道。

"去她屋做啥喃？"

"耍嘛。她自己喊我去的。"

"耍啥嘛？"

"月历片儿嚟。"我很得意，把信封给丁婆婆看。丁婆婆接过信封扫了一眼，"呔——"她低低地喊，又递给我妈。我妈没明白，要打开信封看里面，丁婆婆马上伸手去指了指信封上写的字。那时我还不识几个字，不明白我妈本来已经缓和的脸，怎么一看见那些字突然又绷上了。"哎呀，未必跑她屋去了？——跟她在一起？"她压低嗓子问丁婆婆。丁婆婆张着嘴却发不出声音。

闫伯伯抢过信封一看，也呆了一下，但马上大而化之道："又有啥嘛？娃儿好好的噻，又没有缺斤少两。"说完他哗的一下把信封里的月历片儿倒在他桌上，扒拉扒拉道，"嚯哟，啥子鬼眉鬼眼的哦……这些有啥耍头嘛。"我突然很生气，把画片儿胡乱塞回信封并且骂他"你少管闲事多放屁"。闫伯伯不仅不气反而哈哈大笑："看哇！这个娃儿是不是该打得了哇？她都要打我了！"我妈凑过来看着月历片儿，一点都没笑，也没有再骂我。大概她也承认我是好端端地回来了，确实没什么异常，就勉强不跟我算账了。我还一直担心她回过神来审理我中午偷跑出去的事，结果等了好一会儿她都没提，她居然忘了这茬。

"那个孃孃叫啥子孃孃？"她问，她跟丁婆婆一起把拼起来给我当床的桌子抬开复原，丁婆婆眼睛也戴上眼镜盯着我。每次看到丁婆婆戴上眼镜，总觉得——我那时小，还分不清主次——是眼镜戴上了丁婆婆。

"记不到了。"

"她屋在哪里？"丁婆婆问。

"那边。"我有点不耐烦，同样的话非要我说两遍。再说厂子里的宿舍楼就一幢。

"哪个屋？"我妈问。

"记不到了。'要爬楼哈，梯坎好多哦'，她说的。"我学舌道。我妈和丁婆婆对看一眼。

"角角上那个屋哇？"丁婆婆问。

"记不到了。反正在档头[1]。"我说。那个嬢嬢的房间是楼道里最后一间,走到时我都累了,她一路上也不等我一下的。我妈和丁婆婆又对看一眼,意思分明是"看嘛果然"。

"你一直在她那儿耍啊?"我妈问。

"是噻。"

"耍画片儿?"

"是噻。她喊我个人挑,她有好多哦,一大盒盒搬出来,还有阿尔巴……"

"耍画片儿耍了一个小时?"

"记不到了。"

"你耍画片儿的时候她做啥子喃?"丁婆婆问。

"记不到了。"

我耍画片儿的时候她一直坐在旁边的板凳上盯着我,笑嘻嘻地盯着我。但我没说,我不想说,我讨厌她们审问我,尤其讨厌她们交换眼色。

那天我回去以后,屋里的气氛一直很奇怪,我妈他们三个嘀嘀咕咕很久。我在我妈桌上玩画片儿是背对着大人们,本来也听不清楚什么,多亏了闫伯伯非常莽撞,时不常地提炼出一些关键词大声地说出来。"造孽得很。"他说,此后三个人陷入长时间的寂静。

这间屋有个很阴的规律,我早就发现了,只要寂静,各种

---

[1] 档头:尽头。

气味就会变得很浓烈。塑料气机油气石灰气水泥气铁锈气胶馊气，让人无缘无故就感到气愤伤心得想哭。我从来就不喜欢这间屋。我大了以后回忆，一直以为是物理环境对孩子来说太糟糕，但偶尔跟我妈谈起才知道不尽然，这个屋有种晦暗的调性。

那时我妈自己就是很压抑的，因为我外公的历史问题她被迫离开原来的文艺单位，从一个舞蹈演员突然转行为工厂工人。昨天还演出呢，今天就趴在机器边上干活了。这当然是带有一种警告、惩罚的意思，没有让她直接进车间就算够客气的。我妈说她"想不通"，想不通了好些年，那些年她是在这个屋里度过的。

丁婆婆原本是市里一个中学的化学老师，教了二十多年书，突然就转行做了工人，据说情形跟我妈差不多，上面不让她再教学生了，因为判断她自身还需要深深地改造和改进呢。我妈说丁婆婆比她去工厂早两年，她们刚认识的时候，明明已经是同一个单位的同事，丁婆婆却还自我介绍说在哪个中学任教，我妈都糊涂了，后来才明白丁婆婆对自己身份的改变"不相信"，始终不相信，不相信的那些年她是在这个屋里度过的。

闫伯伯跟她们不一样，他来得早，在这里专门负责帮带新人学会检验技术，她们论理得叫他一声师傅。她们所以也从不像其他那些人一样嘻嘻哈哈叫他那个难听的绰号，有次我跟着人家学叫道"闫跸跸儿"，我妈气得吼我，还是闫伯伯掩护我逃到他桌子下面才混过去。"跸跸儿"就是瘸子，闫伯伯一条腿是瘸的。据说是他大学临毕业时打扫卫生，擦玻璃从二楼跌下去从此残疾。我妈说闫伯伯年轻的时候成绩又好形象又挺拔，别说北京上海的单位抢着要他，就留学苏联也都可能。但他自己最后全都没去，进了我们这个穷乡僻壤的小仪表厂。他们都说他本来前途不得了，哪晓得怎么拐到这个屋里来了。

这个屋好难闻。

"是造孽。"丁婆婆哑声说，"话都没哪个敢跟她说。"

"其实好像，"我妈迟疑问，"我看她没啥不对的啊？"

"这个咋说得准喃，好几年没啥问题的也有啊。"

闫伯伯说："对的，她疯的。但她不得打人，她文疯子。"

这是一段我记忆很深的对话，因为震惊，听到"疯子"两个字。闫伯伯说"疯的"两个字，那种拖得很长、万般无奈的声气现在仍在耳边。

我很小就知道疯子是怎么一回事，我见多了。三四十年前的成都，"疯子"好像比现在多，当然也是因为都在明面上的缘故吧，每几条街就会有一个这样的人。那时家里并不太限制他们，大概也管不过来，能管他们吃饭睡觉已经很吃力，平常只得"放养"，由着他们终日里在街巷游手好闲。然而这实际上仅限于所谓的"文疯子"，也就是不打人的疯子，要打人或者残害自己的疯子是"武疯子"，据我道听途说，都关在家里了，家里绝不敢放他们出来。我也问过我爸，那些人是怎么疯的，我爸说那个不叫疯，叫精神失常，是病……总是之前受了什么打击之类的。"二天还会不会好转去喃？"我意识到是病就会好。但我爸也不懂了。"啥打击嘛？"我又问。我记得我们说这话的

49

时候是在1路公共汽车上,我外公坐着,我和我爸站着。车正经过人民南路,一路上花坛里的花开了,风景很洋气。我爸说"这谁知道"。但外公说话了:"总是之前打仗嘛,还有闹嘛,有人遭罪嘛。""遭的啥子罪嘛?"我问。"哎呀没什么,"我爸抢过话头,鬼鬼祟祟地好像不愿意让外公继续说下去,也不愿意在车上说,"以前社会上的那些坏人坏事嘛。""可是现在我们社会建设得多好啊!"我看着窗外的人民南路,心里忽然冒出一句现成话,还是广播里的声音,"特别是三中全会以后。"我朗声道。我爸和外公扑哧就笑了,还使劲憋着,前边一个老头也转过来看我,也使劲憋着乐。他们这样我很恼怒。"对对,很好。"我爸说。"那些疯子遭了什么罪嘛?"我继续问,但他们都不理我而都去看窗外了。

　　要说这个嬢嬢疯,我觉得荒唐。人家哪疯啦?还没有闫伯伯你自己疯,我心里说,很看不起整天咋咋呼呼的闫伯伯。而且人家真的有好多画片儿啊,并没有骗我。

　　那天进了她屋的门,那个嬢嬢马上就从很高的柜子上面搬下来一个绛红色的木头盒子,很大很重,往一个小桌子上面搁下的时候"咚"的一声。她抽走盒盖子,里面满满当当,好多黑白相片,还有彩色画片儿。"你个人挑嘛。"她说,然后拎了一个板凳坐在桌边,笑嘻嘻盯着我。我对那些相片不感兴趣,光顾在里面翻拣五颜六色的画片儿。只有一张照片我看了觉得新奇,是一个小女孩,穿着一件棉袄似的长裙子,站着发呆。后面站了一个女的,穿着同样的衣服,手臂搭在她肩膀上,肯定是她妈。我把小女孩跟这个孃孃比对了一下,依稀觉得像。

"是你啊?"我问。

"你猜喃?"她问。

"你跟你们妈哇?"我问。

"我样样儿乖不乖嘛?"她问。

"你有好乖嘛?"我问。

"有没得你乖嘛?"她问。

"……没得。"我笃定答。

她笑得埋下头,笑够了抬起来,看着我,愣头愣脑,半天讨好似的说:"就是嘎,还是你乖嘎。"

她的画片儿真多啊,比我不知道多多少。更令我大开眼界的是,我那些画片儿尽管也是彩色的,但红色就是红色绿色就是绿色,她的可不一样,她的红橙黄绿青蓝紫,全都像镜子一样能反光,而且是凸起的。此前她说烫金的时候我就已经惊愕神往,结果在这个盒子里烫金烫银根本显不出来了,非常平庸乏味。能反光的红橙黄绿青蓝紫震撼了我。"嚯哟……"我不停地嚷嚷。忽然抬起头看她,发现她一直盯着我呢,笑着,好像特别开心。我懂那种感觉,就是人家羡慕她她就很显洋[1]很安逸嘞。

"这个我可以送给你,我还有。那个不行不行,那个我只有那一张,不能送给你。你另外再挑嘛。"她护着其中一张,我一看,并没有什么好看,她喜欢肯定是因为画上人家穿的棉袄裙

---

1 显洋:得意。

子跟她自己照片上那件一样噻。

"这个就是,"她从盒子里抽出一张举到我眼前,"阿尔巴尼亚的。"我怀着巨大的崇敬一看,什么呀,非常失望,颜色好少,画片儿上的姑娘穿着白衣服黑裙子,头上颈上束着细细的彩带,有少少的一点红和绿,此外连点像样的花朵珠宝都没有。我那时对颜色非常渴望,以为一幅画只要涂的颜色多就是好,越多越好。原来阿尔巴尼亚没什么意思的。

"这是啥?"我惊叫唤,盒子里突然浮现出一张万紫千红艳光四射的画片儿。

"这个啊,这个是印度尼西亚的,看嘛,他们喜欢穿金子衣服,戴红宝石蓝宝石绿宝石穿起的串串。"她说,很平淡,完全没意识到自己所说的是世界上最美的东西。"送给你送给你,哎呀,这下安逸了嘛?"她马上看懂我眼里的贪婪,"这个是一套,还有几张我帮你找出来哈。"她细细地搜索起来,我在旁边喜得抓耳挠腮。

她是疯子?

"你们为啥说她是……是那种人啊?"我后来,三十多岁,自己孩子都上幼儿园了,有一天忽然想起来又问我妈。

"传的,都说是。我没亲眼见过,丁姐她们老职工见过。说她抱着她儿子出来走,不知道那孩子哪里弄脏了,她跑到食堂外面的水龙头底下打开自来水就冲,冲得孩子脸都紫了哭都不会哭了,冷天家哦,孩子才一岁多。丁姐她们赶紧跑过去把孩子抢到一边,骂她疯了吗?——结果就是的呀,就是疯了呀,她还笑。"

"这是什么时候的事啊？"

"还没你呢那时候，我还没到厂里嘛。她儿子比你大个六七岁。"

什么叫倒吸一口凉气，我听我妈这番话时就执行了好几回，咽口水才发现喉咙里都晾干了。难怪那回我妈和丁婆婆紧张到那个程度。但凡知道这来由谁敢放孩子跟她单独在一起啊。我妈说那天我整整消失了一个小时呢，好不容易全须全尾地回来了以为虚惊一场，结果竟然是跟那个人在一起那么久，"我们后来一直观察你，观察了好久，心里害怕死了，不知道她对你做什么了，天知道她会对你做什么啊，她自己的亲儿子她都那样。"我妈说，事情过去了三十年，她还是后怕。

"她竟然有儿子？"

"对啊，她有啊，结了婚生了儿子的。但我很早就听说她的男的带着儿子住在东郊。听说他们爷两个都高高大大很漂亮的……具体不知道呀，他们家早都分开了，她不是一直都一个人住在厂子里吗。她儿子很早就给抱走了，养在爷爷奶奶家的，不敢把孩子给她带。"

"我的意思是既然她……大家既然明知道她是……"对她我说不出口"疯"这个字，"那为什么还有人跟她结婚生孩子呢？"

"不是不是，开始总觉得她并没有那么严重嘛，丁姐她们刚进厂子的时候，看见她也觉得好好的，还说她爱笑，爱点头，爱鞠躬，好有礼貌哦。"

"那即使我见到她的那天,她样子也是清清爽爽的呀?不觉得她哪里不对劲。"我感叹,可是仔细想想倒也有点蛛丝马迹,她把湿毛巾搭在肩上,衬衣的左上身都洇得透透的,而她好像根本没什么知觉。我闭上眼睛想她的模样,其实简直凑不拢了,只有非常模糊的局部,比如她湿答答的鬈发,又白又大的脸颊,好像是有一点红晕。

"不止呢,她还漂漂亮亮伸伸展展[1]的,脸蛋跟国光苹果一样红通通的,特别健康的样子。"我妈笑道,"丁姐她们说她不是一直那样,很多时候她看不出任何问题。但有些晓得底细的老工友还是喊大家要谨防一点,莫惹她,莫跟她耍得太好,莫要单独跟她一起,她就是有点问题,不发的时候屁事没得,发起来人不人鬼不鬼的。"我妈戳下自己脑袋,"他们传的是很早以前,她才十几岁的时候,还没到厂子呢,就有一段时间不对劲过,但也就一阵子,之后过了也就过了。"

"咋个不对劲了?"

"说她涂口红,嘴巴上,下巴上,涂得血红血红的,脸上用白粉糊满了,眼皮子不晓得拿什么涂成蓝的紫的黑的,拿一床缎子被面全身从上裹到下,前头脚踩起后头地上拖起,整得稀脏,出门把邻居吓得几乎昏死,她还是笑嘻嘻地上去给人家鞠躬,问好。又走到街上去,见到人就给人家鞠躬,一路走一路停下来给陌生人鞠躬,还说什么祝节日快乐什么的,但那时什么节也不

1　伸伸展展:形容人很精神。

是啊，天都黑了把别个吓得呀。她这样走了好远好远，后来还是街道上派人跑去找到她，把她慢慢地引回去的。回去以后大哭大闹，劲大得要几个人把她按到。就那次，就都晓得她王慧全脑筋有问题。"我妈叹气，一顺嘴忽然把她的名字说出来了。

"咦奇怪，我还以为我忘了她的名字了，结果没有，可见年轻时候随便记下的事情也不容易忘。"

王慧全。王慧全。王慧全。

她有了名字，好像那天的事情就有了一个主心骨。王慧全嬢嬢喊我去她屋耍。王慧全嬢嬢送给我好多月历片儿。王慧全嬢嬢说阿尔巴尼亚。王慧全嬢嬢说印度尼西亚。王慧全嬢嬢说我乖，说我比她乖。

"她娃儿给抱走以后她咋个办喃？她一直一个人住？"

"是啊，她有啥法。"

"你们去过她屋吗？"

"哦没有没有，哪个敢去。"

"丁婆婆她们喃？"

"就她传的老工友的话啊，说去不得，一是莫去刺激她，二是为了大家自身的安全嘛。再说我们也没什么去她屋耍的愿望嘛，肯定不晓得好脏乱。"

难道就我去过。哪里又脏乱了。

"我怎么有个印象，"我笑道，"她虽然独自生活无依无靠的，怎么好像过得还很不错呢，她的那些月历片儿都很精美的，别说我们家没有，我看我那些小朋友谁家也拿不出来，她有好多洋玩意儿呢。"

"当然咯，她妈妈给她寄东西嘛。"

"她妈妈给她寄东西？"

"对啊，好多东西，不光是吃的穿的，她的物质条件比我们普通人家强多了。"

"噢！噢！……噢噢！"我想起来了，"她还有台灯！"我叫。本来已经非常模糊的她屋，忽然浮现出一个台灯，就放在高柜子旁边的矮柜子上。一根括弧形的粗灯杆连接在厚厚的椭圆形底座上，灯泡看不见，藏在灯罩里。灯罩美极了，黄色绉纱堆积出密密的褶皱，像外国的跳舞大蓬蓬裙。20世纪70年代，普通人家的照明无非从天花板吊下来一个裸体的灯泡，有台灯的人家少，台灯算一项财产。

"台灯对她都不算什么财产吧，有一回她有件事把全厂都轰动了。怎么呢，是她妈妈给她寄了一个电视机，原装的，不知道是日立啊还是东芝啊，反正就那几个牌子吧。"好家伙，别说当时一个市郊的小仪表厂了，就我，隔着二十多年，我也"轰动"了。我又使劲想了想，很遗憾，非常遗憾，我在她屋没见到这项豪奢的财物，她拥有原装日货电视机肯定是我去那天之后的事了。

"不不，"我妈说，"她没拿到，压根儿就没拿到电视机。寄到这边来被咱们这边海关卡住了，通知她去领，但是要缴税，三百块。三百块。三百块那时候可不低呢。你想她哪有钱缴税？我听说她到处去借啊，可谁会借给她？——不怪人家，她那个情况谁敢跟她来往?"

"她都没有亲戚吗?朋友呢?"

我妈皱着眉头,翻着白眼,黑眼珠只露出一抹底边,底边也还来来回回地滑动,可见思索非常剧烈,开合极大,好像灵魂又回到20世纪70年代。

"没有。我没听说她跟谁来往过,她婆家人躲走了,她别的亲戚我也没听说过,我们厂里嘛——没有,我印象中她没有,没有朋友。"

"有啊,我呀。"但我没说出来。

"后来她就只好把海关的单子送人了,说谁能缴得起税谁就去拿走,电视机她算处理卖,最后卖了多少钱我不知道,总是便宜得多呗。"我妈说,又撇嘴笑笑,"那时候我们家连黑白的都买不起呢!"

"啥?她那个还是彩色的?"我叫道,这咋越来越惊人。

"是啊,都说最后那个买家太划算了!日本原装彩色,还是18吋!——你记得吧?你小时候天天跑去隔壁何家蹭着看电视,他家那个是9吋,黑白——自己组装的!老何手巧……"我妈说到这里,还向我顺便道了个歉,"你小时候是吃过点苦的我们都承认。"

"你说她妈妈给她寄的?怎么还会寄到海关了呢?"

"对啊,从日本给她寄的啊,她们母女又不是再也不来往了。"我妈看见我目瞪口呆,"我没告诉你她是日本人吗?她妈妈是日本人,她算是那个叫什么——遗孤,对的,日本战争遗孤嘛。"

57

我历史课也学了,《小姨多鹤》也读过,抗日影视剧也看了不少,对日本战争遗孤多少知道一些,以为既久又远,绝没想到自己竟然亲身认识一位。

"她是战争遗孤?那她得多大岁数了?我记得她比你大不了两三岁啊?"我不敢相信。

"什么呀!她大得多了,她就是不显嘛,她吃什么我吃什么?她搽什么我搽什么?所以讲她长得漂亮伸展嘛!她今年多大了我算算——哎呀,至少七十了——如果她还在世的话。"说这话的时候我妈自己六十二。

我忽然记起她那一大盒子黑白相片,其中那一张,穿棉袄裙子的小女孩。那似乎就是和服吧?我问她她就不肯承认那小女孩是她自己,她还逗我。她身后跟她穿得一样的女人应该就是她妈妈了。我大概是自己已经做了几年母亲,不由得去想象那个母亲。白发苍苍的老母亲挂念远在异国的女儿,不断地给她寄东西,吃的穿的用的玩儿的,一切她认为女儿需要的,一趟趟往邮局跑,跑不动也要跑。

"……其实那个时候,她为什么不去日本呢?既然都能跟她妈妈联系上?"

"啊?啊啊——不是,她呢,唉,她妈妈就是不要她了啊。"

"不要她?不要她去日本?"

"……欸。王慧全出生在成都,她妈妈带着她和她弟弟——她还有个双胞胎弟弟,他们就在成都生活了好些年。我听那些老职工说啊,"我妈伸出胳膊往窗户指,"他们住哪儿呢,嘿,离咱们家很近，就在玉沙那边那个育婴堂街，走过去没多远。为什么会住在那边，也是这个日本女人说的，说是孩子爸爸以前说过，孩子可以送到那里。"

育婴堂街是成都的一条老街，据说晚清时确有一间育婴堂，养育弃婴的慈善机构，一直到民国也还有，后来才没有了。

"但是不知道是孩子爸爸当时就没说清楚，还是这个日本女人自己说不清楚，究竟是他们老家就在成都的这条育婴堂街上，他说可以把孩子送回育婴堂街上的老家，还是把孩子送到育婴堂街上的育婴堂？说不清楚。反正这娘儿三个就在那边住了，兵荒马乱的。他们怎么生活，那个妈靠什么养活孩子都不太清楚。后来仗打完了，日本人得遣返嘛……"

"咦，他们的爸喃？那个爸上哪儿去了？"

"那个爸是个国民党军官，当官的，听说还是个校官，就这儿成都人。他们两个在北方不晓得哪个小城，结的婚，然后没多久，灶还没烧几回呢打仗就打散了。女的就找到成都来了，在这边生了双胞胎，但是咋个弄，这个当爸的在哪里啊？他们就一直找啊。"

"没找到吧？"

"这不是废话吗。你想嘛，他那种人有什么出路呢？要么打仗打死了，要么就跑去台湾了，没死没跑的话，他一个国民党的校官儿，后来肯定……就算活着，那肯定也是隐姓埋名活着，还敢在城里老家生活？——找不到了。"

"那那那咋办喃？"

"具体不知道,就晓得有一年是遣返,还是怎么回事,听说她妈妈就是那次回的日本。也不知道是服从什么规定呢还是她自己的选择,两个孩子她只带走了儿子,把女儿留在这边了。"

"留给谁呢?"

"留给谁?留给成都了呗。他们说街道后来收留她的时候她米也吃完了面也吃完了,房子也到期被收回了,她已经没出路了。那幸好街道来了,给她一点那种简单的活计做嘛,给她搭了一个偏偏儿房子住,有她一口饭吃。她妈说是把她留下,还不就是由她自生自灭啊,十六七岁的娃儿,爸也失踪了妈也走了,一个亲戚也没有,孤女子嘛。"我妈擦泪道,"后来赶上街道工厂招工,我们仪表厂最早是个街道工厂,招工把她就招进去了。"

"那她就是那个时候,她妈妈弟弟走了之后……变成……那个……就是……化了妆上街给人家鞠躬的?"

"欸……差不多吧。"

雾里火车

我见过最好的雾是白雾，不泛青不透紫，就是浑然纯净的白雾。颜色单一大概跟密度相关，白雾的密度不随机，好像约定了一个数值就一定要达标，绝不食言。它浮在半空里，不是歌里唱的"高天上流云"，也不是诗里说的山间"流岚"，我的白雾一动不动，是停云停岚。是从隔夜雨后，万千草木的茎叶花果上缓缓蒸腾汇集的雾，像冷香丸的制作工序，要集齐多少种、积累多少时光才能制得。是荣膺上天旨意、蕴含林泉性情的白雾。

白雾在秦岭的山腰上。我曾非常幸运地经历过一……一什么呢，白雾是缥缈的，没形没状，漫无涯际，缕、团、朵、片，这些量词都不合适，都捕获不了，我只能从雨雪那里借一个"场"字，一场白雾，用一个时间概念勉强限制。

我十六岁那年暑假，跟我爸回上海老家。火车很不靠谱，从成都出发后没多久就降速了，快到傍晚时竟然干脆停下来，停在秦岭的山腰上。那时的绿皮车车厢里没有空调，开着窗户吹进来的都是热风，我们一路都汗津津的。可刚在山里停了片刻，马上就清凉了，盛夏戛然而止。片刻寒意渐生，但我不肯关窗户，我爸只好爬上去把箱子开开找袖子。我们买的票是一张下铺一张上铺，我睡上铺，但白天下铺靠窗的位子我一直占据着。

我们停在半山腰，本来向下是能够看见山谷的，如果晴好的话。这条铁路线我儿时常走，总在春夏两季。我记得在一段段隧道的尽头重见天日的刹那，总能立刻看见波光刺眼的石潭和碧绿的山溪。

但今天看不见。窗外的峰岭都齐腰浸在白雾里。白雾很好看，很好看。唉唉，十六岁的脑子很贫瘠，只会说很好看，我只想出一个喻体，过年吃汤团，白雾像汤团皮，只有汤团皮有那样的纯粹柔糯。

我盯着看，发现很矛盾，白雾相对峰岭是静止的，可在白雾内部，水汽却在飞快地涌动着流淌着。整片风景固然如诗如画宝相庄严，但也有种滑稽，像漫画刻画一个人，揣着好多事，心里跌宕翻滚都快开锅了，可他看上去还是不动声色。

"这种空气是很难画的，画不好就脏。"我爸跟他自己说。

"看不清楚的地方涂成白色不就行了。"我指导他。

"说些什么！……"我爸皱眉，又斜眼看我一下，"算了。"我爸是个很棒的爸，却是个没什么耐心的老师。"啊不行了我得把袖子穿上，两个膀子受不了。"他还爬上行李架去把我的外套也找出来叫我也穿。

我恍惚能看见雾气从天上下下来，涌进车窗，但瞪眼仔细看又看不出。一转头余光又感觉有，猛地转回来还是捕捉不到。这样反复折腾了好久，白雾让人忘记时间。

车上有人开始抱怨，我们停了快一小时没挪窝，现在已是傍晚。忽然车子后退了一步，不知从哪个部位发出"刺——"的一声长叹，像大大松了口气。"走了走了！"抱怨的人欢呼，转怒为喜。果然开动起来，哐噔。哐噔。哐噔。哐噔。然而走了不过十来分钟又站住了，好像累得快要倒毙。刚才抱怨的人这下真是气昏，但也没地方闹去。

我也许是这车上唯一无所谓，甚至还非常乐于在这里停留的人了。

第二次停在一个稍微开阔的坡上，坡上散落着七八户人家，都是砖瓦平房。最近处的一家人家门廊正对着我们窗口。有个女人站在门廊上，一动不动远眺我们车尾的方向，像在等着什么。她不看我们。尽管车厢里很多旅客都把头伸出去东张西望高声喧哗，但都没能吸引她的注意。在她看来可能我们属于火车整体而不单独存在。我也伸头出去朝她看的地方看，看了好一会儿啥也没看着，但头上脸上感觉到雨的纤毛。

女人家外面齐着门廊的高度搭了一个三层的台子，就是照集体相时后面几排人站的那种楼梯式台子。最低一层空着，中间一层也空着，顶上一层摆满了破烂的搪瓷洗脸盆，里边种着齐杵杵的蒜苗和葱苗，边上有一簇蓬勃的植物，开着红黄两色的小花。我认得，我们叫胭脂花。女人踱到胭脂花后面，但并不赏花，她还是看着刚才的方向。忽然她笑起来了。而且马上就大声说了话。

"……哪个喊你们……天都黑了……看哇要死人！……"她气力很足，连我都能零碎听到几句。虽是骂骂咧咧，她却乐乐呵呵。

"……底下喊我们全部过去……打三个电话……"一个男声回应道，很快就看见他经过了我的窗口，不光是他，后面还跟着一个长长的队伍，都是扛着铲子线缆的年轻小伙子。身穿灰蓝色的工作服，脚蹬高筒橡皮靴子，他们朝我们车头的方向走过去。因为高大强壮，又扛着沉重的家伙什儿，他们踩在铁轨下的砾石上，发出很大的声响。第一个小伙子答着女人的话，脚却不停下来，大步流星走他的路。第二个小伙子接过他的话茬大声说：

"哪个敢？哈哈哈哈哈……"边说他边往前走。第三个小伙子又接过他的话茬：

"哈哈哈哈哈哈……"

后面的人也跟着笑。女人也笑，又骂了他们什么，但我听不见了，意思反正是骂他们傻。她的五官我看不清，只记得她穿着一件白底子红花的外衣，在那灰沉沉的门廊前很出挑。等他们都走尽了，她还望着那个方向，笑着剩下的一点笑，这点笑老也笑不完。他们从她廊下经过，迈着雄赳赳的步伐，像一支等待她检阅的部队。她站在缤纷的胭脂花丛里，被密密匝匝的青葱蒜苗簇拥着，像部队开拔时欢送的人群中的一个姑娘，目光依依不舍地追随着兵士们的背影。

忽然有个人从门里出来了，是个男的，看不出多大年龄，破衣烂衫的。他边大声咳嗽边冲着女人喊了两句什么，似乎是责备她磨蹭，又朝旁边猛地甩头，好像是叫女人往那个方向去。女人不笑了，慢腾腾地朝门廊右边走过去。她俯身我才看见，那边地上有个小煤炉子，炉子上坐着个小锅。她揭锅盖时有一缕白气儿飘出来，不知里面是粥还是汤。"没！"女人喊。那个男人不再说话，咣当摔门回房子里了。他的头脸我始终看不到，总之头发胡子都乱糟糟一大把，他像深藏在一个干草堆里。

那时我以为他是她爸爸，现在再一想，恐怕是她丈夫。

她不进屋去，她在那儿站着。门廊上没有柱子，台子上也摆满了葱蒜，她无依无靠地就那么垂着胳膊站着，像罚站。她始终不曾看向我们的火车。她肯定知道一列停下的火车里有多少人会好奇地看外面，她和她的家像在舞台上一样被观看着，但她既不回看也不怯场，我还觉得她有点儿成心，有点儿轻蔑，为我们不值得，我们是一帮过眼云烟式的看客，为一群偷窥她生活的下流看客不值得。

山上非常寂静，即使我们车厢一直吵吵嚷嚷的，但声音好像传不出去，完全闷在绿色铁皮蛇的肚子里了。

从女人屋后远处，坡上跑下来六七个小孩，急急慌慌赛跑似的。他们都背着布包，显然很重，但他们跑得真快啊，转眼就看清了，差不多七八岁到十五六岁都有，同样黑瘦。不知道他们急个啥，但好像就是冲着我们这趟火车来的。

一个十五六岁的男孩子跑到我隔壁的车厢窗下，大声喊："吃蛋不嘛？鸡蛋！熟的！"其实哪里用他大力兜售，车厢里早已有四五条饥渴的胳膊伸出来，"两个！""五个！"

他们应该还有几句话讨价还价的，那个时候人都穷，坐得起火车的人也一样抠门儿计较。但我不记得是多少钱了，我没买。我跟那个十五六岁的男孩子——我的同龄人对望了一眼，他一眼就看出来我完全没有意图吧，很快就跑去下一个窗口了，那里有人捏着钱拼命呼唤他。

他身后跟着一个小男孩，也背了一大包鸡蛋，但他并不向旅客销售，他只是跟着大男孩走。他笑呵呵地对大男孩说："你喊嘛，你把大雨喊下来。"我当时不明白他这话的意思，还以为是种他们之间的玩笑。后来我工作了，有次出差进山里，听见山民叮嘱我们，走到高的地方不要大声喊，因为"要把雨喊落"，而"落雨下山不好走"。那天也是阴云沉重白雾漫漫，跟秦岭这天一样。我忽然想起来，觉得可能小男孩是揶揄大男孩嗓门太大。

"快点！"大男孩生意太繁忙顾不得接小的的话，只大声催他快点跟上。原来他自己那包鸡蛋已经快卖完了，等着小男孩补货。小男孩当然只能充当送货员，他根本够不着车窗嘛。他交了差后两臂空空,后退了一步站在那里看我们。他的眼睛里有种非常锋利的光,直勾勾看着车窗里的人。据说这些人叫"文明旅客",从山外面的城市来。

"我日……日八欻。"小男孩说,声音不大,我恰恰能听见。我们四川话里的脏话跟此地山里的脏话一脉相连,我能大致听懂。但不知道他在感叹或者诅咒什么。

鸡蛋卖完他们就往回走,一路走得很慢,埋着头大概在数钱。这是他们做惯的生意,只要有火车经停,车上的人都跟快饿死了一样抢购他们的鸡蛋。他们走到坡尽头,背影就影影绰绰看不清了,白雾已经下下来,吞没了最远的几户人家。山上再次寂静了。这回连车厢里也很寂静了,人们的嘴里喉咙里塞满鸡蛋,还有人噎得像惊呆了做不得声。

也许是因为天更暗,这下我就能清清楚楚地看见白雾在悄悄涌进窗户。

"得。"

说话的是我们对过下铺的大胖子。他刚刚醒,这是他醒过来第一句话。他从中饭后睡到现在,想是睡得十分甜美,断断续续地打着呼噜,呼噜最响的时候车厢里的嘈杂只能算蚊子嗡嗡。他一翻身坐起来,看着窗外发愣。我爸笑问:"醒啦?"他懊恼道:"哪儿睡得着啊,吵得我。"一边马上捡起他的棕榈大团扇扑嗒扑嗒打在身上。"闺女,咱这是到哪儿啦?"又茫然问我。

"我听他们说是在秦岭山腰上呢。"我答。

"豪么[1]！这才走了多远就撂挑子？"他嚷，"到上海得年底了吧！"我们听得直乐。我爸更乐，他很喜欢这个大胖子，老想引他说话。"语言太精彩了，他们北方人。"我爸悄悄说。

胖大叔长得像电影《骆驼祥子》里虎妞的爸。看见他我终于搞清楚"满脸横肉"是怎么一种横法，他就算默不作声也比什么字典词典都说得明白。起初我有点怕他，这么凶狠残暴的面相我平生第一次看到。四川当然不缺恶棍，但南北恶棍大异其趣。北棍往往先声夺人，体量巨、功率大、能耗高，是种在平川旷野中空对地的威慑；南棍乍看不起眼，非常轻便非常节能的样子，但你很快就意识到他是一小块超高浓度的刁赖，长于巷战。我从小在卫民巷草市街一带长大，南棍见得多，对北棍完全不熟。老实说我还提防着他欺负我爸。因为我爸是个很瘦很文弱的细高个儿，动作既迟笨，性格也温和，我已经做好准备，胖子要是敢对我爸怎么样我一准儿跟他拼命。咳，操碎了心的十六岁少女。

然而他跟我爸非常投缘，略一序齿便叫我爸"老弟老弟"，立刻请教几个川菜的做法，发现"老弟"只会浓油赤酱后感到非常失望，说："您是冒牌儿的啊。"我爸很惭愧。开车后乘务员过来笑吟吟叫我们选一个"旅客安全员"，意思是配合维护车厢文明礼貌什么的，六个人里面选一个，暗示我们最好选个稳

---

[1] 豪么：好嘛。

妥体面的人。我们这个小空间里，另外还有三个人，依稀记得都是老弱，那么最壮实最有魄力配得上"安全员"荣誉的只有胖大叔了，但他迟疑一下道："咱们选老弟吧，老弟有文化，可靠。"我爸还谦让，胖子大叔垂头看着自己的大肚子，不无伤感地说："再说我这条件……它不允许啊。"

发现胖大叔并不是恶棍固然石头落地，但隐隐约约又有点遗憾，好像看一个戏滋味寡淡，通篇只有薄弱的误会而没有过硬的戏剧冲突。而且越了解他越觉得离谱，胖大叔不仅不糙，还有一套纤细敏感的神经系统。

"闺女你瞧，那口锅像什么？"他看我看窗外，也凝神看了一会儿，忽然说。

我知道他说的是女人家门廊上的那口锅。一口双耳的小锅，黑黑的锅灰底下泛出含糊的银光。锅盖变形了，盖不严，白色的蒸汽从缝儿里汩汩地溜出来。没风，升上去是一缕一缕，再高些化成一蓬一蓬，最后弥散没影儿了，我知道它终于加入了白雾。

"你看它像个香炉不？"胖大叔问。

"啊太像了！"我惊喜地看他一眼，他很得意，大扇子猛地扑嗒一下。

小锅里煮的不知是粥还是汤的东西肯定已经大开了，正像一个香炉冒着神秘的烟。也许山上的整场白雾都是从这里生成的。

洗头

临时要出门见人，不得不单洗一颗头。盥洗池局促，只能蹲在喷头下面哗哗冲。这姿势很吃力。把身体折成三段，压实了摞起来，像个草写的绞丝旁。重心尽力往前却又得防着一头栽过去。最后，洗完站直的一刹那头晕眼花耳鸣鼻塞，肚子叽里咕噜的还有点岔气儿。而且，千小心万小心前胸后背还是打得透湿，多的事都来了。正在懊恼，忽然想起一个人，那天他也是以我这绞丝旁的姿势，也是前仰后合，最后也弄得落汤鸡一样，洗了一颗头。我呢，我就全程在边上看着他洗了这么一颗头。看的过程可以说是非常享受，现在再想起来，更觉得滋味无穷。

这人我并不认识，平生也就见了那一回，可他洗头，这种说不私密又有私密，似私密而非私密的活动我痛痛快快看了整场，却不能怪我孟浪，因为他洗在光天化日之下朗朗乾坤之中，洗在2014年仲春一个晴朗的午后，洗在北京市朝阳区广渠门桥东，马圈正北，广渠门外大街的大街上。

现在这地点已经是非机动车道了，每天都有万千车轱辘唰唰地过。但六年前，这片地面上是人住的房子，是依着老起重机厂的外墙搭建的棚屋，外面乱糟糟灰扑扑，里面黑洞洞住着人。我上下班几乎天天路过那里，有个笼统的印象，棚屋里住的都是"来京务工人员"。

2014年仲春一个晴朗的午后，我歇班，走去桥东那家云南土产店买豆皮。本来买豆皮就完了，结果听店伙吹滇菜吹得天花乱坠，稀里糊涂就买了一个最大号的汽锅。拎着锅出来刚走了没几步胳膊就发酸，感觉我也累锅也累。顾不得体面，我把锅搁在地上，站旁边陪着它。这儿离家还有一段路呢。那天天已经热了，棉衣有点穿不住。街沿上的槐树刚绿不久，仰头从枝叶稀疏的树冠里看蓝天，想起刚刚熬过了一个寒冬，虽然苦尽甘来可生命又消逝了一段时光，既庆幸又感伤，很矛盾。

"I believe[1]你还在那里等待，爱的路，噜噜噜噜噜噜噜。"一条瓮沙沙的嗓子在唱。这是首好听的歌，我很喜欢的，但这条嗓子不像样。我往前一找，果然是个糙小伙子。他一边唱一边拎着个烧水壶从棚屋往外走，朝街沿走，春风得意的样子。走得急了一点水从壶嘴里漾出来泼在地上，他立刻停下不唱了，看着地上的水很心疼，好像很想掬起来。街沿上立了一把木椅子，样式和材质都是20世纪70年代的，与我同龄，但它保养得比

---

[1] I believe：我相信。

我差远了，水壶搁上去的瞬间它一哆嗦差点散架。

小伙子又返身回屋，再出来时肩上搭了条毛巾，手里左一个盆子右一个瓶子。瓶子一看就是飘柔。他这是要洗头。

照说他的头是该洗了，乌烟瘴气的看着像被爆竹炸过一样，晃眼还有些柴草煤渣。但他要露天洗，当街洗，我还是吃一惊。

其实我一个从20世纪70年代走过来的人什么没见过？四十年前的街头巷尾，当众洗头洗脚洗脸刷牙，都不是什么稀罕事儿，现在成了隐私了。那时别说洗这些零部件，那些家里条件不具备、襟怀又格外开阔的男的，就是站在院角洗个澡，也不算荒唐——当然一条花布灯笼内裤他是穿的。我就见过一个人守着他的同事从头到尾洗了一个澡，因为有不得不谈的公事。那是夏天天快黑的时候，这两人站在院角，一个衣冠楚楚支着耳朵使劲听、拿着本子使劲记，旁边洗澡那个一边解答他的问题，侃侃而谈，一边上上下下把灯笼内裤之外所有地方都涂满肥皂，最后还提醒说："你站远点我要冲了。"我打边上一来一回经过两趟，非常礼貌地叫了"陶叔叔好"。现在想起来当然觉得不可思议，当时还不是就那样，大家都坦坦荡荡的。

知道害臊，知道在澡堂子之外不能公开洗身体，别说整体，连局部乃至绝大部分零部件都不能公开洗，那是很后来很后来，有条件之后的事了。

这小伙子说话儿就已经拉开架势，他把毛巾拽下来往椅背上啪地一搭，面向着车水马龙的大街伸了一个懒腰，"我刺——"

他喊。不知道是一时太舒服了说不出话，还是突然意识到不合适，他只发了那个字的声母。胳膊收回来的时候不小心挂了一下椅背，他吓一跳，却不及照看自己手而是立刻去扶椅子，还是心疼它风烛残年。然而椅子竟然没倒也没散架，大概睡死过去了。小伙子一边蹲下一边解开上衣扣子，又把衣领子从前到后一整圈都窝到里面去。就这点工夫他也还是乐呵呵东张西望的，看远处从广渠门桥奔流而来的汽车，看身后熙熙攘攘走过的人，看头上响晴薄日的蓝天，看天上飞过去的群鸟，目不暇接啊那叫一个。

他转头看向我之前我已经紧急侧转身，假装低头想事，他的目光溜过我并没有停留，我真是多虑。他看所有那一切，眼里有种遍抚江山的豪情，对车、人、天、鸟，以及我的无差别的钟爱。

趁他转回去，我拎着锅往前蹿了一段，我也站到了街沿上，和他遥遥地并排。站到这个位置我才发现，他蹲临着一个下水道口，真是有讲究。

只见他把头凑到壶嘴，右手把壶稍稍倾了一下，只流出来很少一点水就马上刹住。左手又去够飘柔，可瓶子搁得太远，无论胳膊怎么抻也够不到，他只得站起来去够。等手心里挤好一摊香波再蹲下时，却怎么也找不到头顶上打湿的那一块地方。太阳大，又有点风，那块地方肯定都干了吧我猜。香波糊上去没有水是揉不开也起不了泡沫的，果然，他只得又倾了一点水出来，然而这次没控制好，哗的一下倾多了，更糟糕的是水流一急全都被他蓬乱的头发支开去，前面分成几股直接落进下水道，后面一股灌进了脖领子，长驱直入后背后腰。

"我刺——"他喊。大概水温不合适，不知是凉了还是烫了，他蹲着原地蹦了两下，很遭罪的样子。即便如此，他也决不肯念出那个字的韵母。

"奥——"我苦笑着心里替他补道。

广渠路上开始有点堵，喇叭声此起彼伏，听着好烦。离我们最近的一辆车叫得最响最急，我恨不得冲上去捂住它的嘴。它后面那辆大公共快要进站，售票员探出来使劲地拍车身，砰砰砰……"靠边儿了都靠边儿了嘿！"就这句话她重复了四五遍。都这么拥挤了，一个蹦蹦儿还炫技似的钻来钻去，终于哐的一声追了前面那个蹦蹦儿的尾，前面那人马上跳下来查看，后面肇事这位笑道："没事儿，没啥事儿——"他说，但对方一走过来就抓住了他的车把骂了一句脏的，两人马上开始争执，而且马上就白热化了。噪声、灰尘和恶毒的人类言语，一瞬间就强拆了岁月静好。

这种环境，你还叫人家怎么洗头啊？没法洗了啊！我懊恼。

然而回眼再看那小伙子，他不知什么时候处理好了水、头和香波的三边关系，此刻已经进入状态，正舒舒服服地挠着呢，顶着满头白花花的泡沫，两只手前前后后来来回回地奔波，一会儿横着挠一会儿竖着挠，一会儿同时挠一会儿轮流挠，一会儿并起指头小心翼翼挠一会儿又开指头大刀阔斧挠，一会儿又变指甲为指肚儿，东摁摁西摁摁东抠抠西抠抠，还发出弹性十足的"欻欻欻"声。整个动作又全面又丰富又有节奏，轻拢慢捻抹复挑，完全是标准的发廊手法。因为情况尽在掌握，他相当松弛，完全抬起了头，再次面朝大街。有种人天生就一副笑模样儿，眼睛、嘴都是弯的，啥表情没有也像是兴高采烈。我总觉得他这情景非常眼熟，也是阳光明媚，也是一个年轻人兴高采烈，却想不起在哪儿见过。

他这会儿正享受蹦蹦儿司机们的角斗呢，距离之近，有好几个回合拳风已经扫到他鼻尖上，他们几乎是专场为他表演。他细小的眼睛里泛出热烈痴狂的光，怎么会这样交运气的啦？买票也买不到这么好的位子呀。他双手忙，颈项也没闲着，左转右转忠实地追随着那场拉锯战，他既贪婪地观看他们肢体的暴风骤雨，倾听他们语言的撕心裂肺，同时也沉醉于代入他们进行理性思维的快感。

他套着一件灰绿色的外套，有扣子有兜，领子窝进去看不出来形状，总体样式无法归类，只能说是一件外套。裤子反正也就是一条裤子。鞋很出挑，因为天还没正式暖和呢他已经光脚穿了一双人字拖，肥大的脚丫子被体重压得没了血色，青白青白的，溢出"人"字。

他身后是他的家，一溜棚屋的最后一间。我正好还能看到这间屋子的侧立面，平常从来不留意，现在留意才发现，原来这屋子这么薄，这么扁，从门进去，顶多五步，连两米都不到。他大门敞开着,但强光下我看不清里面,好像是有几根家具的腿子立在黑暗中,肯定不是床腿就是桌腿,因为里面顶多搁得下一张床带一张微型桌子。椅子是一定没地方搁了,他现在那把椅子我看就是长期只得驻守在屋外。几十年风餐露宿谁能不老。

然而他竟然莳养了两株花卉,在门外墙根儿,黑胶皮花碗里是蜀葵,此时蜀葵尚矮小。木片钉成的箱子里是天竺葵,天竺葵却是很大的一棵,不光高,横向也伸出去老远,而且已经打了一簇簇的花苞,花苞边缘隐隐约约冒出一点火红的绉边。花枝挡着一堆五彩斑斓的东西,使点劲才看出来,竟然是高矮胖瘦七八个酒瓶子。这可真叫我吃了一惊,没想到这小子还要喝酒的,而且喝的好像还很不赖,从空隙里能清清楚楚看见一个"茅"字。正发愣呢一转念忽然想到,恐怕不是他喝的,是他捡的吧,听说这东西能卖些钱呢。

忽然就想起来了,我说怎么哪哪儿都这么眼熟,原来是像卓别林电影《摩登时代》,失业工人查理在河边破木屋里安了家,早晨阳光明媚,他来到河边,挺胸抬头伸腰踢腿,兴高采烈一个猛子扎进齐膝深的小河沟里。

"我刺——"他又喊,这回"刺"字喊了好久,像被人给扎漏了。猜都能猜出来是泡沫进去眼睛把他杀着疼,就他那种五迷三道的洗法不杀眼睛才怪呢。果然他也顾不上看角斗,慌手慌脚就去拽水壶把儿,结果一下子滋出来一股激流浇得他从头到脸到脖子到前胸全都湿透,白泡沫在头顶上呼地坍塌掉,也顺着四面八方地流淌,他跟个冰激凌似的融化了。

我觉得他至此已溃不成军,这回洗头可以宣告失败。但他忽然定住不动,一颗头垂着,手搞在两边太阳穴上,身体折成三段,压实了摞起来,像个草写的绞丝旁。他不动,任流水在身体各处流淌,不去干涉阻拦也不扭动躲闪,他似乎在等水流流尽,等一个时机。

等他再次去够水壶时他好像不那么急了,够着以后也不慌着倒水,而是从从容容握住壶把儿,还停顿了一下,调整了一下脚的站位和身子的角度,再把脑袋凑去壶嘴,跟壶嘴联系好接上轨,把关系理顺办妥,才缓缓倾出水流。这回这水流再也不劈头盖脸,非常理性非常平和,正像诗歌里说的涓涓、潺潺、滔滔汩汩、绵绵不绝。右手控水,他左手也没闲着,在头上拼命地胡噜,水到手到,指哪儿打哪儿。

"漂亮。"我赞叹,这方有个局面了。

"呦呦,怎么跟这儿洗啊?"从后面单元门里走出来一个大妈,边走边问。我乍听以为她数落他,再看发现她在乐,"你这耳朵后边一大块儿泡沫儿呢!"她撩撩自己的耳朵。

小伙子仰脸看她一眼叫了声什么奶奶,依言摸索到耳朵后面去冲洗。忽然又从天上传来一声暴喝:"还在那儿呢没冲掉!往东点儿往东点儿!"我吓一大跳,抬头一看,二楼阳台有个老头趴在窗沿儿上,俩胳膊支着,手里还夹着烟卷,看那烟卷已经快抽到头了,大概趴了一根烟的工夫吧。他高瞻远瞩道:"再往东一点儿——哎好——得嘞,冲干净了。"

我还以为普天之下就我这么一个观众在看风景，没想到楼上包厢里还有一双眼睛，而且毫无疑问，他眼里的风景一定包括我，因为他指挥完了之后吸了口烟，吐烟的一刹那他看了我一眼，烟雾弥漫，我没看清他是不是还朝我乐了一下。

够了。我拎起锅往前走。瞟了一眼小伙子那边，只见他一颗头已经洗得干干净净，只是好像不太会使用毛巾，乱七八糟地擦了一通，擦完还在滴滴答答。我最见不得这副拖泥带水的死样子，回头生了病得多讨人嫌。想一把扯过毛巾往他脑袋上狠狠地胡噜，并且恶声恶气催他换衣服。

"你这是找感冒哪？赶紧回屋——叫人笑话！"天上那位又喊。这会儿我正跟小伙子擦肩而过，他茫然地仰着头："啥，我使的热水，不凉——"他傻笑回答。

我带炖肉去看你

一

上个月去探望了大伯,他住在京郊一家敬老院。刚住下半个月。

"他不大喜欢那里,嫌远,说朋友们看他不方便。吃得也不满意,菜不合口味。没交到新朋友,反正聊不到一起去。但也不想再去跟儿子一家住,他怕打扰他们——其实更怕他们打扰他。"我爸在电话里告诉我。他们两兄弟已经通过一个很长的电话,大伯大吐苦水。我爸说完沉默了一下,想是心里心疼他大哥。

"……他有说缺什么吗?我带什么东西去呢?"我问。我也知道这是不着四六的话,虽然看上去很"懂礼数",但大伯缺的东西我哪里拿得出来。

"你不要提前告诉他要去看他啊!"我爸叮嘱我,"你先告诉他临时又有事去不了,这不是叫他空盼一场吗?"

"不会,没什么事比看他更重要。"

"好吧。东西他说他什么也不缺。"

要说我们这边的晚辈子侄里,最熟悉最了解大伯的人可能是我,因为我大学四年的大部分周末,是在大伯家过的。说出来也难为情,我当时自觉已是顶天立地的一条,但家里对我独自去北京念书还是不放心,觉得我"昏",拜托大伯照管我。所以大伯有监护之责权。四年中我跟着他去魏公村自由市场买菜买鱼,去中华书局买书买画册,去中关村买碟买唱片。冬天到他老同学家吃大菜,冒着鹅毛大雪。夏夜从西单音乐厅出来,淋着细雨小跑终于赶上320末班车。我们曾站在街角一起撸过串儿,那时北京兴吃一种电油锅炸的羊肉串。我们曾一起顶着大风追过无照经营的破卡车,因为车斗里是他志在必得的春笋。那几年大伯的生活,假如按场景分,大致,无非,分成两半,一半是工作日在办公室伏案,另一半我上面基本概括完了。

我也怀疑家里亲戚长辈最了解我的人是大伯,因为大学四年中我的生活账目全归他督察审批,大小考试的成绩也要向他报告——难死了,我这四年。一个钱一个分儿,多少次我企图瞒报谎报,哪次又成功了?"你这个月底没钱是因为上上个星期你连着吃了四次馆子,去看展览你是打面的去的,超支严重。""古代汉语怎么八十分都拿不到?我叫你看的那两本书你看了没有?——绝对没有。"

我跟大伯的关系，老实说，并不像想象中的伯慈侄孝，根本不怎么亲和温暖。他对我像是在研究工作上带一个学生，那种成绩稀烂但走后门硬塞给他的学生，他不得已，常常无话可说是因为不得不憋着满腹牢骚。我对他像宝玉对贾政，战战兢兢，时刻都有东窗事发的忧惧。又或者像方鸿渐与老父方遯翁，每每被他看穿："汝托词悲秋，吾知汝实为怀春——难逃老夫洞鉴也。"然而微妙的是，我们逐渐也都知道对方怎么看自己，他知道我当他是贾政，我也知道他当我是关系户差等生，他知道我知道他当我是关系户差等生，我也知道他知道我当他是贾政，他知道我知道他知道我知道他……反正啥都知道了，知道之后我们形成了一种很新型的亲属关系，我背着他斗胆说一句：像搭档。我们是逗哏和捧哏的关系，他负责嘲讽、下套儿和指点迷津，我负责聆训、马屁和茅塞顿开。后来久了，他允许甚至喜见我的毕恭毕敬掺了假，我唯唯诺诺的笑里藏着刀，大概觉得滑稽有趣。时不常我也给他来一句，他受了窘不仅不生气还乐，好像为自己竟然也能感受到窘这种滋味而新奇惊喜。

我工作以后虽然定居北京，但成天出差，去看望他并不多。这个嘛，倒不完全赖我，我一般一到周末就会打电话给他，为了显得懂事，有心有肺。但我大伯，真不是一个常规的大伯。

"大伯，我出差回来了，星期天我来看看您？"我说。

"不要来，我要去同学家吃饭。"他说。或者：

"不要来，我冰箱里没东西了。"意思是不能做饭给我吃，而他又不大肯出去吃。或者：

"不要来，老扈老郑老朱他们要来。"意思是做了水晶肘子可没我的份儿。或者：

"不要来，我忙死了，一篇稿子在收尾。"

"那咱们就去白石桥那儿吃个饭吧，新开了一家羊蝎子。"我说，饭总是要吃的啊。

"没时间没时间，我要收尾——什么叫羊蝎子？"他都不知道羊蝎子。

"就是羊脊椎骨，很香哒啦。"

"以后再说吧，我要收尾。"他说，留了个活扣儿。

这事儿我印象很深，果然又过了一星期我再打电话，他竟然同意出来吃羊蝎子了。我先回家里接他，一见面吓我一跳。他戴了一个充气脖圈，形状像三个甜甜圈摞起来，他钻进洞里伸出头。最顶上的甜甜圈已经抵住他的下巴，强迫他一直半仰着头。原来他近期伏案太多，终于惹翻了颈椎病，不仅颈椎，整个脊椎都受到压迫牵连。他独自跑了一趟医院，拿回这么个器械，医生说：不许摘。所以他一直就忍着疼不敢摘。开心的是稿子终于收尾。

他一边换鞋找帽子一边往外走，不能低头，只能两个眼睛使劲往下看。平常他很少戴帽子，想来是为了掩耳盗铃遮一遮脖圈。脖圈确实很抢眼，鼓，里面充满了气，旁边还有一根细细的尼龙绳子垂下来，绳梢坠个塑料头儿，悬在他肩膀上面轻轻晃着，灯绳似的。他把阔檐帽往头上一扣，眼睛都快挡住了，灯罩似的。笑道："我像不像莎士比亚。"他是指自己的脖圈很滑稽，像莎士比亚那个累赘的花边领子。这就算自嘲了。

"不，大伯，您像盏台灯。"

等羊蝎子上来，一大盆看着这痛快，我欢快地啃着，他却很迟疑，撕下几丝肉之后就停了，把手里的骨头反复端详。羊蝎子的肉确实不多，因是专为筋头儿巴脑爱好者发明的菜肴，乐趣不在大块吃肉而是索隐探幽。

"这盆是不是上桌客人啃过一遍的？"他说。他好不容易论文收了尾，脖子都坏掉了，到头来却吃不上一块肉……我也没有脸再啃下去。结完账我灰溜溜地要走，他叹气道："下周我们吃生炒排骨吧，我准备一下，刚好一个广东同事送了我沙茶酱。"

人生真是很怪，而且过了四十越来越怪，那些年发生过多少国家大事，我自己也经历了不少人生大事，却根本就稀里糊涂，倒是一些屑末小事，可谓人生碎碴儿，我倒记得清清楚楚，还越来越清楚。我们往回走到民院南路的路口，我打算去坐车了，临行前他说的，生炒排骨用沙茶酱腌足一小时，比什么调料都出色。街边霓虹灯很耀眼，他帽檐以下的脸上映出红黄蓝绿的油光，大概也是想到排骨的缘故，他睁得很大的眼睛也精光四射，像年节里的彩色灯泡。"下周回来吃吧。"这盏华丽的台灯说。然而后来我没能去吃，因为临时又出差了。

二

敬老院在郊外,也还算好找。虽然离大路不远,但已经是乡村风景。田里种麦,麦上蜂虻嘤嗡。路边杨树叶子哗哗闪烁,反着青光银光。沟里没水,遍布牵牛荓草,卷须横流倒像波涛。岸上密密生着一长溜鬼针、苣荬和蓟草,零零星星开几点黄花紫花。麦田上来的风吹在脸上像烘干机里喷出的热气,人一下就蔫了,直想找地方躲。这就是北方的盛夏,强烈粗犷辛辣辽远,风里有亘古如此的气息,二十多年前我第一次来北京就被这气息震慑了。

大伯是在城里住惯的人,他家那座老塔楼里一梯六户,全是他们单位系统的熟人,他常来往的邻居就有好几家,一出门就不停跟人打招呼,他不愁寂寞,他遗憾的是不够寂寞,安安静静写字看书的时间似乎总是不够。这下好了,住到乡下来了。

我也曾问过大伯,为什么会留在北京,为什么当年没有回上海,为什么再也没回上海。好像一般上海人总想回他们上海的。大伯的回答是,不回答。当时我们刚刚吃完饭,他一时还没离开,抱着两臂,与我闲话。话头是我们议论那些在北京很难买到的上海菜蔬,他表示非常怀念。我不明白他与其在北京上天入地求之一遍,为什么不干脆回上海生活,就问他。他不回答。抱着臂,不看我,看对面的墙,我以为他在思考怎么回答,结果半天他垂下眼睛,说:"收了吧。"叫我收拾碗筷。其实我大略也能推断出不回的原因,毕业分配啦,工作单位啦,结婚生子啦,等等,但实际上我后来逐渐意识到,在这些原因之上他还有一个最根本的原因,他愿意,他爱北京。他是我知道的极少数,爱他乡远超爱家乡的上海人,能回去也不回去的上海人。

即使老了,除开偶尔回去探探亲戚,他也不想所谓叶落归根的上海人。

我推门进了大堂,工作人员问我来看望谁,我说了大伯的名字,刚要描述一下他的情况以便他们了解,话还没出口呢就有三四个护士说:"噢,杨爷爷啊!"立刻就有人带我上楼。真没想到他在此间会这样出名。电梯门一开,我尚不及出去,却被一男一女两个慌慌张张的人先冲进来,差点撞上,只听后面传来一个声音:"您二位还回屋吗?——我看张奶奶好像还等着呢……你们跟她说好这就走了吗?"原来是位护工,追到电梯门口。我出电梯时听见女人在背后声气低哑地说:"那个,我们就不再进屋了,她今天一直说要跟我们回家,说了一整天。这要不是说出来上厕所,我们根本别想出来了。"她话还没完电梯门已经关上了。

这不是我第一次到敬老院,也不是第一次见这类情形听这类话,但我还是觉得刺心。有时在那些没能及时入睡的夜里,这类情形和这类话会自动占据我的脑子,我会不由自主去跟随它想象它,等腾地意识到时,已经晚了,恐惧和伤痛已经折磨了我很久,很逼真很具体很扎实。

护士带着我穿过二楼大厅,大厅里空空荡荡,只靠窗的角落里有一桌老太太们的麻将，还是三缺一。也不热闹，只听见一句断断续续的老北京话，"你什么……时候打的啊，我……都没看着……"

又拐了两个弯，护士先进门通报，我往里一看，大伯挂拐站着，他两边还各站着一位老人，左边的我认得，是扈阿姨，右边的我也见过，反正是大伯的朋友。大伯看见是我，愣住了，瞪着眼睛不说话。我叫他，他才说话："哎呀，没说要来啊？"又介绍他的朋友给我，让我叫人。我都四十多的人了，他还按照早先的规矩让我叫伯伯阿姨。我一边叫一边观察，似乎他这两位朋友正要离开，我进来之前他们必定正在惜别。果然扈阿姨说：

"没关系的，外面马上就能叫到车子，很便当的呀。"她说着就把手机拿到大伯眼前，要给他看桌面，"喏，我女儿给我弄的一个软件，晓得吧，专门叫车子的。"口气美滋滋。

大伯一看就搞不清状况，问："那么要是人家出租车司机不肯来呢？嫌太远呢？"

"不是出租车是私人的车，现在私人的车子允许他们载客的。我叫的车子就在附近。"

"我讲，黑车还是不要去坐它啊，没有保障的啊。"对不是出租却想拉活儿的车，大伯的认识还停留在黑车上，不知滴滴、优步为何物。

"不是，人家合法的！不跟你讲了，这是新事物——新——事物。"扈阿姨很得意。旁边的伯伯跟我大伯差不多大，却没有拄拐，想是相当硬朗。"合法的合法的，老杨你放心，合法的。"他附和。

大伯根本听不进去他们的话，大概是多少年来在他们那个小圈子里做权威做惯了。他本来一筹莫展，忽然想起我，笑道："好了！"转头对扈阿姨他们说，"她送你们回去！"不等他们反应，他又转回来对我说："扈阿姨住在劲松，毛伯伯你还得送他回北大。他们两个一东一西，你辛苦跑一趟吧！"我还没来得及回答，他又转向他们："我侄女儿送你们，解决了！"

这叫什么话，我刚到啊大伯，坐都还没坐，连话还没说一句呢。哪有这样的啊？！我心里嚷，又好气又好笑。但压根儿插不进嘴，他一直朝他们说："这下问题都解决啦，这不是两全其美吗？"他沉浸在喜悦中。

"不要来……""不要来……""不要来……""不要来……"我又想到他以前常跟我说的这句话。这老头当真古怪。

然而扈阿姨他们坚决不要我送，一是他们马上就开始演示叫车并且立刻就成功了；二是，人家这才叫通达人情世故，都说："你侄女那么大热天大老远来看你，你水也不请她喝一杯吗？"扈阿姨一迭声叫我坐。我大伯亲眼看到扈阿姨手机软件上显示的叫车成功，见证了新事物的厉害，一时也讪讪的，笑谓我："坐吧。你——吃葡萄。"桌上有一盘葡萄。

我赔笑拣了一个正要吃，瞥见果蒂竟然有点霉，只得悄悄扔了。又凑上去检查，把几个不新鲜的都扔进垃圾筐里，趁他们说话。我估计大伯现在这眼神是发现不了这些细小的问题了。

他们又寒暄了一阵才离开。大伯硬要送人家去电梯。一边走一边还解释:"不是不是,没有添麻烦,她可以送你们的,她送你们我还放心——我这侄女儿是比较稳妥的。"

听到他这最后一句,我呆住,我认识大伯这么多年,从没听他对我有这样一句考语,"比较稳妥"。他并不是一个严苛刻薄的人,他只是不爱褒贬,也很少对着人流露情感。

"比较稳妥",说我。

我又忽然想起二十几年前,大伯对我其实早就有过评价,不过当时的情况,有点儿尴尬。那是1992年,我大二暑假,他早就计划好要把几个子侄,也就是我的堂姐、表妹、堂弟几个人一齐约到北京来,趁他有空,要带我们去游览北京名胜。一天晚上,我听见他在电话里同我大姑妈,也就是他自己的大姐说:"她已经放暑假了,我叫她去火车站。"我听出来这是说我,因为次日大伯上班,他打发我去接堂姐他们。大概电话那头表示了怀疑,我又听大伯笑道:"——是的,是惯得不像样,现在都惯得不像样——但办这种事情她没问题,她脑子很活络,就是北京话讲,机灵。她比那两个机灵多了。"

我正在客厅里看书,看的是大伯指定的《约翰·克利斯朵夫》,这种高级货根本看不进去,那时最喜欢的是"飞雪连天射白鹿"。听见他夸我机灵,我差点美哭了,差点唱出来,真的,感恩的心。要说我堂姐表妹,这两个人我不知道是谁把她们派进我们家族、安插在我两边的,一文学霸,一理学霸。多少年来我好好地在成都待着，跟她们千山万水隔着，也躲不了她们在学业上捷报频传。后来我脸皮也老了，也常跟她们打趣，向表妹说：汝姐不如吾姐。向堂姐说：汝妹不如吾妹。套用孔鲤说孔伋的话，卖弄取笑一番，但心里总还是酸楚的。今天忽然听见大伯替我说话，真激动不已。然而他话还没说完：

"那两个是读书人。"

那两个是读书人。读书人。我不是读书人，那么，我还是高兴得太早。我怎么不是读书人了？我这不是正在读书吗？读得那么吃力也不敢不读吗？我垂头读书，愤愤地。他打完电话走过来，也找了本书，落座道："读到哪里了？"

"快完了，他又回了法国。"终于熬到解脱，我想。

"怎么样，喜欢读吗？"

"嗯嗯喜……欢。"

"读完了就去读全集吧。"他轻描淡写。我转头看着书柜，整整一排啊，灰色布壳子的《傅雷全集》。

"啊——"我不小心叹气出声。

"怎么？不是说喜欢读的吗？"他诘问。

我想下周末决计[1]不能回来了，拼着不吃罗宋汤了。然而忽然又意识到自己果然不是"读书人"，他并没有说错。"难逃老夫洞鉴也"。

1　决计：绝对。

扈阿姨他们到最后也没要我送。扈阿姨还朝我苦笑笑，表示大伯这么落伍这么顽固咱们年轻人可也太无奈了。我记得她比大伯也就小一岁，她是他在上海的中学同学呢。真为她高兴，听说她什么都会，在朋友圈很活跃，拍图发图配字幕配音乐，还做了好几个山头的群主。而大伯连智能手机都没有呢——连不智能的手机都没有呢。她一边说笑一边系纱巾一边背包一边往外走，这么多动作一气呵成，干净利落得像个缅甸古典舞蹈家，连后脑勺、后脖颈、后背、后腰、后脚跟都生机勃勃，以至于她出门半天了我眼前还有她的一个人形，和一缕裙纱。

转头再看大伯，他正在把几本书收回书架，一只手拄着拐杖，一只手拿着书努力往里面塞。房间里骤然静下来。尽管已经到夏末，却还是有点燥，他们之前把窗帘拉上了，没拉拢，留了一道缝儿。就这一指宽的明亮已经很耀眼。他逆着光，在暗色窗帘的背景上整个人被金边压缩小了，比以前小了不止一号。他背对着我，一直不转头，恐怕不是很想说话。但也许他是忘了我在房间里。我一时也找不出话，埋头收拾他们吃残的水果碟子。这里的静不是安静，是寂静了。

"上个月老朱走了。"他忽然转过来说。我看不清他的脸，他好像有一点点微笑，眼睛却不看我看着手里的书。

"啊，朱伯伯？"

"对的。你记得吧？"

"记得啊，怎么不记得，朱伯伯。"

"上个月初。他们刚才来讲的。"他又转过去塞书，半天塞不进去，举着书的手悬在半空里，剧烈地颤抖着，像个京剧演员在程式化地表现震惊和悲伤。他的帕金森综合征在最近三年中越来越严重。

朱伯伯是大伯最好的朋友。从大学同学开始，十八岁玩到八十岁。每次家里请客都有他，不用特意去请，他的席位是长年固定的，甚至在餐桌上的位子也几乎是固定的，离厨房近，因为偶尔要他搭把手运输菜肴，或者大伯遣他去灶上看火候。本来这项工作是他做，后来他移交给我了，我印象很深。他对大伯也是一样。那些年大伯一个人生活，因为大伯母和我堂哥都出国了，大伯成了留守男士。多少顿年夜饭他都一定要他去家里，不去也得去，他就不让他一个人过年。

他去世后一个月他才听说。

大伯没有手机就这个不方便，人家打他家的座机总没人接听，多几次也就放弃了吧。特别相熟的人知道他辗转了好几个地方，终于还是住进了敬老院，彼时尚在适应，料想心绪也不会太好，也都不愿意把坏消息及时通报给他，宁可暂时不联系。所以大概就这样拖了一个多月。

"我跟他最后一次见面总有大半年了，之后呢我们两边身体都多少有一点问题，再也没见过。"

"他比您大两三岁吧我记得？"

"一岁零三个月。——他以前还打篮球呢，都以为他不知要长寿到多少岁了。"

"是，我记得他黑黑的，好像很矫健的样子，他那时候也有六十多了呀。"但我知道朱伯伯是喜欢抽一点烟的，背着朱伯母。有一次他藏在橱柜顶上的半包烟被发现了，朱伯母发好大脾气，星期六晚上打电话给我大伯，历数朱伯伯几十年来的种种违规胡闹，叫大伯帮忙规劝，肯定多少也有点一下大伯的意思，猜到他们之间有包庇。那晚我们正在看电影频道播放的《007之金手指》，快到结尾最关键的时候。大伯跑去过厅里听电话，在电话这头不停地说："哎呀怎么会怎么会？居然这样？哦哦对对。这样下去怎么行怎么行？"口气很吃惊很义愤。等放下电话我又听他自言自语道："怎么放到橱柜顶上了……原来都放在书柜顶上的啊……"看见我看他，他又道，"抽烟是不对的！糟糕极了！早就跟他讲过多少遍！这老朱确实不像话——害得我电影也看不好。"算起来，这已经是二十六七年前的事。

"我给你的那本书是他送我的。"大伯说，"雨花石。"他看着我，等我反应。我当然记得那本《雨花石图谱》，因为大伯当初自己很喜欢，看见我也爱不释手，警惕道："我此时还不能送给你，我自己还没有看够呢！"隔了至少有半年，我有一次回去，看见我床头柜上搁着这本，他说："拿去吧。"想是终于看够肯放手了。

那本《雨花石图谱》我真喜欢，得不到石头看看图片也行啊,原来旧主是朱伯伯。对了,他喜欢玩石头,大伯书桌上的一块贺兰石也是他送的,上面有一条粉青色的斑迹,像浓浓一笔重彩画上去的,很别致。大伯原说要拿去请人雕砚台,后来发现做水晶肘子用来压肉更合适,分量、形状可谓天造地设。然而另作他用却没有告诉朱伯伯,是我不小心说漏嘴败露的,朱伯伯一开始直跺脚,一定要讨回去。大伯心虚不理他,他说了几句也就算了,大概也是想到水晶肘子的美味,终究吃人家的嘴软。

朱伯伯走了,大伯没能送他。

书柜里大概没有余地,大伯费力半天,终于还是把手里那本书撂在茶几上,坐回沙发里,好像有点累。我捡起书来翻了一下,看见封二的作者照片,是朱伯伯。

"你要看吗?你不会要看的。太专业了。"大伯说。我翻到后面一看,果然是我看不了的。我没答话,只把书塞进书柜。书柜哪里没地方了,有的是地方。

阳光太强,我眯着眼睛才能看清楚窗外的风景。并没什么风景。只有几棵旱柳披头散发地站在那儿忍受着炙烤,远处传来知了叫,嗓子都叫劈了。旱柳树老让人联想起干枯的河滩,茫茫白地,北方平原的荒凉。

"最后他是脑梗。"大伯说朱伯伯,"他们说他血脂高,其实他还没有我高呢!"他有点愤愤不平,替朱伯伯冤,"但是我也有一点后悔,年轻的时候太没节制!肥的、油的、甜的吃得太多。"他抬头看住我,"你要吸取教训哪!我们家的人全都有这个问题。尤其你,你说你有没有?"忽然火星落在我头上。

我算起来这辈子爱吃的几样菜,多数都是他之笑谓"粗鱼笨肉",不由得愧悔。但马上又想到,咦,都是大伯您带领我走上歧途的啊!红烧牛尾、油爆大虾、生炒排骨、水晶肘子、拆烩鱼头、罗宋汤这些的,我不都是跟您学的?怎么叫"尤其我"。

"我现在认识到大概已经太晚了。"他沮丧道。

"不晚啊,上次体检医生也没有格外警告这个问题吧?可见没有严重到那个程度。"

"是没有说更多,但我总还是要改变。"他叹,"我还要多喝水——你把那杯水给我。"马上接过去喝了几口,表示从此洗心革面。我受到感染,也翻出包里的矿泉水猛喝。房间里很静,能听见两组清晰的咕嘟咕嘟。喝罢我们都不吭气儿,各自发愣。好一会儿我清醒过来,才想起今天来了到现在,连一句正式的问候都没有呢,探访的步骤全给打乱了。

"您在这边还住得惯吗?"他住进来已经有半个多月,我爸说他一开始不喜欢,不知现在适应得怎么样了。

"这里什么都好,人家服务很好,随叫随到的。"大伯说。我放下心,回去禀告爸妈好教他们也放心。

"就一个,我吃不惯。"

"没有肉吗?"我很了解他。

"不能讲完全没有,不客观,但是都切成肉丁肉丝了。"

依我们家的说法,凡切成肉丁肉丝的肉就不能再叫肉,不配,丧失了肉的名誉,被逐出肉门,甚至是一种对肉的糟蹋和辱没。

"……是不是人家有规定啊,要控制血脂、胆固醇之类的?"

"难吃极了。"他跺了一下手里的拐杖,地上发出闷闷的"咚"的一声。

好了。这就是最坏的评价了。大伯虽然不大夸人,批评人的语汇却也一样贫乏,他平生只顾讲理,认为诸事皆可讲理,皆须讲理,道理讲明好坏自现,他的评价感慨都在讲的过程中蜻蜓点水般闪一闪,情绪化的表述在他实在是罕见的。所以"难吃极了"我一听就咯噔一下,知道他必已忍受很久,快要忍受不了了。

"啊我怎么没想到!"我很懊恼,心里狠狠搡了自己一下子。这次毫无准备,等下从敬老院出去还要赶飞机,再多恨憾今天只得先压着。"下次我带来。"我简短道。

"你带什么?"大伯微微抬头。

"我带炖肉?"

"怎么炖?"

"就原来您在家里那么炖嘛——行不行?"

他点了一下头,就一下。"买的时候不要选柴的。该放什么都放进去好了。糖不能太少,不然不对了。要浓一点。"他说。

95

三

我得选一块肉。

要有一点肥,一点肥意,点到为止,五花肉就稍微过了。要瘦,但不能全瘦,里脊虽然娇嫩,我却嫌它呆板滥好。要有变化,变化的规律捉摸不透,这质感松板好像接近了,但滋味单调了一点,吃到尽处也就是一块肉,温柔富贵,缺了一点骨气。骨气在骨头里。最好肉的尽处是骨头,贴骨肉能吃到硬派的膏腴香,所谓精"髓"。排骨里的肋排更接近了,质感、变化、骨气兼具,吃起来也方便,然而两点不足使它出局,一个,即使斩得再小巧,纤维还是略长;另一个偏偏就是这方便,一口一个一口一个,节奏太整齐,想想都无聊。

我平常烧菜就算够用心,但选这块肉也很费踌躇,反复推敲。无非是想他吃得好。我想大伯吃得好。

最后选定了梅花肉骨。它符合我所有苛刻的条件。

说来真是,也感慨也好笑,我选肉所用到的经验知识,又哪里是我自己的颖悟了,点点滴滴均由大伯早年亲授。我踌躇推敲的那些话,好一阵子忽然反应过来,脑子里是大伯的声音,原来是他自己给自己选了一块称心如意的肉。哈哈哈哈,唉唉,草蛇灰线,伏脉千里,没一笔多余。

他有一次鄙薄一家徒有其名的饭馆,因为我们在糖醋排骨里吃出剁小的腔骨,掺了一半之多,当然知道他们为节省成本。

"但怎么也应该选差不多的材料啊，比如一根尾骨，斩小一点也一样好充数，肥瘦软硬也都齐全，食客即使吃出来也会怜你用心良苦，不同你计较。

"腔骨剁小了就只有骨头，我怎么吃呢？我没法吃呀！你端上来还得原封不动端下去，做厨师的难为情吧？"

还有一句他自认为非常杀伤的评语——"欺世盗名"。

我得说大伯这人其实并没有那么苛刻，他好说话、无所谓的时候挺多，他只在少数几个领域中对少数几类人苛刻，头一个是他们自己的学科领域，另外就是烹饪领域了。他认为合格的厨师就应该像合格的学者，做菜就非得像做研究工作一样，心里一向就装着那头猪那头牛，念兹在兹，知之甚深。

我选定梅花肉骨，剩下烹饪是很简单的，咕嘟咕嘟嗞嗞嗞。嗞嗞嗞稍微费点神，汤汁要尽量收干，在糖液将焦未焦，眼看要结晶时釜底抽薪，叫它们全体愣住。这样糖下有酱，糖上有油，糖夹在中间有股子硬气，使本已酥得六神无主的肉重整旗鼓，重拾挺括。这个环节也就是十几秒钟，甚至最好马上盛盘，盘子端到空气凉点的地方去敞着，不能盖盖子否则蒸汽凝成水滴再把肉淋坏了。就叫肉独自冷静冷静，把味道先吃进去，回头再一五一十吐出来。

我操作这套程序时虽然早已经很熟练，但因为是要带给大伯的，总好像带点初学者的全神贯注。盘子端到窗口的一刹那，玻璃上映出我的一张脸，我的个天，我差点失口叫自己一声

"大伯！"一模一样啊，眼睛凸着，眉头皱着，下巴双着，嘴撇着，脑袋还轻轻地摇，外人以为这是对自己不太满意，承认自己还需要诸多改进，其实根本没有，啧啧啧啧，我对自己极其极其满意，已经完全没有改进的空间。

然而我这自负一见到他马上就垮了。

而且他还啥都没说呢，连看都没看。他在睡觉。我把玻璃盒子放到小冰箱里，忽然发现原先油滟滟亮晶晶的酱汁黯淡了很多，现在深秋天气渐渐寒凉，肉会塌缩萎靡。我轻叹一声，也塌缩萎靡在沙发上。

我出门是下午三点一刻，为了赶他的晚饭，他们敬老院开饭早。那时人们还没有下班，往东出城的路还很清静。出租车的窗玻璃没贴膜，窗外一切是原色。天空澄碧，天边林梢上停泊着白云。高碑店这边有好些废弃的厂房，墙根儿下大蓬大蓬的翅果菊倒伏了，北京到了多风少雨的时节。干酥酥的空气里充满矛盾的味道，一会儿浓郁苦冽，一会儿湛澹芬芳，是青草在渐渐变成枯草衰草时挥发的氤雾。

我暗暗高兴，因为大伯竟然最终决定回北京安顿。北京又变成了有大伯坐镇的北京。对我来说有大伯的北京才有主心骨，才是老资格，我自己无论活到多大岁数都不配。

在这之前他离开了很久，因为退休后就去了温哥华和我大伯母我堂哥他们团聚，近十几年都牢牢定居在那边。但其间他回国好几趟。家里都劝他不要太辛苦，坐飞机十几个小时啊，他都快八十了。但"不回不行",每趟他都有理由。一开始理由十分过硬,比如新书要出版必须与编辑会面,编辑没有出国经费;比如要回上海探亲,姐姐岁数也大了身体也不好等。后来理由就渐渐地有点发软,"回去看看""老房子总不住人不好,总得收拾一下"什么的。家里也不拦了,都看出来他到底心在哪里。

我们以为这将会一直持续下去,会一直见到他红光满面飞来飞去,可他忽然很久很久没再回北京,很久很久都没再露面。因为大伯母在那边去世了。

等再见大伯,已是好几年后。那是一个隆冬,过年前,他儿子陪着他,爷俩满北京找合适的敬老院,我堂哥跑断了腿。他们得空的时候我们一起上馆子里吃了顿饭。大伯见面一直微笑,看看我又看看天花板。主要是看天花板。好像不是刚刚见面,而是这次见面快要结束了。他跟我没什么话吧,对我小孩倒很有兴趣。

"你记得吗,"他笑眯眯说,"你小时候回上海,最怕人家亲你,小姑奶奶她们一亲你你就拼命喊'又命!又命!'哈哈哈哈哈——就是救命救命!"

那是我小孩一岁多的事情,他哪里记得,只呆头呆脑看着大舅公"哦哦,好的好的"。大舅公笑完也呆头呆脑地看着他。

不太对劲,大伯的反应比往年似乎迟缓多了。我看见他的手抖得相当厉害,简直跟故意开玩笑一样,伸筷子搛一个他面前的菜,好像一路都在搅鸡蛋,好不容易搛到菜,回程也十分艰辛，还忽然停住，仿佛迷了路。我笑着帮他，心里震惊。我哥低声说："帕金森。我妈确诊肿瘤那天，医生说剩下的时间不会超过半年，刚说完，我爸就开始抖了。今年越抖越厉害。"

他们终于选定敬老院住进去时夏天已经过去。大伯很挑剔，一再要求离市区近一点近一点，为了方便老朋友们去找他。结果离我最近。我偷乐得不行。统统都计划好了：每个星期都去看他！像当初念书时一样逢周末就会去！做好吃的、买好吃的送去！把从他那儿学来的本事请他一个菜一个菜地检阅一遍！下载些老电影带去一起看！007！卓别林！刘别谦！靳凯利！德菲耐！他喜欢的全都安排上！还有一些我们曾经去过的地方，紫竹院、颐和园以及他老朋友们聚居的北大中关村一片，带他去陪他去！还有微信，一定要教会！

统统都计划好了。这趟除了红烧梅花肉我还带了iPad，里面下载好了《虎口脱险》和《运虎记》。"这张片子好看极了。"他曾高度评价《虎口脱险》，用一种老式的量词，片子不论"部""个"，论"张"。等他醒了我就放给他看。

他老也不醒。我想去问问他几时睡的，刚出门就正好碰上看护要进来叫他。

"杨爷爷今天上午累着了。"看护小伙子说，"上午来了五六个人，老同事，杨爷爷跟他们聊天聊了很久。"

我也听说了，自从大伯住下以后经常有人来看望他。

"哎呀吵死了——"大伯醒了。也不跟我寒暄,直接就向我抱怨:"我的一个老同事,老太太,太能讲了,整个上午,整个房间里,只有她一个人在讲话,讲讲讲。"他又皱眉头又忍着笑。

"全世界上没有她不知道的。谁退休了,谁离婚了,谁搬家了,没有她不知道的。不光是我们单位内部,连别人单位的事情她也知道。

"别人问我话,她替我回答;我问别人话,她替别人回答;她问我话,她自问自答!答错了我要纠正她她也不听!"

"那你暗示她一下呀!"我说。

"暗示?对她得明示啊!"

"啊你明示了吗?"

"我是要明示的呀,但我插不进嘴呀!"他用拐杖使劲捣了几下地板,苦笑摇头,"有个同事,岁数跟我差不太多的,很久不见了,人家从进来坐下到走,我们一句话也没讲成,我还想问问他的书怎么样了,他夫人孩子怎么样了,他都没办法开口!最后怎么样?我送他们出门的时候,我们两个人只好用目光交流了一下!用目光!面对面!"

他一口气说了好长好长,果然上午憋坏了。又叫我去看墙边同事们送来的礼物。

"鸡蛋你全拿走,怎么想的啊,给我送来一百个鸡蛋,我一天一个拼命吃也得吃到年底了!这是哪个书呆子的主意?——唉,我们单位的书呆子太多了。"他在图书馆的善本部工作。其实我还怀疑他自己也有差不多的名声吧，在他背后。我太知道，"书呆子"在他是一句称赞，饱含相知、偏爱和怜惜。而且刚才即使抱怨那位过于健谈的老太太，我也知道他心里也是喜欢的、亲切的，不然他不会同她抢话，抢不过还要发牢骚，怪她，他生气是佯怒，嗔怨也是娇嗔，里面有种甘愿受气甘愿挨欺负的快乐，这是多少年的默契了。

"她下趟再来我要出去躲一躲，躲一躲。"他笑眯眯地沉浸其中。

大伯母去世以后大伯在儿子家住了几年。他们不让他单独生活，不放心。我哥哥嫂嫂虽然要工作不能全天候照顾他，但晚上总还是回来的。我看过大伯他们房子的照片，不大，跟北京的塔楼宿舍面积也差不太多。很惊喜的是前面草坪上竟然有一棵树，照相的时候正赶上春天满树的粉红色花球。我问他是什么花，他说是邻居的花。原来他们只是借人家的地方拍个照，他们自己房前只有光溜溜一块草坪，而就这样他都嫌麻烦，老得修剪。我暗叹一口气，大伯的爱好无非四项：读书、做菜、听音乐、看老电影。十几柜子藏书不可能跟着他漂洋过海，所以书瘾自动戒除了。原先我在的时候我们还一起看看电影频道播的老片子，他在那边也看不成了。再后来身体的原因菜也不大做了。就只剩下听音乐，这个倒是，他家里是个音乐之家。琴声不断，因为大伯母在温哥华的工作是教授钢琴。但她去世以后家里所有的角落都寂静下去。

说起我大伯母也是说来话长,她也是上海人,自幼弹钢琴,北大英语系毕业,从事翻译工作,20世纪80年代颇有译著,多为文学艺术类,除单行出版外主要刊载于《世界电影》之类的杂志。中年去国,先一步在温哥华定居,等大伯退休后过去团聚。

其实,我到北京念书时大伯母已经离开两三年,此后偶尔回国住一段时间。所以我统共没有见过她几面,但对她却有非常鲜明的印象。因为20世纪80年代我爸他们姊妹之间通信频繁,而且关系融洽,常是大伯的信打开一看,大伯母也要写上好多话,不知可是嫌大伯太简略。她的文笔真好,精辟多彩,我记得看她的段落比看大伯的有趣多了。他们也不时有相片随信寄来。那时的黑白相片很奇怪,张张漂亮,构图又好明暗又好,好像门槛很高,一般人没点技术眼光不敢替大家拍相片的。黑白凸显了他们两个的美。其中有一张,在我家老相簿上单独占了一页,那是20世纪60年代初他们两个人刚刚恋爱时在未名湖岸照的,夏天。

真年轻啊,她还没毕业,他是刚刚毕业不久又趁着休息日回学校去看她。她穿着短袖白衬衣,西式领子,衣摆扎进半裙里,半裙是柔和的灰色。他也穿着白衬衣,却不耀眼,大概有暗浅的条纹。她蜷腿坐在草地上,他半蹲在她身后,抱着胳膊。他笑得清淡,她笑得香浓。两张俊俏的脸都冲着镜头,一样的瘦,一样的干净清爽。他们身畔的湖水波纹细碎,头上杨柳垂绦离离,远处的博雅塔层楼清晰,想是没有风,没有尘土,只有艳阳的强光。相片完全是老黑白电影的影调，像被灰色的颗粒蒙上一层荫翳，就算画中人已经被晃得睁不开眼了，我们看着却还觉得哪里至于，所以就算画中人再喜悦快乐，我们也总察觉出一点忧伤。"哎呀，这不是赵丹和王丹凤吗？"我爸妈都说。就算撤除掉自家人王婆卖瓜那部分泡沫，他们两个也真的像他们两个。

那时大伯偶尔也会跟我讲起他们年轻的情形。他讲他当年在学校里怎么追求她。她"很好看"，是校花，他也"很好看"，两边都不乏追求者。因是老乡的缘故，"交往起来当然比别人有一些便利"，这可是他原话，说的时候还忍着点笑，好像过去那么多年了仍旧为此感到开心划算。老实说，这么绮丽的事情大伯却讲得相当枯燥，他这人讲理讲得通透严谨，言情简直，唉。但凡见过他们未名湖玉照的，无不称"一对璧人"，心悦诚服，都说他们的爱情故事不知多么罗曼蒂克，但大伯本人的描述实在索然寡味。他就不是那种人。他唯一能被观测到的浪漫，大概就是他爱音乐，我不知道他从前是因为爱音乐才爱了大伯母，还是爱大伯母才爱了音乐，我搞不清次序，我只知道他是古典西乐发烧友。听歌剧我全力以赴、发挥最好时也只能听听选段听听折子，他竟然能听全本。以前没有好电影的礼拜六，他会放一晚上唱片。我最怕他听着听着忽然考我："这是谁？"我颤声答："阿依达？……巧巧桑？……维奥列塔？……咪咪？……苏珊娜？"他闭着眼不说话，我不敢停，但已经山穷水尽，我以为他终于生气不再理我时他才哼了一声，道："——阿依达。"

结果四大爱好只剩音乐。幸好他积累丰富，唱片很多很多。不过他自己又讲了，听音乐顶好去现场听，唱片说到底只是罐头。大伯母去世以后他大概再也没有去过音乐会之类的活动，就在家里听听罐头了。后来家里亲戚传到我耳朵里一个这样的信息，说大伯在温哥华那边根本不交际，渐渐音乐也不大听，坐在房间里整天整天不响，实在受不了时只得冲着院子里大喊两三声。我想象他那样子，心里非常难过。

不过现在好了，他回来了，我对未来我们的娱乐活动很有信心，已经拿出了一个非常宏大的企划。

敬老院楼下有个院子，一多半的面积做了门球场。这时没人打球，阳光静静地斜铺在地面，杨树叶子油蜡蜡地闪耀着。我说我们下去晒一晒好不好，不想走就坐轮椅好了。他不答。转头一看，发现他已经没在笑，板着脸，好像刚才一切都没有发生过。我轻轻叫他一声，他低着头，好长时间不响，不知是在发呆还是思考，我没急着问，我等。还是不响。还是不响。我俯身探看，发现他两只眼睛瞪得很大，眉头皱得很深，像以前谈到什么他觉得荒诞不经的事情常有的表情，既吃惊又生气又好笑，显然是在思考。

"咱们到院子里去吧？"我再问。

他抬起头来，保持着那种表情，瞪着我：

"我的视力、嗅觉、听觉都不好了，非常突然，从前天开始的。"他说。

我愣了，也瞪着他："有跟我哥讲吗？跟医生讲了吗？"

"讲了。星期四他带我去朝阳医院做检查。不过这都还不算什么，最糟糕的是，我现在的分析能力不好了。"

"分析力？"

"分析力。"

"可可可是，您要分析啥啊？"我想不出来他在这敬老院里有什么需要用上分析能力的。

"我应该不会再写了。"他深皱的眉头松下来，甚至还有一丝丝微笑，"还怎么写啊？我现在脑子不够清楚了。"他脸虽然朝着我，但目光扫过我又去看天花板。

他之前出版的那本书是在年初，那时他状态还好，还说未来仍有计划书写。没想到入夏以后健康并不理想，只得拖延。

"咳，大伯，您现在状态不够好当然不必马上开始啦。"

"我脑子不清楚。"他笑。

"现在那些写书的人脑子不清楚的多了。"我说笑想宽慰他。然而他忽然吃惊，正色道："谁啊？"

"呃……我，比如说我。"我也没想到怎么坑了自己。

大伯听了不答我，表示我不在他以为的"那些写书的人"之列，只一直含笑瞪着我。

他这种瞪视搁以前我早都垂下头，因为一定做了亏心事禁不起这样的审判，就算没有，也……一定有。但今天我感觉不到他目光中的钢针了，我知道他一是并不再责备我；二是，他似乎在单位时间里看到的信息变少了，从看，到看到，到看清楚,到看明白,需要花五倍十倍的时间。

我第一次这样长久地看他的眼睛,发现他眼球的颜色变淡了些,但瞳孔仍然点漆一般黑,而且,我惊讶地观察到,当然这也许是我的错觉,肯定是我的错觉,他的瞳孔竟然是正方形,正方形的瞳孔。让我想起他的字,用永生钢笔写在稿纸上的字。他的字是庄重的正楷,非常美,完全依着方格生长,属于方格,属于稿纸。

"我刚出版的那本在柜子第二格,是个小册子,你去拿吧。"

我一拿,书果然很小,很伏手。我总有个印象,讲史的书籍都应该是大开本,厚重,因为要拉开架势。但大伯的书好像都是这类小册子。定睛一看书名,《丘处机"一言止杀"考》。噌的一下,我感觉脑壳都热了。

他在旁边,盯着天花板,说:"你可以看看。"

我总是多情地怀疑,他写《丘处机"一言止杀"考》同我有一点关系,是我给了他动机。

1992年,我大一或者大二时很迷金庸,走哪儿包里都带本《射雕英雄传》。周末回大伯家,表面上唯唯诺诺看他指定的书,但带进洗手间的还是《射雕英雄传》。

他当然发现了,倒也没说什么,我就当他是默许的。我记得一个清楚的画面,他当时在厨房里等灶上的什么东西煮开,倚着柜子正在翻一本什么书。我一看,就是我随手撂在餐桌上的《射雕英雄传》。他顶多翻了三分钟。

后来吃中饭，我们有一段简单的谈话。

"我看书里面写到，说是，丘处机劝告成吉思汗不要再搞屠城？"他闲闲问道。

"是，他劝他——丘处机是很有思想的一位道士，他的话是有分量的，而且他武功很高。"

"嗯，武功很高。——他怎么劝的？"

"他劝他作为统治者内心应该怀有……"我大致复述书里的几个场景几段对话。

"成吉思汗听了？"

"当然听了，他把丘处机奉为上宾嘛，是他自己请他去大漠的，丘处机的话对他肯定触动很深。"

"嗯，触动很深。成吉思汗之后果然不再搞屠城了？"

"应该会有所憬悟吧，虽然这个小说里没有写更多，小说的主线不是这个，但丘处机一席话对成吉思汗肯定有积极影响，在后世好像也有流传的。"

我记得我说完这堆后还挺得意，感觉自己水平不低。偷偷瞟了下大伯，他双目圆睁直勾勾盯着对面的墙，那时那堵墙还没有打书柜，就是空白墙。他嘴里嚼着，一下一下一下一下，很有力很有节奏，跟脑子里的运动完全同步似的。我还以为他也像成吉思汗一样有所憬悟呢，在回味思索我的话，对后生可畏有了切身体验。现在想起来他双目圆睁大概是给我吓的，没想到这世上还有这么愚昧无知的情况。

我手里握着这本"小册子",颠过来倒过去把封面封底看了几遍,就是没勇气翻开。一抬头,方形的瞳孔早就看着我了。可能是我心虚,我察觉到大伯脸上有隐隐约约的笑。

"那么就下楼去看看吧,离开吃晚饭还有一点时间。"他说。他总爱说"离开"而不是"离",我还问过他为啥,是不是上海口音,他说"什么口音?我有口音?我哪有口音啦?"其实他只是有一点普通话的口音。

我托着他两边腋下转向轮椅,就这个动作,差点闪了我的腰。因为大伯的两条腿似乎已经不太能支撑他独自起立,我托住他后他只能勉强站几秒钟,坐下的一瞬间像是坠落进座位。当他最终坐好时,我们俩都有一小会儿累得说不了话。我又感到震惊,明白他已经渐渐地又失去了一部分对身体的控制,这次是两条腿。

而他一向是以腿力强劲著称的,在任何一个他待过的圈子里。弟兄、同学、同事,任何。他讲困难年代他们一帮同事去东北出差,大家都买了便宜的土特产往回带,顶多也就带一兜子一小包什么的,就他,扛了二十斤大米,因为大伯母曾说东北大米好,她喜欢。上了火车同事们都骇笑,有两个毛头小伙子还扛着试了试,承认扛一下两下还行,扛不回北京。大伯鄙夷道:"哼哼哼。"结果回家大伯母居然还是娇嗔他"怎么就带了这么点儿"。可见晓他之深,知道他潜力绝不止于此。

其实他长年伏案,几乎没有一个擅长的体育项目,打球游泳田径啥的全不在行。唯有一个运动，走路，他说整个小区和他们单位里的老头儿全算上，全比不上他。这个真不是他吹，他确实太能走路了，太能到我一听见他提议"这样，我们走一走"，就会暗暗惨叫一声"饶命！"

因为我跟着他走过很多回。

我大一刚到北京没多久，一个初秋的晚上我们从白云观那边回家，公交320车站人太多，他说走吧，刚下完雨空气清新。"这样，我们走一走"，我因为不知天高地厚就乐于从命了。

木樨地到民院南路舞蹈学院，这是什么距离，我是后来才知道，总有十几里地。反正进家门的一瞬间我差点扑通跪下。更狼狈的是走到甘家口时说好已经下完的雨又开始下起来，非常殷勤地陪伴我们走完剩下的路。他从布包里取出几张报纸，叫我顶在头上，我谢绝了。他自己全顶，结果一分钟就塌下来，我偷瞄几眼，不忍卒观，他像个戴头帕的老太太。

路途遥远，又淋着雨，闷头快走就完了吧，他却不，沿途不断向我传道解惑。走过玉渊潭，他说这里虽然没什么古迹，湖却很大，可以玩玩。走过紫竹院，我问他紫竹真的是紫色的吗，他说只有竿子是很深的紫褐色，叶子哪有紫色的。走过白石桥桥头的隋园酒家，我啥也没问呢，他忽然冷笑道："哼哼我可吃不起。教授又怎么样，我这点工资吃不起。"

还是我大一。初冬星期六早晨，刚刚下过雪，而且竟然还出现了非常罕见的树挂，可惜早晨结束时就消失了。临近中午天空呈现出粉蓝色，天边是棉花糖一样的云缕。那天我跟他去海淀镇那边的一家书店，他跟他们很熟，大减价时他们会叫他先去挑。他挑得多人家很高兴，特地派出一架板儿车给他把书送到家去。我们往回走时两手空空十分轻松，他提议走回去，路上风景好，而且雪已经扫过了，"这样，我们走一走"。

海淀镇到民院南路舞蹈学院，这一趟我也是后来才知道，十几里地差不多。走到快中午我饥肠辘辘。经过魏公村国营食品店，看见有个窗口卖电炉子炸的羊肉串。那时好像北京特别兴吃油炸串儿，钢扦子很长，串儿也巨大，底部还有个柄，握在手里像重剑。一坨一坨、焦边儿冒烟儿、哒哒滴油的肉真香啊。想到这一切的美好，我立刻就想来一串儿，还没张口却发现他早一马当先往那边去了。也没多话，我们一人一串站在门口吃。

我朝外站着，边吃边东张西望，觉得雪后寒冷的大街和滚烫的一串羊肉实在是绝配。我也知道粗俗，但顾不得。大伯背对大街，脸冲墙站着，非要闹中取静，不知为何。我们正嘴角冒油呢从店里面走出来两个人，刚一掀棉帘就听见他们笑道："杨先生您怎么在这儿啊！"原来是楼里的熟人碰上了。大伯艰难地匀出嘴含含糊糊跟他们问好，人家立刻领会精神说"噢噢回见回见"。我这才明白他为什么朝墙，就怕碰见街上的熟人嘛，但没想到商店里面有埋伏。他当然知道站在街边撸串于他身份不合，那么多年一向都端得稳稳的，但今天终于顾不得。

春日午后，我拎一尾肥唧唧的胖头鱼跟在他后面，他提他的塑料菜兜，里面有我们百吃不厌的几样：松仁小肚儿、鹌鹑串儿和一捆上海青。我们走在民院南路上。那时路边有齐腰的花坛，种着松柏、棣棠、金银木等。靠墙有几株瘦高的西府海棠，花已经开到差不多，风一过粉红色的花瓣就飘下来。我傻笑赞叹。他也仰头看着纷飞的花雨，半天道："北京可惜春天太短。"

本来我们去魏公村买菜很近，一来一回也用不了三刻钟。可回来眼看就要走到楼下，他忽然站住笑道："万寿寺那边有一棵银杏树，据说有五百多岁，好看极了。"我不明白。他建议马上去看，趁着阳光好："这样，我们走一走。"我想问能不能把菜和鱼放回家再去，但来不及，他已经开拔。我拎的这尾胖头鱼很大，足有四斤，听着不沉，但走走就得换手。拎还不能拎得太随意，得防着它一个打挺蹦到身上，所以一路我都弯腰驼背毕恭毕敬，一心只盼早点摆脱它。

我们折回魏公村的小路，在胡同杂院中穿梭，沿途遇见的人都瞅我，还给鱼喝彩"嘿这胖头够个儿！"我没法停下搭话，只得垂头微笑盯着大伯的小腿。他怕热，早早就穿了西装短裤，裤脚及膝，底下袜颈过踝，露着一双小腿。他倒腾极快，我盯了几秒钟直眼晕。忽然他刹住，我一抬头，晴空下一座浓翠的小山堵在面前，我们到了山脚下。银杏的新叶已经完全出齐，还没经历太多的日晒雨淋，干净得圣洁。

这株古银杏现在不知怎样了，那时它生活在魏公村的棚户区，就一圈老漆剥啄的栏杆草草围住，四周也没空地供人瞻仰。我们在树下站着，他问我："怎么样？"有点得意，知道我被镇住了。我说五百多年前是明朝——它是前明遗老啊。大伯笑得稍深，说我们绕着树细细看看，于是领头又走。我在后面拎着鱼，手上觉出它通过麻绳传来的不耐烦，它情愿早点下锅，可以理解。绕树三匝，大伯说得对，果真好看极了，春风来时万千绿叶像万千绿蝶振振欲飞。

不过现在想想，那天更夺目的并不是银杏树，而是大伯的小腿。

什么叫小腿？这才叫小腿。腱子椭圆筋骨突出，皮肉井井有条，总体是一个香槟酒杯子的结构。我之前写跟大伯一起买春笋的旧事[1]，说他上半身胖两条腿却细瘦，"像鸟类里的大型涉禽"，真没有半点不敬，涉禽的双腿多么发达多么强健啊，我敢说它们自己也以此为傲的。这是我们家祖上排好的基因，给子孙的一份厚礼，我们运动虽烂，但走路出色。成语说"健步如飞"，非得靠这样两条小腿。尤其大伯，小腿好到过于突出，与全身整体不协调，不一致，很矛盾。甚至可以说他的个性和智慧，竟然有很大一部分体现在他的小腿上。

现在这两条小腿歪在轮椅踏板上。非常放松，弯着，脚掌相对搁在踏板中间，是刚才我给他摆成的样子，他自己没再挪动。

---

1 见拙作《六级春风追十里》。

尽管天已经不热，但大伯仍贪凉，大概整个敬老院就他一个老人家还穿一条薄布裤，而且短裤好像也不过前一两个礼拜才收进箱子。夏天我来看他，那次就已经看出他的小腿比原来白胖一些，皮肉肌腱筋骨虽然都在，但棱角线条全懈怠了，变成两条含含糊糊的小腿，好像没什么力量，也没什么目标。此刻要不是他就在面前，我都不能确定这是他的小腿。

我推着他在院子转了转，门球场上没有人，只有几把零落的藤椅。我把他推到花坛旁边晒太阳。这个点儿的太阳沉得很快，没过十分钟就得稍稍挪挪地方，不然在阴凉地一下子就会冻着。我在花坛沿儿也坐下来。他背后墙上的五叶地锦已经变成浓艳的酒红色。蜀葵繁花落尽，只剩几秆衰弱的绿叶。他脚边有一溜儿矮壮的夏菊，有的打着淡青色花苞，有的已经绽放了，粉紫橘黄都有。北京的秋天五色斑斓。但他都不看，他微微抬着头望去高远处，杨树叶子在风里呱啦呱啦响。但他并不是看杨树，他看着的就是平常房间里天花板的高度。

"这里原先有个湖的，怎么不见了？"他忽然问。

"湖？……湖？多大的湖啊？"我愣了，从来也没看见有湖啊。

"不大。"他胡乱比画了一口锅的面积，又转动了一下上半身四处眺望，"没了？"

"你啥时候看见的啊？"

他说前几天我哥推他下来在湖边坐了一会儿，"就是这边。——不过可能得从远点儿那条小路穿过去,这里不通,得穿一条小路。"

"好嘞,咱们这就去!"我噌地跳起来,推着他就往小路那边去。我最高兴他提出要求,有要求就好,我变着法儿去做呗,就怕他没要求没愿望啥都行。

"哎哎你慢点慢点!"他拿拐棍晃晃,"又不赶火车!"

"噢噢好的好的。"我才意识到推得太猛太快他被石子路颠得够呛。他说我我更高兴,我就想他挑剔,他是多么挑剔的一个人哪,最好不要变,一点都不要变。

"到了就这儿,穿过去就是。"我们来到一个狭小的过道口,他拿拐棍儿头朝前点点。

我很迷惑,这里虽然是个路口,但显然是条死胡同,因为胡同底很暗,毡布隔断后面倒是有一点透出来的灯光,却绝没有豁然开朗的可能,绝不像包藏着一个碧波潋滟的湖。正迷惑呢,从里面走出来两个厨师,看见我在这里停留好像挺吃惊。

"您这是要推爷爷去哪儿啊?"

"我们想去看湖,这儿是有个湖吧?"

"湖?"他俩对望一眼,年轻那个摇头说,"我上个月才来的我不知道。"年长那个比我还迷惑:"什么湖啊?"

"就是湖啊,池塘里面都是水,那种地方。"大伯乐了。

"噢,您说那个水塘子啊?——咳,对不住啊爷爷,叫我们给填啦,在那儿呢!"他朝过道外面一指,"现在种的葱蒜,茄子西红柿,扁豆黄瓜,还有好些老人喜欢来种点儿花儿什么的。"

"填了？"大伯问，眼睛里虽有疑问但脸上并没有太吃惊太失望，他很平静。这完全不是他啊，以前要是碰见类似事情，他若是吃惊失望，一定是要瞪大眼睛追问的："为什么填了？什么时候填的？怎么会做这样的决定呢？"他不会放过。但此时他只叫我"走吧"。

我看见他的平静，心脏都难受得收缩了一下，他已经不想表达失望了。我的难受转化成一肚子火儿，一个湖就这么给填掉了？轻描淡写一句话？为了几个破西红柿破黄瓜？你们就这么缺西红柿黄瓜？就知道吃！风景呢？心灵呢？我真气得头昏。大伯就这么点儿愿望都给他们搞得破灭了。我看着那个厨师，他脸上憨笑渐渐消失，大概读懂了我眼里的凶光。

"院里领导批的……"他吭哧道。

"填平一个湖？"

"就一个水塘子，八九个平方米也就……"

"湖啊！"

"塘子……"

"湖！"

"塘……"

"走吧。"大伯说。他已经把头转过去了，好像很累很困。

"好好我们也该回去了，我还带炖肉了呢，来的时候放冰箱了。"我巴不得马上转移话题。没湖幸好还有肉。

"你请小伙子去热一下，微波炉就在餐厅门口。"他又恢复一点笑意。看来心里是有肉的。

我慢慢推他回去。看护小伙子已经在门口等我们,"杨爷爷该吃饭了。"他从我手上接过轮椅。本来是要请他先去热一下炖肉,但我不想独自送大伯回房间,再不敢托大一个人把他从轮椅转移到沙发,我腰扭事小,怕别的。

"咦,去热一下那个呀……"大伯转身催道,有点急呢。拐棍都举起来了。

"噢噢噢噢。"我立刻打开冰箱取出饭盒飞奔去餐厅门口。

趁微波炉转着,我给我哥打了个电话,问清楚那个湖到底是怎么回事。我哥一听,有几秒钟没吭气,"湖不在敬老院里,敬老院里哪有什么湖。在隔壁那个小区里,面积很大,有一二十亩呢。我推他过去的时候走了好长一段路,那会儿他很清醒啊,怎么会不记得了。"

大伯的记忆力、分析力确实有问题了,我们终于承认。这离他最近这本书出版也没多久。老实说之前我认为他根本不属于什么敬老院,他就是走路不太利索、反应比较迟缓、手开始抖了嘛。他的生命依旧旺盛。这么旺盛你让他怎么跟敬老院里的人打成一片呢。

餐厅里有四五位老人家在吃饭。我一桌一桌瞄过去,啧啧直叹气,这个大伯怎么吃得进。一共四个菜一个汤。蔬菜和汤不说单说肉,两种,一是鸡蛋皮裹着的肉糕,四四方方有绿豆糕那么大,但切成三片;一是西红柿鱼片,用的巴沙鱼,没刺。

难怪大伯说"不能讲完全没有肉",说人家没肉"不客观"。我相信这家敬老院绝不是为了省钱而克扣,人家是严格按照膳食标准执行的,营养均衡和滋味清淡摆在第一,这挑不出错儿。可我大伯,这两项大概是排在倒数的。虽然很多年来家里条件也不允许他经常大鱼大肉,但只要能够,他总要没肉找肉。

那时我们伯侄吃饭,虽然就两个人,但他从不潦草。只有一次临时有公事他不得不打破计划,急就了一个烘鸡蛋。端上来两面焦黄刺啦作响,拿调羹剖开一看,竟然有馅儿,藏的是广式香肠薄片、小块的香菇和小块的荸荠。他说香菇荸荠是之前为裹馄饨预备的,今天措手不及只得挪用了。我尝到甜头,也从此落下没肉找肉的,呃呃,现在不得不承认是陋习。

叮——微波炉停下来。我的炖肉往外一端,这叫一个漂亮。当然我也动了一点手脚,上桌前我把底下两片浸着油汁的翻上来置顶。富丽端凝。想起西人品评古典油画的美说:闪烁着小提琴棕红色的幽光。说得好。说我的炖肉也正合适。

我放到大伯的小餐桌前,他说今天就在房间里吃,不去餐厅了。我猜他有点不好意思,人家都清心寡欲仙风道骨的,就他,还想肉吃。

"爷爷您现在就吃是吧?"看护小伙子拿着餐巾准备给他围上。

"吃。一块吧。"

"啊?就吃一块?"我一想也是,我这一块挺大的。

"不是,两块。"他冲自己的餐桌说。

"哦好。"我盛出来两块。

"一块吧。"他微微侧了下头。

"啊好的。"我依言又收回去一块。

"怎么,我讲的两块呀。"大伯很诧异地看着我,我也蒙了。

小伙子乐了:"爷爷您的意思是不是叫我跟您'一块儿'吃啊?"

"对呀,我讲了半天。"大伯莫名其妙。儿化音的运用对他依然是难题,六十多年了。

"不行的爷爷,我不能吃。"小伙子笑呵呵地谢绝了,说他们有严格的规定。大伯也不再劝,他听见"严格的规定"就点点头。他是很喜欢"严格的规定"这几个字的,这对他来说是一种称心如意的事物,是他生活的基石。

我期待着他吃一口说点什么,跟所有那些请他品题烹饪手艺的人一样,得到他一句好话就能出去吹一吹了。我想起我一个堂弟,也就是大伯最小的侄子,他在我们子侄辈中算相当麻利的,据说做菜很不错。有一次我问他大伯对他的菜评价如何,堂弟是位腼腆而敏感的年轻人,从事园林艺术设计,我看他身上严谨倒比浪漫多一分,他从不吹的。他说:

"他说——能吃。"

"啊——我的天……"我震惊了,"这么高?!"

堂弟微笑谦逊地点点头。我说不出话,嫉妒使我脸上发僵。大伯以前也吃过我做的菜,但没有说过什么,我当然也不敢主动问,我吸取了前人的教训。也就是我爸的教训,他有次不自量力托我去问他大哥:"大伯,我爸问你他做的豆沙怎么样?"

"大伯对你的豆沙评价就一个字。"我回复他。

"啊什么什么,哪个字?"我爸急问,"崭?灵?好?棒?妙?……差?坏?糟?……"他情绪起伏很大,我都插不进嘴。

"不是都不是,是——哼。"

大伯的习惯一点没有变,第一口不吃米饭,而是搛一块肉盖在米饭上,然后微微垂头,稍事观察,想好才开动。这像个细微但庄严的仪式,简直能远远看见他的小时候。我假装手上有点琐事在忙活,没有站他边儿上死盯着,但眼角一直带着他筷梢呢。只见他果然选中了顶上品相最好那块,啊呜一口,轻轻甩头一撕就咬去一半,然后鼓鼓地包在口腔里咀嚼。一般人要一口处置这么大一块肉,面颊早就变形了,舌头牙齿的高强度运动是脸皮很难掩盖的,纸包不住火,要么瞪眼要么鼓腮,五官挪位像毕加索动过。但大伯从未发生这种混乱。他口腔的构造与大块肉类非常适配,进嘴之后一切森然有序。脸看上去很平静,五官全在原地待着,仿佛心如止水,连东西到底好不好吃、吃起来是享受还是忍受都看不出来。

我严密监视着,从他吃进去到咽完最后一点肉汁。再次确认他真可以做到表情信息为零。但他暂时没有再吃第二口,他筷梢朝上,手掌抵着桌子沿儿,头歪着。我知道他要讲话了。我这炖肉呢,我自己心里有数,说好也不至于好到哪儿去,也就是中规中矩吧,反正也是模仿他的手法,所以差也差不到哪儿去,当然肯定有可改进的地方。我做好了一切准备。

"你回去吧。"他说,"我这里交通不太方便。"

她自己的主人

我因为惧怕形式主义，惧怕得过了头，所以对一切传统节日包括生日都不留意，除了春节我愿意欢度，其余中秋、清明、元宵一般能忘就忘了。唯有端午，我会在心里轻声说一句：外婆你在那边还好吗？我想你。外婆已经去世十四年，我已经过了十四个她没能出席的端午节。其实，端午既不是她的诞辰也不是祭日，只是在我这儿，端午是她的节，她是端午节的主角、主人。

外婆在世时对中秋、清明和元宵的态度几乎就是"不作为"。既不张罗做菜吃饭，也不弄什么仪式。后来她年纪大了，儿女子孙为了哄她开心，才兴起来要在家里大排筵席，或者出去吃，又给她买礼物、献祝福等各种花头，她虽然也说"很好很好"，但口气不是主人翁的口气，倒像是来做客的，情感上疏离。她不是不爱我们，而是从来都为人服务惯了，当不了主角，觉得自己坐不了那头把交椅。另外我也猜想，关于团圆，她心里是有伤口的，尽管她很少很少提——她和她的父母姊妹是早早地、永远地不可能团圆了。因为青年去乡，等几十年后再回去，她最亲的长辈们早已不在人世，而且历经战祸离乱，连人葬在哪里也都不清楚，扫墓也不知道该往何处去。所以，中秋元宵她都三心二意，清明节她就更不理会了。

相比而言端午节她可谓大有作为。除了赛龙舟她不参赛，包粽子、缠彩粽、泡咸鸭蛋、喝酒、煮艾草，桩桩件件，把她能的呀。每年刚入夏，她就会点头道："马上要端阳了。"临近时更是领先好几天就进入状态，过节的吃食、玩意儿，必须提前准备妥当，严防节日当天缺东少西情况失控。

她打发她的五姑娘也就是我五孃孃去粮店称"酒米"[1]，她自己跑去菜场挑新鲜的粽叶。五孃孃把酒米买回来向她交差，她照例先盘问"新的陈的？"同时抓一把在手里再张开五指，米粒淅淅沥沥从指缝漏下去时，她深皱眉头狠狠地观察，不管五孃孃说啥，她最终的结论一向都是一句"他们和在一块儿卖"，意思是粮店无良，把新的陈的掺起来卖，难逃她法眼。她相当警惕，对国营的粮店尚且信不过，对卖粽叶的农民更疑神疑鬼。嫌人家粽叶不是新摘的，要么太小，要么有不明不白的折痕，或者头天夜里泡过颜色水。直到粽叶农民被她拷问得奄奄一息了，她才攥着一把"菜场上最好的"粽叶离开。

我见过很多次她走去菜场的样子，很别扭。因为她是半大脚，幼年严格地缠过，做姑娘时赶上放开，但破坏已经形成，不能跑不能跳，即使再普通不过的行走，也终生残留了艰难。

---

1 酒米：糯米。

砂石路刚下过雨，别人踩着都咯吱咯吱，外婆脚下却没什么声响，因为她不是踩上去，而是左一下右一下，左一下右一下，轮番把脚底轻轻地放到砂石上去，每步都有一个由虚到实的过程，声音在这过程中消弭了。她走得并不快却总是流露出焦虑，好像始终在悬崖峭壁上摸索。我小时候觉得她做很多事都有"千辛万苦"的意味，还写在作文里，念给她听，她笑得流眼泪，表示实际当然不至于，我被她一笑也承认自己为博老师表扬而夸张了。但现在想想，怎么不至于？哪里夸张了？小孩子心里没杂念，眼睛因此有种毒毒的敏锐，她可不就是千辛万苦吗。

外婆带我从出生到三岁，吃喝拉撒全包。她烹饪不太灵，反正那时我牙口也不太灵。这一点她完全不像一个旧时代的江苏女人。然而她包粽子却妙极了。煮出来模样俊俏，气味清芬，一咬质感也好，不松不紧，不经三次咀嚼绝不会垮掉，我小小年纪一口气可以吃三个。虽然就是雪白晶莹的清水粽。我不知道她不包馅儿是为什么，是我们家吃不起馅儿，还是她不喜欢馅儿，还是她压根儿不会包馅儿，反正没馅儿我并不遗憾，即使后来我吃过各种馅儿，其中不乏一些豪华超豪华的，吹得神乎其神，我这么爱荤的家伙，也不过轻藐笑笑，它们比外婆的差远了。

她自己却不能吃，因为 20 世纪 80 年代安装的假牙就那个质量水平，没有一颗真正胜任的，很多好吃的东西都给耽误了。她喜欢看我们吃，我蘸白糖，粗粝的蔗糖，一进嘴像嚼玻璃碴子似的发出可怕的"咔嚓咔嚓"声，她听得直皱眉咧嘴，好像假牙都快脱落了，表情是非常不赞成。大概她认为白糖的滋味和质感都是破坏性的，酒米的醇厚和粽叶的清香已经是最好了呀。这么一想，难怪她不包馅儿，连蘸糖都不以为然，她必视馅儿为一种打扰吧，冒失的不速之客会令主人家非常难做。

现在我想起她的粽子，耳边倒不是她鼓励我吃，而是她发愁苦笑按住我不叫我"切"[1]。"不能再切喽，不能再切喽！切了两个喽！"又转头叫我妈他们来喝止我，"你们看你们这大女啊——"然而她很狡猾，她包的粽子是分大小号的，大人们吃的是加大号，而专有一批迷你版是为我们小孩准备的，方便他们用数目字儿来糊弄我们。她强调"切了两个"，实际上我连大半个加大号的量都没吃到，还是中了她的奸计。

她不光包粽子包得好，像丝线缠彩粽这种女红她也很精湛。我七八岁时她眼睛已经不行了，做不成，但眼光还很毒。邻居家大姐姐做了一副门帘叫我们去看，六七百个细巧的丝线彩粽串在一起又铺开，像帝冕上的垂旒，小破房间登时金碧辉煌的。我们都惊羡赞叹，外婆回来却撇撇嘴说："颜色缺得多了，乱配。"我牙尖识怪[2]拿这话去问人家，大姐姐果然说丝线蓝色只买到两种，黄色也两种，不得不反反复复用红、紫和绿。

对我爸妈泡的咸鸭蛋，她也吃，但边吃总得边说些话；回

1　切：吃。
2　牙尖识怪：形容一个人爱说三道四。

忆早年在老家泡的咸鸭蛋,说刚一敲破蛋壳,"油出来了油出来了！"还配合着做出滴滴答答流了满手的狼狈样。好像她要不说这些她的粥就吃不下去,真正替她把粥送下去的是那枚不存在的咸鸭蛋。"妈,其实我家的不是也出油吗？"我爸不服争辩,但外婆不搭话,意思你们那也配叫出油。我爸转头跟我讥讽道："她说出油是科威特那种吧。"

外婆还讲很多端午节的民间故事,我稍大一点就嫌她陈词滥调没意思,她气道："那你讲！你讲白娘娘许仙！"以为我讲不出。然而我一边讲一边添了很多即兴创作,白蛇穿什么裙子梳什么头,兵器多么先进,还交了孙悟空二郎神这种高档朋友,最后法海惨死在白娘娘喷出的蛇毒下,等等。她听着听着听进去了,眉毛抬得很高,眉心拧着,眼睛傻傻地瞪老大,稀疏灰白的睫毛会轻轻地颤,嘴巴也忘情张开,听见我说法海浑身沾满蛇毒在地上打滚挣扎,她又"啧啧啧"不忍,连惩恶扬善的立场都动摇了。她脸上的情感和求知欲完全不像心里已经握有八十年的人生经验,那些经验这会儿都归了零。明明听得津津有味,但听完她也还是笑骂我："又乱说了又乱说了。"表示一种对端午正统的捍卫。

她在菜场买了艾蒿回来煮水,给我弟弟洗澡,一边把他按在盆子里,一边代表端午节的主事神明向我弟弟承诺说："这下好了,不得生病。"还想给他额头上写一个"王"字,好牵他到外面出出风头,找死也没找到雄黄才算了。

说外婆喜欢过端午节可能不够，她这应该算忠诚，好像怀着神圣感庆祝的狂欢节。很多年我一直不明白为什么，当然也从来没企图去弄明白，实际上我是在她去世以后才忽然想到，想明白。那是她去世的当年，我正怀孕。过头七那天晚上妹妹们都蹲在那里烧纸祭奠，我蹲不下去。她们那时都没有结婚，按外婆的讲法是"大姑娘"。我看着她们被火光映红的脸庞，年轻娇美，嘴里一边喃喃说着对外婆的追思，一边也向外婆报喜："姐姐要生娃娃了！"一时哭一时笑的，觉得她们可爱极了。我忽然想到外婆做姑娘的时候，我平生第一次想到外婆也有做姑娘的时候，外婆也有青春，也曾娇美可爱。我闭眼想象，她在闺房里做什么？不知为什么竟然马上就出现很具体的情形，是两只灵巧的手缠丝线彩粽、包粽子、理艾蒿，一个"大姑娘"兢兢业业进行着端午节的全套流程——那是她的一大乐事吧？

外婆娘家是南京一个兴隆的大家族中萧条的一支，她早早就依靠大伯伯和堂哥生活，寄亲人篱下。堂哥有个秘书人才很好，许多文案撰录的工作堂哥是离不得他的，因此堂哥就做主，无限风光地嫁了妹，20世纪20年代末，我外婆外公就是这么着结的婚。本来外婆外公以为生活前途只会更好，谁知道开始打仗。南京老家炸得七零八落，人侥幸没死，但活得就艰辛了。"我婚纱放在箱子里，我结婚穿的婚纱"——炸成灰烟。她恨死日本人。停战后追随我外公迁去重庆，解放不久来了成都，然而孩子多家累重，又接连赶上运动，他们家族那样的背景，苦头没完没了。

我替她把一生算了算，单纯快乐的时光大概不太多，能自己做主的日子更少，合计下来大概最好的日子就是做大姑娘时的端午节吧？端午节本就是年轻人的节，那样的形式和流程，她一身本事有用武之地，飞针走线姹紫嫣红，谁还能比一个灵巧的大姑娘更权威？更禁不起人家客套两句赞两声，她越发要掏心掏肺过这节了。唯有端午节，她能做她自己的主人。

嘎

小区里有一个"L"形池塘，虽弹丸之地，垂柳、菡萏、芦苇、菖蒲却一应俱全。老实说，单为这个缴物业费也甘愿的，只是不能告诉物业，怕他们回头拿糖[1]。何况池塘里还长年饲养着三五水禽，它们专司穿梭凫泛。塘水原本也就是塘水，但托着它们、衬着它们就能称得上春波吹皱、夜雨秋池，就能拉动整个小区的诗意。这不是瞎吹，常常听见过往的孩子们被大人要求念诵应景的诗词，搜肠刮肚地，大家提到"惊鸿曾照影""红掌拨清波""黄鹂鸣翠柳""山前白鹭飞""相识燕归来""天地一沙鸥""黄鹤一去不复返""只羡鸳鸯不羡仙"等。孩子们不容易，掌握了过多的知识，把能想到的鸟都说尽了。

它们是绿头鸭。

---

1 拿糖：摆架子。

春江水暖

  冰化了，不知道从哪里开始的，池塘忽然就动荡起来。其实水很浑浊，去年冬天下过雪，北风又带来尘沙，但春波粼粼毕竟生机勃勃。绿头鸭整个冬天都没有离开过小区，天天在冰面上踱走，或者卧在那里一动不动。物业给盖的唐顿庄园式的鸭别墅，它们也不去，夜里就宿在冰面。有时天黑我从外面回来，借着岸边路灯的幽光，远远看见它们已经睡下了，风掀起它们的羽毛露出里面的细绒，凄寒寂寞，特替它们可怜，以至于此刻它们在明媚阳光下有许多神经质的举动，疯疯癫癫，也不怪它们，谁还没有得意忘形的时候呢。它们游过去游过来，根本没有任何目的任何诉求，为游而游，形式大于内容。一群红鲤鱼好好地停在池心睡觉，它们冲过去把人家惊醒驱散。一对年轻白鹅刚刚靠拢正要初吻，它们愣从人家中间挤过去，还回身抱怨人家挡路。完全没人可骚扰时，它们就突然长身而立，踩着水跑三两丈地，一路高歌。鸭子独唱就够难听了，齐唱简直要索听众的命。

  等它们渐渐安静下来，恢复理智，就记起了自己是光荣的员工，是演员，在小区的水景里有很大的戏份。虽然就是绿头鸭扮绿头鸭，但它们要努力塑造的是一群诗意的水禽，这还是有一点挑战的。当然也不用担心演砸，它们是老鸟儿。

  我早上六点多送孩子上学，返回来不过七点一刻，它们已经上班。一只从苇丛中醒来，尾羽翅羽像苇花一样凌乱，但顾不得梳妆，三步两步迈进池塘，一旦入水，立刻仪态万方。另一只压根儿就睡在水中，仿佛昨夜加班忘了离开，就那样和衣而卧整宿。它脑袋蜷到翼下，醒来时往四周看了看，愣了一歇歇[1]才意识到身在何处。还有几只我以为躲去卵石滩上了，那里既安静又隐蔽非常适合赖床，结果一转头发现它们正从稍远的枯荷边游过来，看上去精神抖擞，显然晨练刚刚结束。晨光下它们头颈的羽毛呈现出绮丽的蓝色。说是绿头鸭，但绿色被天色、水色一映、一反，就复杂了。从墨绿到湖绿到湖蓝到孔雀蓝，又从孔雀蓝到孔雀绿到松石绿最终回到墨绿，每一秒都有变数，都不算数。

当初物业选绿头鸭做池中物真是精明，鸳鸯固然更绚烂，但它们的符号性过于明确强烈，戏路狭窄，不像绿头鸭从没有在风景中挑过大梁，一直在二线三线徘徊，这么多年只混了个脸熟，没名没姓，孩子们即使见了也没想起来它就是那"鸭先知"——它好就好在这里了，它陌生、清淡、疏远、模糊，茫茫。我在后海观鸟，有种感觉，鸳鸯好像知道自己出名而且知道自己以什么出名，知道来人都在想些什么，它心里有数。而绿头鸭愣头青，它傻，傻呵呵，根本没入戏，一会儿在湖上低飞，把滚圆鼓胀的肚子暴露给船上游客引来一阵讥笑，一会儿忽然就迫降了，一头栽进水里，一会儿又钻到水下拿大顶，水面只留一个屁股朝天，

---

[1] 一歇歇：片刻。

鲁莽粗鄙不忍卒观。总之就是不成体统。然而后海没它不行，没鸳鸯会很遗憾，可没它后海就完了，只有它身上的野，能叫人在片刻间忘了后海的都市气、现代气、人气、匠气，而以为后海是没主儿的水、古代的水、深水、真水。

全靠它绿头鸭。
它粗疏莽野，泼洒肆野，总之就"野"。

物业那边不知是谁这么有眼光，有品位，有见地，跟我完全想到一起去了，把绿头野鸭接来这里领衔，佩服。然而有件事我们心里都明白也都藏着愧，虽然是冲着"野"字去的，但又不得不删掉"野"字，不得不定期修剪它们的翼羽，使它们再也飞不高飞不远，去不了南方去不了山林甚至连后海也去不了，岁岁年年只陪着我们。前天路过时，恰好看见一只小鸭在水上扑飞，挣扎半天也就腾空十几秒、去水二十公分、位移一丈半，不禁跟我爸叹："可怜哪，连鸟的天职天分都失去了……"我爸也摇头，半天才说："……一辈子不愁吃喝，不知道这个能不能安慰它……咦，好像我们就多么志存高远一样。"

大鸭子不飞，很聪明，但或者很绝望，它们默默地漂着，在水面剖开一个个锐角的扇形，后面涟漪绵绵不绝。湖上的天空其实从来没有宁静过，早晨群鸦嚣狂，黄昏雀阵啁唧，都是边飞边叫，翅膀拍得嘭嘭直响，把引力一脚踹开，唯恐底下被掠过的人不知道它们有多么轻灵自由。

我无所谓，我心疼绿头鸭。

秋阴不散

小区前两天把池塘的水放干了，每年正式入冬前都要大大地清扫一番。可绿头鸭肯定没接到通知。下午经过时看见它站在池塘中心，也就是原来水最深的地方，现在像碗底儿似的还积着一摊水。它踩进水里，鸭蹼刚刚没过，水只够泡脚了。

我没急着走开，我一回身趴在栏杆上，看它怎么办。

它默默屈膝蹲下，让水勉强贴上肚子，泡一泡，沾一沾，打湿一下肚底的羽毛，以寻求一点安慰。它又踱来踱去，踢出层层涟漪，或者站着呆望，努力感受脚上那一点点微澜。它一直盯着脚不抬头，头颈闪烁着饥渴的绿光。它脖子软塌塌地耷拉着，细看发现弯垂的曲线不光滑，硌楞硌楞的。我记得鸭脖子有很多关节，细巧精密，可以拼接出优美的问号呢。大概现在它因为太错愕太迷茫，每一节的神经指令都不一样，关节和关节失去了联系。它忽然完全静止不动了，像个装饰庭院的彩陶鸭。

风并不大，是叫岸边层层倒伏的芦苇给放大的。冷也不算冷，也是叫瑟瑟颤抖的芦苇给烘托的。池底的石头完全干透了，泛出惨淡的灰白、青白、鸡骨白，像来不及孵化就成了化石的无名蛋。池上小桥原先有个严谨的倒影，有倒影桥才完整，才有充分的语义，才好意思叫桥，现在都不知道该叫它啥。一只橘猫从坡上枯草里钻出来，可能是来饮水，边走边放慢脚步，仿佛不敢相信自己的眼睛，走到岸边时则完全傻了。

整个池塘及泛池塘地区都尴尬而焦虑。绿头鸭站在最后一摊水中，仿佛登上这尴尬焦虑的巅峰。

终于它抬起了头，端端看向半空，也正脸朝我了，表情却仍然看不清，是个谜，因为它满脸的绿毛即使纹丝不动也反光，像京剧里程咬金唱得满头大汗，一张油渍麻花的绿脸。"嘎"，它说，沙哑、简洁，戛然而止。我不忍与它对视，承受不了它的绝望，走了。走到楼下正好碰见物业的人，一打听，原来明早就放水，预计傍晚就能蓄满。一高兴，马上翻身回去，想亲口告诉它，但它已经不在那儿。

一片冰心

池塘结冰了，很薄的一层壳子。早晨出来看见水面乌蒙蒙的，我还以为自己眼镜上有雾，听见旁人说"嘿，昨儿还没结冰呢！"才意识到结冰，一夜之间。细看结冰是先从我脚下沿岸开始，池塘中心还有流动的水。

只有一只绿头鸭出来，其余的都是有点儿理智的吧。它游得很慢，总在一个地方打转，大概薄冰推进得非常迅速，它已经四处碰壁。因为是刚换的池水，非常清澈，我能看见它的两腿叉得很开，脚蹼在水里拼命地划，像溺水挣扎的两条胳膊。

相对它上半身的宁静迟缓和优雅，它下半身可谓狂乱疯癫，丑态百出。也许代表它内心的恰是下半身。今天水面显得特别广漠，柳枝显得特别衰败，枯叶显得特别零落，它显得特别滑稽。

白鹅没踪影，大概双双回了鹅舍，它们长年都是恋爱季。红鲤鱼也早被物业带去别处温暖的水中。这只绿头鸭对自己的处境应该是很清楚的，孤独有些时候使人显得智慧，另一些时候又害人暴露愚蠢。它这会儿是另一些时候。

它让我想起我的童年，冬天最冷的时候，云层又厚又乌，地上结了霜，空气潮湿阴寒。我非要下楼玩，我妈说你看看院子里！你自己看！一个人都没有啊！哪个傻子会出去玩？我不听。我独自在院子里晃荡，痴痴地等，又走去几个小伙伴家的阳台下，清嗓子跺脚吹口哨，最终也没把一个人勾出来。我妈说得对，傻子才会出来。但我并不打算回去，没人的院子有没人的美妙，没人玩有没人玩的玩法。我一圈一圈地晃荡，去了百花凋零的花园，去了坚壁清野的食堂，去了木工棚、医务室、门房、车库、后院的老房子废墟，我在每一处都做了停留，但每一处都没留我很久，非不为也实不能也，认真留起来一整天都不够。我也猜到有人正在楼上看我，跟他们的小孩说我妈那句话，我成了他们的风景。

冻僵但疯狂奔走的两条腿才代表我的心。

我站在池塘边，向绿头鸭吹口哨，它反倒转身游走了。它游了很久，很久。我琢磨着它的脚，也就一层皮，又没啥脂肪，上身即使穿着最优质的羽绒服但脚在冰水里浸着，不会冻伤吗？我想朝它喊，把它喊过来问问它本人。科普书我虽然也可以去找来看，但总不如听它本人说得清楚。我毕竟已经追随它那么久，它也肯定留意到我的存在，所以我们之间一些基本的语言应该是可以相通了吧。

我吹口哨，天冷怎么也吹不尖锐。它继续装没听见，一直用屁股上那簇乱蓬蓬的翘毛指着我，好像特意指出我不值得它庄严对待。可同时它又把两脚分得特别开，使劲划使劲划，戏有一点过，意思是我冷不冷我弱不弱你自己瞧呗。零下十几摄氏度的水中，它一双脚蹼绷得紧紧的大大的，像吃饱风的风筝。

我一直守在岸上。就想看它什么时候决定离开，看它怎么从水中爬起来，怎么走在薄冰上，会不会踩破冰重新掉进水里，会不会一跤滑倒摔个两脚朝天。我想等它出丑。但我没等到，天太冷了，我没有年轻时那么扛冻了。岁月剥夺了我做傻子的实力。

潇潇雨歌

雷阵雨从天蒙蒙亮时开始，中间假意停了两次，快到中午雷声渐远，但雨还没收住。这是我最喜欢的天气，谁也拦不住我打把伞出门玩儿。小区的游廊靠池塘一段有顶子,这下更好连打伞也省了。我是存心来看看芦苇在大风大浪里什么样的,结果一眼先看见绿头鸭。它竟然还在水上游荡!北京话叫"二了吧唧",雨怎么浇它就怎么淋着,任凭大雨点子噼里啪啦砸头上。我瞪着眼使劲看它,而且就想看看它的眼,到底睁着的还是闭着的,因为我认为它是在瞎游。鸭舍就在前边它不往那儿去,游泳馆榭台下风平浪静,它也过而不入。它前进的方向是更开阔的水面,一路游过去只会淋得更惨。经过芦苇丛时它大声道:"嘎?"就一声,口气用的反问,那意思我感觉是"咋?""那又怎么样?"我始终看不清它的眼睛,它的绿脸淋透之后发黑,黑眼珠子消失了。

雷声虽然远去,但余威仍在,最狂烈时我都一哆嗦,它不为所动,保持着速度保持着平稳,很从容很大牌,像那种辈声国际的豪华邮轮,自信全身都是顶配,即使外边巨浪滔天了,舱里边照样歌舞升平。

这鸭子在想什么?根据从其他领域得来的经验,我记得鸭脑子的体积很令人失望,脑壳里面相当大的空间是闲置的。我猜不透它冒雨出游的理由是什么。难道它还能跟我想到一块儿去了?一颗蚕豆大的鸭脑子里居然产生了我这种高级思维?不为觅食不为繁衍,就是贪玩?

它游到池心不再往前,打了好几个转转。这时雨已小得多,水面安静下来。有几缕光从云间缝隙落进水里,水面噌噌闪烁了几下,一晃眼就又是艳阳高照了。绿头鸭的绿头刚挨完浇紧接着就挨晒，焕发出老翠根儿的黑油绿。

7月的阳光闭着眼都受不了，睁开更发现这是个杀声震天的世界。草木万物的色彩都到了一年中最强盛的时候，要扩张要侵略，要争夺出线权。红的偷袭绿的，白的轰炸蓝的，黄的反制紫的，金的吞噬银的。绿头鸭也参加了混战。它穿行在垂柳的斑驳树影里，脸上阴晴不定，蓝一阵儿绿一阵儿，绿一阵儿蓝一阵儿，像心里藏着大喜大悲。

气温一回升我就待不住只得转去。临走再看，它已经再次准备出发。只见它非常潇洒地甩甩头，扬起颈项，双翼一展紧跟着向前交叉一扇，借着这股气流它大半个身子忽地就站起来，并且马上调整成与水面的一个四十五度角，全部肌肉零件突然紧张收缩，力量和欲望膨胀得快要爆炸，连尾羽都满蓄燃料，好像立刻就能起飞一样。我心里一动，驻足等着。结果它翅膀在半空停了一两秒，徐徐垮下，身子一软，肌肉一松，羽毛一耷拉，又重新坐回水里。唉，我认为它存着凌云壮志，总不肯承认那是痴心妄想。

当然是痴心妄想，我又不是不知道它不能飞。它的不能飞——有些话不能摆上桌面，因为太阴太下流——跟我有关系，我以缴纳物业管理费的方式跟它的东家达成了契约，它不能违约。是我给钱不让它飞。它和大白鹅它们不一样，大白鹅本来就不能飞，它们吃着布施谈着恋爱生着蛋，小日子啥也不缺，我们两不相欠。但绿头鸭，我看着它们心里一直有点欠欠的。尤其当它们自然呈现出展翅高飞的动势，那种与生俱来的英姿，基因、本能、天性都在晴空里召唤它们，我就心虚想溜。它们的脸我也不想看，觉得那绿毛发出奇怪的蓝光，像它们通过色彩流露出的纳闷儿，不明白到底哪里出了故障，万事俱备就卡在这一点故障上。

今年池塘里的绿头鸭数量明显少了，我不敢问也不敢想太深，我担心长年残缺的生活会不会使它们意志消沉，或者它们发现了真相，终于幻灭。

傍晚太阳落下去我才又出来，因为急着办事路过池塘也没停留。好几家老人带着小孩在岸边玩水。离岸远远的，三只绿头鸭漂着，两雄一雌，看着像一对情侣带一个朋友。

突然，就在我超过池塘、背对池塘那一刻，我听见身后的老人孩子们都尖叫起来，"嚯嚯——""嘿，好家伙——""爷爷快看——""可真行——"就我回头那一瞬间，我说不清是不是幻听，我听到"嘭嘭嘭嘭"的拍击，声音很闷，像是压着强劲的气流。等我顺着人家的目光朝天看，迟了，只赶上一个梭子形的剪影，还一下就消失在对面小区的高楼缝儿里。我再去看水面，水里遗留着乱糟糟的几团涟漪，而且很快就平静下去。池塘那端三只鸭剩了两只，少了只雄的。

"喊啥啊您刚才？"我问一个老爷爷。

"飞了！那鸭子！直不棱登飞天上去了，呵呵呵呵。"老爷爷很开心，他孙女儿都没他开心。

"水里那鸭子？"我指着水问。

"对啊，绿脸儿嘛！"

"它打水里飞起来的？"

"是啊，要不怎么喊呢，给我们吓一跳！"老爷爷笑靥如花。

好像事实已经摆在面前了，铁证如山了，但我就不敢相信。几步开外有两个保安，我走过去堵在他们面前。

"他们说池塘里的鸭子飞起来了？"

"是啊，都看见了啊。"矮保安笑。

"你们这鸭子会飞？"

"会啊，它……又不是熟的。"矮保安乐了。高保安也乐但马上正规答复道：

"是，这鸭子会飞。"

"不是说不会吗？我之前问过物业，说翅膀上面管飞行的羽毛年年修剪，就怕它飞跑了。"

"没错儿，是剪来着，老鸭子都不能飞，这不是后来的吗，它能飞走也能飞回来。"

"还能飞回来？"

"您跟这儿等会儿它准飞回来，我看见好几回了。"

"它能飞哪儿去呢？后海？"说完后海我感觉有点儿露怯，人家都上天了还能看得上后海？

"咳它飞不了多远，对面那个小区不也有一个水塘子吗，它就去那儿了。反正它喜欢水，哪儿有水它挨哪儿待着。像我们老家那边——"矮保安正说得来劲呢被高保安打断了："你不懂你说不明白。"高保安盯了矮保安一眼转而向我，"他不懂，我们有专门管这个的同事。"

矮保安明白了,不能乱说。因为拿不准我究竟什么意思会不会找物业的麻烦,他们瞄了对方一眼,由高保安熟练地背了一句公文:

"女士,这个我们也不清楚,您可以咨询您所在楼层的管家,或者直接向物业管理办公室反映情况。"

我"哦"了一声转身就走。我已经没兴趣再打听,也不愿他们看到我控制不住的眼泪。天哪,我自己有多少糟心事,多少繁难,正经该哭的没哭,倒在大庭广众之下哭一只鸭。

瓦煲楼

"瓦煲楼关张了吗?"

"没有。"

"啊还没关张?楼呢?垮了吗?"

"没有。"

"啊还没垮?还有顾客去吃?"

"喊,有的是,我上个月还吃了呢,不过我是拿保温桶端回来吃的。"

"你还吃的草鱼?"

"怎么,这趟我也大方一回,点的乌棒。"

"哦!灵吗?"

我爸没回答,并出两根手指头比画了一个筷子搛起鱼片的动作,手故意哆里哆嗦,要我自己领悟鱼片的鲜嫩腴滑。

这是我们隔不多久就会有的一场对话,说的是离我家不远,小关庙口子上的那家小饭馆。因为年久失修,门庭冷落,我觉得不定哪天它就消失了。虽然我刚才的问话都是乌鸦嘴式的，但实在出于深情。离开成都到北京生活后，我跟家里通电话也会专门打听它的近况，总是提心吊胆。

这小饭馆占据了一幢土木小楼的边角，三十多年屹立不倒。因为以"瓦煲"起家，我们一直管它叫"瓦煲楼"。我少年时就知道它，那时小木楼已经感觉摇摇欲坠，没想到三十年就是不坠。工作的缘故，我长年生活在北京，这对一个成都人来说真是非凡的挑战。成都人不是不能奋斗，只是不能长久地奋斗，因为始终有一个高老庄式的温柔乡在那里召唤他。好比说我，我描绘的高老庄除了家、亲人等最亲爱的那一切，背景处必有这座"瓦煲楼"。

其实叫人家"瓦煲楼"是不严谨的，人家本名"瓦煲鱼"，当年就是以招牌菜命名，因为独创、独绝，有这个自信。瓦煲"楼"算什么，一方面把人家说普通了，矮化了，好像就是家做瓦煲系列的小饭馆；再一个文法也不通，"楼"成了食材了。但我们就是喜欢这种矮化和不通，矮化了更亲热，不通则有不通的奇妙：把楼都瓦煲了，听着有气吞山河的胸怀对不对。

小关庙这边呢，从来就不是什么洋盘地方，时髦的人才不来这边耍，只有每年冬至吃羊肉火锅的时候闹热些。大概这边有一点规模，比别处早几年经营，有些门路，羊半扇也是从简阳那边拉过来，所以吃羊锅中年一辈还认"小关庙"正宗。但闹热也仅止于小关庙狮马巷的几家店，附近饭馆顶多能捡到一些来吃羊锅等不到位的散客。

瓦煲楼不屑于捡散客,我观察,因为他们还有固定的食客;另外他们骨头里,被店史在20世纪末的兴隆火热培养起了骄傲,至今还没有代谢掉。

20世纪末,成都人开始频繁下馆子,此前没这规模。那会儿的吃喝风是全国性的,饿了上百年,人民得补。馆子一下就多起来了。光是我家附近,在两三个月里就有七八家前后脚地开张,虽然都是小门脸但招牌上口气很大。"××大饭庄""××第一""真资格××"。那时我爸出去办公,天天必经,全都一家店一家店细细地瞭望过一番,回来向我们通报。瓦煲楼就是那时说起的。

"瓦煲,光是这名字听起来就很想吃。"我爸神往道。

我们也一起经过过,在楼外街对面,停在那里看。只见他们门口地上排开几个大木盆,水龙头接出很细的管子搭在盆沿,盆里因而始终有一股水流缓缓漫出来淌去地沟。叮咚声像谷涧的涓涓山泉。鱼分出三六九等,一等一个价,那时没有鲈鱼鳜鱼,从低到高依次是"瓦煲花鲢""瓦煲鲶鱼""瓦煲草鱼"以及——"瓦煲乌棒"。常常有鱼嫌气闷从盆里蹦出来。"嚯哟——"我喊,是条很肥大的草鱼。在门口拉生意的老板娘听见都笑了,越过小街看向我们,使劲招手:"来嘛妹娃儿!多巴适的!"我爸嫌丢脸直拽我胳膊:"跟你说别看了!"好像非要站这儿看的人是我。我不走。老板娘其实并顾不上我,因为不断有生意。

那时下馆子的人以两类为主，公家人和生意人，吃完都要扯发票。我们站在那儿不过一把瓜子的工夫，已经进去了五六伙子人，不是胁下夹着手包，就是肚子顶着腰包。有堵在门口边抽烟边骂脏话边挑鱼的，有叼着牙签醉醺醺唱爱情歌曲的，有疯疯癫癫拳打脚踢抢着算账的。瓦煲楼和楼前女贞树被嬉笑吼叫震得直打战，枝上鸟儿都站不住飞了。我们看不下去，替他们害臊。

"太难看了。"我爸轻蔑道。

"就是，酒囊饭袋。"我下了定义，从电视剧《武松》里学的。

"你妈不让我们吃馆子，她嫌不卫生。"我爸转了话题，这才是我们真正要谈的。

"她最别扭了。"

"就是，再卫生，好吃还是馆子好吃，自己家做不出来的。"

"就是。"

我们边走边抱怨，拐弯前我又回头看了一眼，看见一个店伙拎着一条脑袋奇大的鱼咚咚咚咚在楼侧露天楼梯上跑，尖声叫道："三斤七两整红味——红重——"我爸说是拎给顾客看鱼的死活和斤两，要他们放心。他把这些都了解得很清楚了，却还没有吃成。

我们不敢违抗我妈，偷偷出来吃馆子，除了我们没钱，也是因为承认我妈说得对，瓦煲楼不太像一个禁得起卫生检查的样子。还有最重要的，我们那时认为吃馆子就不是一件正义的事，公款吃喝、大吃大喝、吃香喝辣、山珍海味都是些丑恶的社会现象,被方成丁聪他们一再挖苦,《讽刺与幽默》上那些漫画我们看了更是哈哈大笑、嗤之以鼻。所以心里再馋痨,我们也认为——不正义。

除非找一个正义的理由。

我爸找着了。

那时他领着一些工人做事,非常辛苦,忙了一个多月快到元旦节才完工。平常天天吃食堂的,这个时候好像总不能不庆祝一下吧。我爸一说,大伙儿轰然叫好,仿佛已等这句话很多年。马上有人怯生生提议:"去不去瓦煲鱼饭庄嘛……多近的。"然后立刻就全票通过。当然不是因为近。不说不晓得,原来都惦记着瓦煲楼。

这是一帮本地小伙子,家都在簸桥附近的农村,非常质朴勤劳。他们对我爸很尊敬,"最老好了",说他。做业务、学习乃至生活上都肯听他说一两句。其中有个木匠小谭,手艺在他们村里乡上都出名的,但结婚准备打家具时也来我家向我爸请教,让我爸说下看打什么款式时髦一点,因为觉得他毕竟是走上海下来的,什么没见过。我爸很愿意帮忙,翻箱倒柜找了几大本古旧的西洋画册搜寻画上的桌椅板凳,又根据记忆画了十几张老上海家具的图,终于成功打消了人家对时髦的渴望。但小谭木匠并不沮丧,临走感叹:"山外有山的哇——"原来世上竟有他打不出来的家具。谢还是很谢我爸。

唯有一个,他们绝不能赞同他,关于我爸所谓"红烧"。我爸红烧就是苏沪的浓油赤酱，红指的是酱油，也包含乳腐汁等，与之匹配的是糖。而簇桥小伙们认为红烧的红当然是指红油口味，也就是红海椒、郫县豆瓣，相对于不放辣椒的白油而言。也不认为这是流派的分别，他们眼里只有对错，绝不给我爸的红烧以合理性。川人别的不敢说，对川菜的自信相当于思想钢印。他们尤其对我爸红烧放大量白糖觉得荒诞可怖，传为丑闻。

"好，吃瓦煲楼！"我爸宣布。他还表示他个人的口味根本不重要，他应该服从大家。小谭木匠诚恳道："味道不摆了，杨老师，可以打包票——我听人家说的。"我爸才知道此前他们并没有一个人吃过，敢打包票完全是因为超强的想象力，这帮小伙子每天骑车经过，看见"瓦""煲""鱼"，三个大字，好像饱含膏腴，饱含辛芳，个个馋得灵魂都挥发了。

他们去吃鱼那天我是知道的，元旦节我放假在家。中午我和我妈一人一碗下的葱花挂面，我爸喜气洋洋出了门。

他下午是面红耳赤被人家扶回来的，小谭木匠报告："杨老师吃了一杯啤酒。"他伸出指头比画出六七公分的高度，脸上是困惑。我妈抱怨说："小谭你们怎么单劝他一个不会喝酒的人喝酒。"小谭冤枉道："师母不是的哈，杨老师个人倒的。"我妈问："你们咋没醉喃？你们喝了好多？"小谭害羞道："就是嘎，我们啥事情都没得的哇——我们嘛，都差不多吃的四两半斤的——跟斗儿酒。"跟斗儿酒是杂牌子白酒，饭馆都放在陶坛子里用竹提子舀起来卖，听说劲大。小谭不敢看我妈，晓得她一定不赞成他们这样放浪形骸,没想到我妈竟欣然点头:"跟斗儿酒好,杀菌。"她一面布置我爸在沙发上歪着,一面带笑敷衍,"这下吃得安逸不嘛?"小谭正色道:"多安逸的。"

其实我爸并没有神志不清,他只是微醺而已,一半是因为六七公分啤酒,另一半我看出来是因为瓦煲鱼,他沉醉于瓦煲鱼。人家一走就叫我倒杯茶来,喝口茶他好开吹。

"九打九个小伙子,加我一共十个人,要了两条,一条草鱼一条花鲢。草鱼小,烧的免红白油瓦煲鱼。花鲢大,三斤九两!怎么做?你说怎么做?"

"红烧?摆一眼眼[1]酱油摆一眼眼糖摆一眼眼黄酒?"我答,这是他的三板斧,我讲洋泾浜上海话挖苦他。他闭下眼表示没听见。"怎么做啊到底?"我还是沉不住气。只见他伸出一手掌心朝外,把拇指食指圈住。

"三吃!——一鱼三吃!——鱼片做了过水鱼,鱼头做的瓦煲,鱼杂烧了豆腐。"说完他又仰倒,仿佛气力用尽。故意留下寂静给我。

我那时才高中,能有什么见识,当时就愣住了。馋是一方面,主要是惊愕,世上还有"三吃"这样的创造力,我不由得严肃起来,油然生敬。

乌棒鱼是瓦煲楼最高档的,他们没有点,吃馆子的理由并

---

[1] 摆一眼眼:放一点点。

没有正义到点乌棒的程度。他们还叫了好些别的菜，蒜泥白肉、回锅肉、生爆盐煎、青笋肚条、红油腰片，等等，无非就是把猪翻来覆去做得不重样。又吃了些便宜的跟斗儿酒。我爸一般是拣不辣的吃，他们专门把白油瓦煲草鱼摆在他面前，叫他可以足不出户。鱼肉肥糯，油盐也入味，几乎是净鱼片，仅仅配了葱姜花椒什么的，不知道怎么就那么香，他因首次觉得比从小吃惯的红烧糖醋还香，好像对家乡有一点背叛的意味。其实他逐渐也能吃一些辣了，如果非常美味。可大家坚定执行以前的规矩，决不让辣椒进犯杨老师一步，所以把花鲢的三种吃法都搁得远远的。我爸好几次想去搛一筷子鱼头干砂锅，因为油亮亮黏糊糊一看就胶质极充分、滋味极丰富，但终于因为不好意思站起来而放弃，活活看着鱼眼鱼唇鱼颊几筷子就被抢光了。为凑热闹，他喝了啤酒，一杯都没喝完脸就烧得通红。小谭他们本来端起酒想敬他，结结巴巴学着说一些场面上的话，而且专门说的普通话，都站起来了，"杨杨杨杨杨脑丝[1]——"看见我爸已经晕晕乎乎只好又坐下。

那天一开始我爸还小吃一惊，因为其中有几个小伙子穿了很像样的衣装，头上木屑粉灰都不见了，耳朵夹的铅笔头也取下来，解放鞋换成平平整整的黑布鞋。原来他们很看重这趟庆祝活动，这么一打扮跟城里的小伙子没啥两样。

"都长得清清秀秀，说有一个像刘德华，还有周润发谁的。

---

[1] 脑丝：老师。

农村孩子真很苦,家里供不起念书,早早就出来当学徒工——就小谭也比你大不了几岁。"他对他们有种特别的情感,虽然是一个临时的集体。这帮小伙子没有项目可跟的话就各自回乡下种田了,城里的活计和钱并不好找,大多数时候肯定是拮据的。有次我爸还在马路上碰见小谭,他正蹬三轮车拉客呢,两条枯柴瘦腿拼命倒腾,一双巧手笨拙地紧握龙头车把。毒太阳下他满头大汗,看见我爸非常羞愧,好像给撞破了什么见不得人的事。我爸很心疼,到处托朋友帮他找事,我听见他向人推荐:"……非常好的木匠,什么都会打。"

"我今天看出来了,有几个人,好像从来没有吃过馆子。"我爸叹道。

"怎么看出来的呢,吃得很疯狂?"

"哦,恰好不是,恰好相反,吃得太拘谨了,哎呀很紧张很斯文,小心翼翼,生怕吃得不对,我看了心酸。"

"这又有什么对不对的呢。"

"你哪懂,我告诉你,小熊小郭,还有姜广成弟兄两个,自尊心很强的。小熊一开始筷子都不好意思伸出来。我叫他去搛鱼他光笑不动。"我爸直摇头,觉得小熊他们在起跑线上就吃了亏。

"不讲礼!哦!不讲礼!——人家李伯清都说了嘛!"我爸忽然冒出一句四川话,土得有一股民国味儿。他是非常有语言天分的人,乍一听这话简直是他的母语。我笑得咳嗽,心里佩服,他总有办法叫人笑,叫人不那么害怕。果然他说小熊他们笑完之后渐渐放开,桌子对面的肉也敢去搛了。

可一旦放开又有点问题，酒吃好了要吃米饭的时候菜已经全部干光，大家乖乖地要分盘底的油汤拌米饭，我爸却又叫厨子再炒两个快菜，结果钱花超了。他自己贴进去三十多。

"贴钱我也高兴。不过我的天哪，小伙子确实太能吃了——幸好我生的女孩儿。"他赞许地看看我，"但你吃上并不像女孩儿。"马上又收回赞许。

"哦对了，我们竟然还嘲笑人家——那天是你说的吧，说那些人是酒囊饭袋。"我爸问，"结果我们今天吃饱了饭出来，那样子也很糟糕——肯定很糟糕。"原来他们一群人出来的时候竟然忘了结账，小伙子们搀着我爸大声说笑打算扬长而去，刚走到木盆前老板娘追出来讨账。我爸羞得无地自容，匆忙掏钱时胳膊拐撞了后面的人，害人家差点坐进木盆里，幸亏给及时拉住了。队伍里的小熊还是小郭放松以后一反常态，肯定也因为吃了酒，竟然放声高歌，"你挑着担我牵着马——"我爸说很有可能是太害臊，他一瞬间天旋地转，感觉瓦煲楼、大树和地面在颤抖。

"酒囊饭袋。"他痛心微笑道，"但是行吧，吃得也值了。"

"瓦煲楼垮了吗？"

"没有。"

"啊还没垮？店呢？倒了吗？"

"没有——你是盼它倒吗？"

"哦不不，我盼它千年不倒。"

吕青工

我才知道我儿时上学必经的保群巷，大大地走样儿了，虽然拓宽两倍，但掐头去尾只剩下中段儿，连原先的三分之一都不到。现在巷子两边是齐整的水泥墙，墙里是水泥盒子小区，墙上挂着大玻璃框子，框子里引经据典掰开揉碎了讲反腐倡廉的原理。整个巷子比以前清静干净得多，只偶尔卖野生鳝鱼的小贩躲在拐角做生意能拢住些人停留，其余即使过年，巷里也不再闹忙。保群巷发福了、体面了、文明了、客套了，像个终于混出点名堂的中年人。可他一身散发着残席的冷馊气，叫人不想靠近。他只喜欢谈谈新茶和蜜蜡，而不大愿意提起年轻时的寒碜凄惶。

如果我想再见原先的保群巷，我得闭眼，一闭眼全回来了。好些人都夸我记性好，老街老人老事啥啥都忘不了，其实反了，是它们追着我不放，我根本都挣脱不掉呢。

首先，入巷口右手是一户独门独院，据传极富。我曾见过一次他家请人油漆院门，用的不是写标语的朱红，而是绛红，青砖一衬显出品位高雅。巷口左手却又是极其贫寒的一家，住着爷孙俩，靠养鸭子生活。巷口常见爷爷用一根细竹竿驱赶鸭群，我一直以为它们要去北门大桥下河，后来才知道宰杀铺也在那边。

巷腰左手没有住户，是一个单位的后门，劈面一墙标语，"计划生育是我国的基本国策"。"国"字只写个方框，里面"玉"字不写。巷腰右手四家门都临街，有一户长年敞着。我路过时瞥见他家吃中饭，桌上有粉蒸肉。

再往前走，经过一个电线杆、一个公厕，保群巷连续拐了两次弯，然后豁然开朗，通往喧嚣的草市街了。巷口左首是间破门，门里迎头一棵孤树、一盆天竺葵，孤树历来濒死，天竺葵从不见开花。院里浅浅的不过两进，我有两个女同学住这儿。巷口右首是长长一堵青砖墙，常有到草市街卖菜的农民在墙根歇脚。

尽管我后来去了京城，再为人处世，总要求自己得透着曾见过世面，有的没的也爱吹嘘显摆。但背着人，我不得不承认，那些古灵精怪的人物，和他们匪夷所思的事迹，好像都集中在我们保群巷呢。我童年有多少次大开眼界啊：巷腰那家死了人，都说他"死于非命"，他尸首被人用门板抬着，经过我时他一只胳膊掉下来，我看得真真切切，死人的皮肤是灰紫色；巷口极富那家，我瞄见过他们老太太，她坐在天井的藤椅上瞌睡，衣服果然嵌着金线，阳光一照连人都像金人；最离奇的是一个住巷尾杂院的女同学，小学毕业前夕听说被拐卖去河南，我们都悲叹从此再也见不到，可一年半后她竟容光焕发地回来了，她的唇膏突破了嘴巴的边界，恍惚整个下巴都是桃红色。

巷里出位人物多，认真记述起来上百篇列传也是有的。其中一位叫"吕青工"的，感觉必须放在头一篇。

吕青工是"吕姓青年工人"的简称，他名字谁还记得。他在保群巷里的副食品公司蔬菜营业部工作。"青工"是20世纪中期流行起来的称谓，态度中性，没有褒贬。但对这个吕青工，我听见那些这样称呼他的人的口气，"青工"两个字就有一点轻慢、讥讽的意味，这绝不是我多心。因为他一是已经并不年轻，总有二十八九，那个年代所谓大龄，大龄未婚，相当困难了；二是因为他荒唐，他做下的事说出来男女老少都得目瞪口呆。

他做下什么事？——他爱上了不可能的人，他爱得着迷，他爱得要命，他爱得失心疯。他爱上了谁？——黄婉秋。

都记得吧？我国著名老一辈表演艺术家黄婉秋。也许很多人需要回去问爸妈甚至爷爷奶奶了。我是印象极深，电影《刘三姐》，黄婉秋是刘三姐的扮演者。

我那时还小，刘三姐的故事并没能深深打动我。我看电影就看个热闹，刘三姐率众与财主他们赛歌，她赢了我拍手叫好，财主掉进河里我更跺脚大乐，她被抓落难我着急，最后脱险团圆了我便踏实开心——但电影演完就完了，我就是这种观影素质。

吕青工不是。据说他看过一百多遍，遍遍都是一见钟情。他的深情一层层浸透了这个角色，一寸寸穿透了这个角色，最终凝结集中在表演艺术家黄婉秋身上。

我最初听到他的事迹，是在我们大院儿的收发室。其实算起来我们大院儿离着保群巷还有一段距离，可吕青工并没有放过我们。一泼一泼往来的闲杂人等，不由自主老要谈他。

"……132厂！132厂！——132厂在哪里？黄田坝！他龟儿三更半夜骑回来，遭卡车挂[1]了一下，拖起走，拖得一身青红皂白的。他咋没遭拖死哦。"收发室大爷感慨，听着像很遗憾吕青工没能被拖死，实际表示恨铁不成钢。他说的是那年夏天，吕青工跑去西郊132厂看人家的坝坝电影《刘三姐》。当时《刘三姐》在市区的电影院早就下映了，但郊区很多大单位还会给职工放映。吕青工总有办法得到这些信息，他们说他还骑车去万年场的玻璃厂、高攀的7322厂、双桥子的420厂，以及量具刃具厂、川棉厂，他像个逐水草而居的牧民。

"……写信。给别个黄婉秋写信，晓球得他寄到哪儿的哦。收发室摞起摞起都是退回来的信——不然还不晓得他写了那么多。"

"……他脑壳是糊的。人家黄婉秋好大了？你才好大？比你大十几岁，啥子刘三姐哦你莫把辈分搞错了，你该喊刘三孃！"

---

1 挂：刮。

他们还说他为了黄婉秋不肯耍朋友[1]。我们食堂的仓库员姑娘小秦被人介绍给他，那么般配那么巴适，可见面之后他不给回信。小秦在巷里巧巧地碰见他，堵在他面前，他竟茫然不相识。又传说隔壁小关庙那边通信站的小赵姑娘也被介绍给他，饭都吃了，还冒雨跟他一起骑车同过一段路，交情眼看就升级了，结局却和我们小秦一般无二。我们大院儿有些人因此就下了结论：烂眼儿。意思是无赖、流氓。但实际上这结论是站不住脚的，吕青工的清白恰是他痴情的另一壁，他只爱黄婉秋一人，眼里绝无其他。所以"烂眼儿"这污名并没有叫响，保群巷自有滔滔公义。

但是一年年拖下来，越拖他越怪，小伙子爱明星无可厚非，一旦大龄还沉醉在绮梦里就有点恶心了。吕青工很干瘦，脸黄黑乌黯，一个有文化的人刻薄道："饿殍脸。"他还蓄胡子，枯柴草似的绕嘴一圈，脏相。我大了以后仔细回想，有的人那么厌恶他，主要是跟他年龄差不太多的男人，大概也是一种"你也配姓赵"的原理，他们都爱刘三姐，但自知不配所以默默把爱埋在心里，而吕青工你竟敢公然表白？你也不撒泡尿照照！他们那么毒地挖苦他是因为这个吧。一般年长的人或者女人倒没那么毒，他们觉得好笑而已。

长得不好，然而衣裳鞋袜居然干净讲究，这使他挽回一点风评。我有次听大人们说他"还有两件皮夹克三条灯草绒（长

---

1 耍朋友：处对象。

裤）！"口气惊骇羡慕，在那个布袄布裤的年代。打扮得漂亮也许是因为怀着期待，黄婉秋成名以后据说也深入祖国各地巡回演出，哪天突然到成都，出现在我们保群巷也不是完全没可能吧？吕青工不得不防啊。

我虽然对他的旧事如数家珍，但实际上我从来是没有荣幸得到他的认识的，他的注意力再没有一丝一毫可以分给这世界。我对吕青工的了解基本来自道听途说，我只是远远地眺望过他注视过他，向旁人印证过那穿皮夹克灯草绒的老叔叔就是他。

常常在巷子里看见他，我上学放学的时间大概恰好跟他上下班重合了。我很早就知道他在哪里搭伙吃饭，就是巷底对过一个很深的院子里，因为中午，简直雷打不动地，不是看他夹个饭盒去打饭，就是已经打好饭了往回走。他吃东西的样子很难看，像我们小孩儿一样心急火燎，完全等不到回去坐好了细嚼慢咽，而是走一路吃一路。往往瓢羹[1]还在饭盒里捣来捣去挑挑拣拣呢，他就已经张嘴等着了，自己拼命催自己；饭食也不是由瓢羹送进嘴里而是嘴巴冲上去一口吞掉，自己也跟自己抢。有时他在路上碰见同事也去打饭，人家问他今天啥菜，他也匀不出嘴回答，走过半天了才回头说一句："木耳炒肉——三片肉塞牙缝哈哈哈。"难怪人家说他一副"饿死鬼投胎"相，真不算骂他。

---

1 瓢羹：勺子。

尽管我经常直勾勾很粗俗地盯着他看，但他从来就没有注意到我。我六年级时也有一米五了，在成都人里不显矮，可他目光老是从我头顶上嗖嗖地过，好像视界只在一米六以上。他还经常半翻白眼，好像在巡视自己脑子里的边边角角。我因而也怀疑他有点缺根弦。直到我有一次，一个机会使我安静长久地打量他，当然他还是不知道，我才感觉到他不缺，不仅不缺，还多了些什么。

那是一个寒冷的雨天，我们放学早，三五同学走在巷里。即将分手时忽然有人压低声气说："快看快看！吕青工！就是他！瓜稀稀坐起那块！"我顺她下巴所向，望见一个男的骑在街沿的消火栓上，侧对着我们。消火栓是圆柱样的铁墩子，顶上像拱起来的锅盖，并不平坦，除非瘦猴，一般人根本坐不住。他棕色的皮夹克淋着雨泛出水光，裤子果然是灯草绒，但颜色真混沌看不懂，我记忆里的色彩本就褪败得厉害，他这裤子到底是黄是绿更成谜了。他那模样像介于叔叔和伯伯之间的岁数，只是不配做伯伯，因为我觉出他的痴傻和轻贱，不肯授予他值得尊敬的称谓。实际上我后来才知道，他还没到三十呢。

我盯着他看，总觉得他的姿态是盼望的意味，向着远远越过保群巷的地方，他的眼神，你若是顺着他的眼神看，看到的绝不是你眼前的北大街、西珠市街、文殊院，不知道是哪儿。他叉腿骑着消火栓，像骑着马，去哪里任马走，他信马。

我耳边上同学们又嘀咕了好些话，都说的是他的下流传闻。

刚才那个同学发誓说她哥亲眼见过吕青工和画报封面上的刘三姐亲嘴，真正的亲嘴。

"书皮皮都亲烂了。"她捂嘴笑。大家都放肆大笑，围住她，偷眼望他。我们那时理解的亲嘴就是嘴巴和嘴巴贴上，所谓真正的亲嘴也就是贴得非常对称，以及不断地调试校准达到严丝合缝的程度。书皮皮都亲烂了，这是多么下流。我们摇头撇嘴发出各种怪声。少女的猥琐是惹眼的，好些行人侧头打量我们，他离得不远却没引起一丝注意，眼神呆定微茫，好像真骑着消火栓走远了。

保群巷留不住他的心。

吕青工的单位，副食品公司的蔬菜营业部，在巷口。千万不要以为名字里有个"公司"就真是一个公司的样子，三十几年前，即使是我们省城里的公司，看上去也是穷搜搜苦巴巴的。副食品公司蔬菜营业部虽然占了一个气派的古老宅院，但此地早已不复当初的华美，再加上天井房间长期被用作堆栈仓库，年久失修，显出一幅凄厉的败象。

他吕青工在单位里具体做什么我始终没弄清楚。我从两个同学口里得到的情报不一样。她们俩分别有表哥和幺爸[1]也在蔬菜营业部工作，和吕青工都是同事——但他们一个说吕青工是会计，一个说是统计员，他们自己人口径都统一不了。反正会

---

1 幺爸：小叔。

计、统计员都是要职，可见吕青工业务过硬。然而表哥和幺爸都传出过差不多的一句话，说本来吕青工是要上调去总公司的，到盐市口那边上班了，如果不是"他龟儿自己球莫名堂"。他们说的"球莫名堂"，就是指他爱上刘三姐、非黄婉秋不娶。

其实爱她也没什么，扬言非她不娶也没什么，并不与旁人相干，但吕青工后来把事情弄拐了，整复杂了。

那是一个初冬下午，我们列队放学。队伍刚出校门就乱了套，因为街上人山人海，他们都朝一个方向使劲伸脖子，想必那边有热闹看。我们学校门口不远有个电影院，兴旺了好些年。电影院门口的坝子里从来就站满人，等着进场或是刚散场。今天人可比平常还多出两三倍。我和几个同学留心听了，被人群团团围住的坝子里传出女人的哭骂声，"烂眼儿！烂眼儿！烂眼儿！狗日烂眼儿——！"她撕心裂肺地喊。我们都知道"烂眼儿"是什么意思，对这类题材的热闹我们格外偏好。但挤肯定是挤不进去的，挤进去也没有好位置，我们只得在外围仰天聆听。结果翻来覆去只有这女人一家之言。而且人群很快就散了，一层层往外退，最里边的传出来说是抓了个调戏妇女的流氓，人已经被群众扭送公安机关了。

那天放学早，我们三个女生约着一起跳橡皮筋，罗莉芳叫我们跟她去她爸单位上，她平常在她爸单位搭伙吃饭。结果我们一到那儿就被她爸数落一顿，不准我们跳橡皮筋，"工作重地！"她爸皱眉头说，但也没撵我们走，在办公室里铺开桌椅叫我们"一起写作业！互相帮助！"我们只得写作业。又去伙房拿来几根蒸红苕，冰巴冷的用茶缸装了开水烫热叫我们吃，"蜜甜嘎？"笑着讨好我们。刚说没几句，窗外就有人喊他："罗户籍——罗户籍在没在？罗户籍出来看下——"

罗莉芳她爸是我们这一片的户籍警，我们写作业的这个地界叫青果街派出所。

罗户籍还没跨出门槛，我们就看见派出所门口瞬间被人群堵得水泄不通，前面几个壮汉押着一个人往院子里冲。有两个一直站在院子里的民警马上跳起来待要阻挡，没想到为首的大汉昂然止步，朗声说道："民警同志辛苦了！哦！我们来……报告一个情况！"一边说一边把一根粗麻绳递到民警同志手上，顺着麻绳一看，捆着一个男的，好家伙，他一脸黑乎乎的血污。

"民警同志辛苦了！将才在井冈山电影院门口，发生了一起流氓调戏妇女的……的……的案件。"大汉结结巴巴，"我们几个人民群众见义勇为，制伏了不法分子，现扭送到你所。"说完松口气，自己鼓起掌来，后面的人也跟着鼓掌。民警拎着麻绳也鼓了几下。

"民警同志辛苦了！"大汉带头又喊，后面也跟着喊。大家都很激动，争先恐后叙述案情。民警同志说得口干舌燥才把他们劝走，最后剩下三个妇女，和麻绳那头的流氓。

"你们做啥的？"民警问妇女们。

"她遭那个人调戏了。"两个妇女抢着说，"我们看到的。"

"那你们两个回去了哈，调戏哪个哪个留到，无关人员走了哈。"民警把那两个也哄走了。他转身对苦主妇女说："等下喊到你就进来做笔录。"又回头对那流氓说,"跐倒!——喊你跐倒!"让他蹲下。妇女和流氓都很茫然,都痴痴地看着民警。民警早走了。过了会儿流氓好像反应过来了,他在院子里找了一块干燥的地面缓缓蹲下去。妇女终究还是茫然,她轻轻问地上的流氓说:"他说的啥子喃,你听到没有?"

"他喊你等到。"流氓回答。

院子里没地方坐,妇女在廊下东张西望一阵,最后选了根柱子靠着。流氓很瘦,蹲下以后缩成一小团。四周完全没人,法网似乎明明大有疏漏,他却也不逃的。青果街派出所的这个小院子是一处民国宅子,20世纪在成都很常见。院门进来先有一小片空地,空地上起个花坛,花坛后面是一堵影壁墙,转过影壁墙进天井,天井四围是居室。他们俩在天井里一站一蹲。冬天下午假如没有阳光,潮气就从四面八方围拢来了。天井里安静得像山谷里。

我们已经在窗帘后面屏息良久,我脚都麻了。本来窗帘并没有拉上,我们可以看得通通透透,但刚看到人群不情愿地退出门去,罗莉芳她爸就跑进来一把把窗帘拉上,既不让我们看外面,也不让外面看见我们,非常多事。他出去时还带上门,想把我们完全隔绝在办公室里。他一走我们就急不可耐地蹿到窗前继续看,从窗帘缝里。

"就是先头他们在电影院门口逮到的那个烂眼儿嘎?"罗莉芳悄悄问。

"就是就是肯定是。那个群众说的就是电影院门口嘛。"我们回答，不是他是谁。

"他调戏的就是她嗦？"罗莉芳指指妇女，动作幅度非常微小，充满狐疑。

"他打得赢她才怪。"另一个同学捂着嘴笑。她说得很有道理，我直点头，妇女哪像惨遭调戏的样子，她粗壮健硕，流氓又干又瘦跟柴棒棒一样……

"哎呀！"我压低喊。因为刚注意到流氓穿着一件棕色的皮夹克，下面裤子是黄不黄绿不绿的灯草绒。

"吕……"罗莉芳她们也压低惊呼，她们也认出他来。

吕青工的脑壳肯定冒烟儿了，好几股血流下来盖住了眼睛，半边脸颊也是乌青黑紫，鼻血嘴血都凝固了，下巴上像是蹭了泥，脏乎乎的，难怪刚才没认出来！

哈哈哈哈，我们伏在桌上闷着脸笑。吕青工耍流氓。吕青工耍流氓了。吕青工竟然耍了流氓？啊哈哈哈哈哈哈哈哈。

根本不可能。

我们都是生长在保群巷一带的孩子，我们见过流氓，这个阅历我们还是有的。虽然还没有幸运到亲临流氓耍流氓的现场，但用不着，20世纪七八十年代的流氓都是写在脸上的啊。现在说起来简直可笑，流氓哪有写在脸上的，那时当然是受电影里脸谱化的影响，坏人的标准是长得像坏人。想想那时被我们看成流氓的，无非就是些打扮时髦一点，港台一点，举止言谈不守规矩的年轻人，人家真冤死了。

我们不认为吕青工是流氓，不认为他是坏人，原因说出来肯定会伤了他的心，我们认为他根本没有坏人、没有流氓那种气派和分量呢。会痴心爱上一个电影明星，会为了看她电影差点被卡车拖死，会跟书皮皮亲嘴，他也配叫"流氓"？他就是个瓜娃子——我们这样看他的。

民警出来叫他们到后面的办公室去，要给他们做笔录。妇女走在前面，恍恍惚惚梦游似的，忽然回过头说："不然算了嘛……算了嘛嘎民警同志？"

"哎哎？"民警有点蒙，"啥子算了？"

"我主要是要回去弄饭了，这会儿都好暗了。"妇女想往外走。

"啥啥啥啥子？你搞耍的嗦？开玩笑嗦？我这儿啥都准备好了，接到群众举报我们马上就处理，你咋就算了？"

"不是不是，犯罪分子群众都给你们送过来了，你们处理就对了，就对了噻？嘎？就没得我的事了噻？"妇女笑着，顺着墙往门口溜。

民警气乐了，堵着路："你是报案人员哦，人家也说你自己也说，都证明你是受害人，你不做笔录我们咋个办案喃？"

"先头人民群众都说清楚了的嘛，就是说这个人，给我两个动手动脚，大家都看到的。"妇女一边说一边咻咻笑，好像既害臊也觉得滑稽。

"进去说进去说，一五一十说，这个不是摆龙门阵，注意态度严肃。"民警一再督促他们进办公室。

"算了嘛嘎民警同志……民警同志干脆就不麻烦你了……"妇女笑得快哭了。

吕青工已经直起身，木着脸在一旁等着。民警牵着麻绳，耐着性子："我不麻烦。我就问你你现在到底啥意思？撤销报案？"

"哦哦对的算了嘛嘎算了算了。批评教育一下就是了，算了算了嘎。"

"批评教育？案由都没得我咋个批评教育？！"民警苦笑，"对嘛你说算了就算了嘛，但你前脚走我后脚就只好放人哦？哎？我要解绳绳哦！我没得理由不解绳绳哦？"

"解了嘛解了嘛！"妇女毫不犹豫地说，"民警同志给他解了嘛！"

民警气得无话可说，一边摇头一边就要动手解麻绳。

"莫解！"一个沙哑的声音嘶吼道。我们伫在窗后，感觉窗玻璃都轻轻一颤。嘶吼的是吕青工。

"莫给我解！"吕青工把被缚的双手举过头顶，躲着民警，"凭啥子！——我要说理！"

民警和妇女都愣了。

"我要说理！民警同志，我冤枉嘞！他们，他们——"吕青工戛然停下，干咽一口，再张嘴已经哭腔，"——滥杀无辜！"

"好了进去说进去说！"民警快走几步一把拽住妇女，"进去说进去说！"

这边吕青工挺胸抬头地走在前面，率先进了后面的办公室。

165

虽说我们也被吓了一大跳，万万没想到吕青工还有这么大义凛然的面孔，但老实说我们一点也不觉得奇怪，这就对了嘛，吕青工肯定是冤枉的。不知怎么的，尽管我们拿他的怪异当笑话，但内心对他到底存着回护，好像他就算不可理喻那也是我们保群巷的人民内部矛盾，再说他的不可理喻，说到底也就是瓜娃子的痴情，并没有妨害别人，他为了电影里的黄婉秋都不肯耍朋友，甚至他们说他根本就——他们用了一个成语——"不近女色"，听着蛮正派的。所以日子久了，我们见怪不怪了，对他的痴情还生出了一点可怜呢。

这是我最后一次见到吕青工。此后他虽然还有各种消息传来，但人是没影了。先是听说他被拘留了，就是因为这回调戏妇女。然后听我们收发室的大爷说他们单位把他开除公职了，最后他回老家了。

"他咋个又遭关了喃？他不是给民警说了他们冤枉他的吗？"我跑去问罗莉芳，不明白怎么弄成这样，那天吕青工明明已经大义凛然地跟民警进办公室说理了。

"不晓得啊，我爸说的所上还是说没有冤枉他，那个女的那边找了好多证人哦。说他就是摸了的，都看到了。"罗莉芳提到一个新说法，"摸了的。"

"咹……"我没话说了，我甚至都不敢打听摸哪儿了摸啥了，光是"摸了的"，就已经跑不脱"流氓"两个字了。

"他自己还是不承认，惊叫唤，我爸说他晚上在所上关起的时候惊叫唤，还是喊冤，声气都折了。"

我脑子早就抽筋了，拼命给自己捋清楚。妇女叫民警放了吕青工，是吕青工自己不肯，他要是心里有鬼早就趁机走了对不对，民警都说没理由还捆着他，民警都亲自要给他解麻绳了，那不就是相信他是冤枉的嘛？可"摸了的"真是一个致命的指控，把空洞的"耍流氓"具体化、可视化了，一旦我眼前出现了一些画面，我就再也很难替吕青工维护一个清白的瓜娃子的名誉，在我自己这里。

"你觉得他到底摸了没有？"罗莉芳也是脑子抽筋的表情。

我无意中发明了一种身体语言，当然也是被逼到这一步，我缓缓地点了头，脑袋上下运动的同时又左右运动，摇了头。罗莉芳照着重复了一遍，我们俩相对傻笑一阵，算是达成了共识。

"那个女的说是井冈山电影院的，那天她在换玻璃框框里面的电影画片，把旧的换成新的，吕青工在电影院门口，那个女的说吕青工一直把她盯到，一看就是想耍流氓。她说他故意找些话给她说，跟到她追，他问她，旧的画片能不能给他，她不理，他说他只要一张两张看起耍。她说不行，他就非要要，她问他是哪个单位的他也不说，死皮赖脸就要两张电影画片。她说他就来堵到她，硬喊她给，又伸手来抢，趁机摸了。"

"哪个给你说的哦？你们爸哇？"

"他给我妈说的。"罗莉芳狡猾地笑笑，歪脑袋做了一个偷听的动作。

我们收发室大爷也说了差不多的消息,但太粗陋衰减,从保群巷传过来不知几手了。他说吕青工放出来以后,单位回不去了嘛,他这种就算有前科了,哪个单位要他?就开始二疯二疯的,造孽。走之前在他们单位门口跪了半天。

"哭,喊冤,就跪起,哪个扯他他也不起来,晓得最后咋的哦,还不是就走了。回梓潼了。"大爷连吕青工老家在哪里都知道。

"他回去做啥子了嘛?"我问,其实我也就茫然一瞎问。

大爷有点惊讶地看着我:"做啥子?种田嘛,还做啥子。"

"梓潼在哪儿哦?"我那时都没听说过这地方。大爷不耐烦了:"山㮟㮟头。"就是山里,很偏远很寂静的山里。

吕青工人虽然从保群巷离开了,但他的名字还在此地的龙门阵中驻留了很久。我听到过人们对他完全不同的评价:一是相信他没摸,认为他冤;一是恍然大悟,终于认清他真面目。我很想告诉人我们三个那天在派出所看见的一幕,吕青工能溜不溜偏要留下说理,但我张不开口,满腹的叽里咕噜一到嗓子眼儿就消失了。我不敢。我从未向大人们流露过对吕青工的浓厚兴趣,因为毫无疑问,这是他们不允许、提防着我们谈论的话题,为了维护自己继续偷听的安全和便利,我得闭嘴。

有时我也会想象,假如人们听了我的陈述,他们,尤其是那些憎恶他的人,会不会也像我和罗莉芳一样,点头的同时摇着头。

我后来几乎把他忘了，再想起他时已经过了二十几年。那是一次出差，在绵阳、广元一带跑。那天太疲惫，歪车上睡了一阵，醒来时天已经黑透。我靠着窗户看外面，除了近处的路，远一点的地方完全看不见。我发现一个奇怪的景象，星星就在离我们不远的天幕上——当然不是星星，是灯。但它们高高地悬浮、停泊在半空里，一动不动。有时连续有很多灯聚集，有时只有孤灯一点；有时它们一直在那儿，有时一下就消失了，非常突然。我把这个怪事问司机，他哈哈哈笑了："山上的住家户，人家屋头的灯。山黢黑你看不到，只看得到灯，突然消失了嘛是因为我们转到山后面了嘛——啥子飘浮在半空中哦，太吓人了嘛哈哈哈。"

啊，原来已经进山里了。

"我们这是到哪儿了？"我问。

"梓潼。"

"梓潼？！这是梓潼的山？！"

"对啊。"司机给我吓一跳。

他回梓潼种田了，吕青工。在山楸楸头。我叹口气。车上同伴都问咋了那么激动。我就讲了吕青工的故事，一边讲一边暗暗惊叹，隔着二十几年我记得还是很清楚，有个用滥的俗套话说"就像是昨天"，用滥是因为太对了，就像是昨天。

"你们认为呢，他摸了吗？"我问他们年轻人。

他们马上吵得我头痛。

"肯定摸了，压抑了那么多年。"一个小伙子说。

"他要是觉得压抑受不了当初为啥要拒绝两个送上门的女朋友？"一个姑娘说，还有一个小伙子表示支持她。

"他可能不喜欢正常的恋爱，变态又不是现在才有。"

"他要是惯犯他名声早臭了，那个年代的人整天就盯着男女作风问题。"另一个小伙子开腔了。

"那这次他是初犯。"

"初犯时内心不会那么强大，在派出所他完全可以走掉。"

"这就是他狡猾啊，一看对方不恋战，马上就想赌一把。"

"他确实不笨，群众打他他反抗不了，寡不敌众嘛，只能到派出所喊冤，他有理性。"

两个小伙子争论得很来劲，姑娘只起了个头就没再说话。忽然她问我：

"姐姐，吕青工去抢的电影宣传画是《刘三姐》吗？是黄婉秋的剧照那种吗？"

我咯噔一下，"我没这么说啊。"我从来没想过这个。

"有可能吗？"

那时候《刘三姐》早已经下映了，不过电影院常常有各种回顾展，类型片连放，或者什么集锦，变着花样招揽观众。

"不知道啊……倒不是完全没可能。"我竟然从没有想过这个。

"这跟这事儿有什么关系嘛！"第一个小伙子失笑道。

他的好手段

我出生在成都,按说川菜就是我的家乡菜,但其实不是。因为我家是外地人,我小时候家里主要掌勺的人,一个我爸,一个我外公,分别做上海菜和江苏菜,20世纪七八十年代,我吃了十几年。

我爸奉行的是浓油赤酱那一套,所长无非红烧鸡鸭鱼肉及衍生物。红烧狮子头他自诩为一大发明,因为正宗狮子头都是清炖清蒸的,他却用红烧肉的办法,把大丸子薄薄地炸一炸,使它有一层酥壳子,不至于在烧制过程中散架。因为最后汤汁收尽,看上去油漉漉亮晶晶,卖相美艳。"怎么样,我发明的红烧狮子头——没见过这样的吧?"有次家里请客,招待一家子天津人,我爸向他们吹嘘。天津大叔很诧异:"介[1]不我们天津的四喜弯子[2]吗?总吃。"一说炮制方子,基本一样。我爸懊恼,

---

1 介:这。
2 弯子:丸子。

背后抱怨人家"扫兴",但"发明"两个字不再提了。

我因为爱肉,所以很吃我爸这一套。

我外公的菜清淡,清炒、清烧、白切。香葱炒藕丝,茭白炒肉丝,蒸鱼。像是成心跟女婿抬杠。但实际上他是因为太思乡,总企图用饮食砌筑一道隔绝。有一次他做了一种白切肉,空口吃没啥味道,可他放进嘴里那一刻,皱眉摇头,眼睛由虚渐闭,仿佛滋味无穷,其中不尽欢喜又不胜辛酸。我因知道他又怀念战前在老家吃到的"淯——漏",就是肴肉。

外公的菜我也喜欢,因为也不能总吃红烧一切吧。

然而有一次,他们两位在饭桌上问我,"到底喜欢谁做菜?爸爸还是外公?"必定要我当场表态,看得出他们俩还有一点紧张。

"冯师。"我回答。

所有人愣一下就大笑,外婆都呛住了。我妈喜道:"这孩子狡猾,你看看她谁也不得罪!"意思为我的成长感到欣慰。我爸和外公也笑,赞叹我小小年纪就已经这样仁厚,知道要同时照顾爸爸和外公的情感,孝心不可多得。外婆一直咳一直咳,震天动地,但筷梢点住我不放,表示震源是我。我被他们一打岔就没再说下去,其实我哪里有那些想法了,我根本没有啊,我是真心的,冯师烧得最好,我爸我外公哪里能跟人家比了。就是冯师。

冯师是我们大院食堂的大师傅,四川本地人,甚至就是成都本地人，说一口清绵严静的成都官话。我认识他的时候他已经快要退休，显出一点老态了。那个年代的人都瘦，冯师却胖，不过胖正是一个厨子的本分，所以并不讨嫌。对厨子的胖人们是宽容的，承认他们有"常在河边走，难免不湿鞋"的合理性。冯师脑袋大个子矮，慈眉善目，一笑必定咧嘴，上下牙却藏而不露，口腔幽深。我看弥勒佛总觉面熟，因为想到冯师。冯师就像蓄髭须、穿围裙、下凡到我们食堂的弥勒佛。但他比弥勒佛早出老相，毕竟他更操劳，他要管一百多个人的三顿饭。油盐柴米烟熏火燎，工作量既大，众口更是难调。

但我要说的不是他的辛苦，我小时哪里懂得他的辛苦，我光记得他的好手段。

以为他最好的作品是样小玩意儿，冲菜毛豆。我得承认把这个看上去极其简朴简陋的菜肴放在首位，像故弄玄虚。传到冯师耳朵里冯师也不会高兴，毕竟他叫得响的大菜多着呢，冲菜毛豆不过是区区一客早菜，就馒头稀饭用的，几乎不值一提。可我想，不不冯师你不懂，你未必知道自己好在哪里。我虽然不管百人食堂，但这么多年操持家人三餐，有一点深沉的体悟，人生最难是早饭。20世纪末叶的中式早饭更是单调，那时不兴把功夫花在早饭上，既不值，条件也不允许，所以早饭本身的规制小，动作幅度小，一般司厨为此展开的想象也少，另外吃的人不期待，做的人当然也容易自弃。稀饭馒头是常态，油条豆浆花卷豆腐脑算改善，馄饨包子牵连出肉荤，已谓奢糜。我虽然从来满脑子惦记肉，但那时对馒头稀饭却并不嫌它乏味，全赖冯师不重样的早菜。其中我最喜欢的是，冲菜毛豆。

冲菜的"冲"在这里念去声，念对了就该知道这道菜的滋味了，权且说它是一种类似青芥的刺激性辣菜吧。原材料是一种特别的连花带叶的油菜梗，经过了半脱水和腌制等手续，被逗引出奇异的寒凉的芬芳，切碎后拌上煮好的毛豆，最后浇红油。冲菜咸鲜辛香，毛豆软糯绵厚，红油横插一脚看似无理，其实……红油在我们这儿永远都占理。我非常贪图这道小菜的强烈滋味，即便已经很多年没再吃到过，但那种因为渴望而诱发的轻微的舌根痉挛、牙齿发抖，仍清晰可感。那时食堂如果有冲菜毛豆，我爸的早饭是一定吃不饱的，因为我必要抢他大半个馒头，在吃完自己那一整个以后。

现在听说也有人拿青芥充作冲菜原料了，当然没什么不可以，但我还是不认。我们那种油菜梗与青芥末根本不同，味道比青芥柔和迟钝，同等剂量的力道小得多，因为它仍是菜而不是作料，它是兼职的，一专多能德艺双馨的。虽然吃多了一样要涕泪俱下，但青芥的涕泪仿佛来自突然的惊恐伤痛，就算处置得法很快就能熬过去并且破涕为笑，但刺激是尖锐的、凶险的，心跳狂乱过。而冲菜上头相比缓了几步，不像伤痛像感怀，像唏嘘，像追忆旧事潸然泪下，心跳不仅没快倒还停了半拍。我们冲菜有种"却道天凉好个秋"的沉郁。

夸厨子夸到只见有菜而完全忘记厨子，大概是最厉害的一等吧？冯师在天有灵，此刻一定也喜悦地来拍我肩膀了。是的，他已经去世快十年。

去年有段时间常常在父母家吃饭,听见我爸为早饭犯愁,因为我妈抱怨说一双筷子在桌上晃来晃去,没啥可攫的。

"你们到底想吃什么你们讲!"我爸自己也很苦恼,橄榄菜、花生米、榨菜、豆腐乳,它们四个已经跟了他大半辈子,彼此早已厌倦,但就甩不掉似的。"讲啊!"

"讲不出来。"我妈说。他们早上永远稀饭馒头麦片馒头,不吃油条豆浆那一套,也不吃肉蓉,连包子馄饨也不吃,所以全部压力都在小菜上。

"妈你还记得冲菜吗?"我们家自己从来没有做过,没那金刚钻儿。

"哎呀冲菜!多少年没吃了!冯师弄得好!"我妈笑嚷,特意用四川话,表示这是一份有滋有味儿的回忆。

"哦是啊冯师……你对冯师的菜评价最高了,哼哼。"我爸转头朝我说,又转回去朝我妈,"记得吧?"他酸溜溜的,竟然还记仇呢。

"咋不记得,冯师最好了,心地好,心地善。"我妈才不记得,究竟事不关己。我笑看我爸,猜他要跟我算一算陈年老账。却见他忽然敛了笑。

"是好,这个人不一般。"我爸正色道。

我妈说起一件旧事。20世纪60年代末,她二十出头,大概是成分不好的缘故被分去跟一个成分更糟的同事住同一间宿舍。那人年龄算个大姐,好像预感到自己未来不会有好结局,终日沉默。每天她早上出门,去参加她自己的批斗会,散会后打扫全院的厕所,晚上回宿舍睡觉。我妈是单纯羞怯的姑娘,从不敢向她太搭话。两个人像两个哑子一样共处着。后来更为严酷,那大姐连打扫厕所的资格都没有了,全天候批斗会,晚上回宿舍的时候常常直接瘫倒在床上。有一次她瘫下之后我妈出门打水,刚出门就遇见冯师,冯师并不是路过,就是来找我妈的。

"冯师问我那个谁回来没有,我说她睡下了。冯师交给我一个布包包,喊我拿去给她。"我妈说,她两手叄开比画出一个装得鼓鼓囊囊的布包,"冯师说,她今天中午晚上都没有来吃饭——批斗归批斗嘛,饭总是要吃的噻。"布包里是两个馒头,温温乎乎的,我妈刚接过来冯师转身就走了,他虽胖墩墩的走得又很快,却竟然一点没有声音,很快就消失在走廊尽头,想是不愿意叫人家看见。

"不止不止。"我爸说,"他给好些个挨批斗的人送过饭。那个老郭、老陈、老闫,都送过。他这人奇怪了,平常笑嘻嘻很谦卑的样子,谁想到胆子这么大。"

"给抓到的话会怎么样?"我问。

"不知道——不知道才要命呢。你想想他送饭给什么人?"他朝我妈说,"老郭!老陈!老闫!"我妈不住点头,"是要命。他胆子太大了。"

"另外可见他心里是清楚的,每天吃饭,谁来了谁没来,他都有数。"我爸说,"那个时候不像现在,我们只有食堂能吃饭,到时间不去食堂就没有地方能吃到东西了,你就饿着吧。所以两个馒头真可以算是救命——他胆子太大了。"

我本来从不知道冯师还有这些往事,我总以为一个厨子只有厨艺。

我记得他的确是一个"笑嘻嘻很谦卑"的人。那时我在院子里遇见人是要先喊人的,按照家里定的规矩。我应该先喊一声"冯伯伯",可每次早在我开口之前他都已经朝我笑了六七步路了,害我每次都控制不好节奏和音量。等我叫完他,他往往要停住,一边侧身叫我先过,一边感叹道:"好好——这个娃儿多对的,多对的。"而我知道,不用回头光听他声音也知道,他还要看着我走出几步再转身走自己的路,因为最后一个"多对的"总是落在我的背影上,我后半扇有感觉。

"多对的",在四川话里意思是"非常好"。明明只是我们两人之间的对话,他却使用了第三人称,这话像是对旁人说的,很客观,又或者是一句自言自语,很私密。本来我是个糊涂人,大人的话根本记不住,但这句话他说得太多了,我忘不掉,不过他到底何出此言,凭什么夸我,一再夸我,我具体好在哪里,我倒从来不求甚解。偶尔父母查问,怎么样,最近有没有维持住文明礼貌?我就说冯师夸我的话——"这个娃儿多对的"。我妈听了往往很喜悦,但久了也嘀咕,怎么老说这一句啊。我很大以后有一天忽然反应过来,原来他这句"这个娃儿多对的"

确实不是说给我听的,是说给我爸妈听的,他们虽然不在场,但孩子总会把这话传过去,他是要告诉他们,收到啦,你们叫她办的事她都办到啦,效果很好放心吧。

"你就说他心机有多深吧。"我跟我妈揭了秘,我妈恍然大悟,摇头笑叹。我爸也笑:"你花了二三十年才搞明白,你这心机也是罕见了。"又说厨师当然是富有智谋的,本身这个职业就训练智谋嘛。

我爸对冯师评价虽高,吃了他那么多菜也是喜欢的,但老实说川菜仍然很难真正征服一个上海胃,因为我爸几乎不吃辣,认为辣是一种恶意中伤,有时他不幸沾到一丝辣意,脸上的惊惶,像一个空袭下的平民。他还常常荒唐地劝我少吃辣,否则胃迟早"生毛病"。只有一个川菜例外,他认为是川菜和本帮菜唯一的一次志同道合、握手言欢——甜烧白,又称夹沙肉。其实无非就是这道菜完全不辣,更贴他心意的,主材是三样他的挚爱:五花肉、豆沙、糯米饭。现在说起来也就是三样罪恶的东西,脂肪、糖和淀粉。

成都甜烧白,没吃过的只好搜一下,是道蒸菜。外面一层是十几片带皮五花肉片,肉片之间夹着一层赤豆沙,豆沙厚度与肉片厚度差不多。一筷子下去必得撅起来两片肉,不然吃不到中间的豆沙了。这道菜的主心骨是油中沙。沙的密度很讲究,假使密度不够,蒸着蒸着就变薄了,等于肉片挨着肉片,中间没有撑腰的，滋味和质感都垮了。沙过密的话就干，夹起来万一簌簌掉渣岂不邋遢。夹沙肉下面是一个半球形的糯米饭山包，糯米用红糖浸过很久，每一粒的性情都发生了改变，是炽烈醇厚的甜，谈恋爱谈到一个程度就这滋味。外人对川菜往往理解片面，以为我们喜麻喜辣而厌甜，以为川厨极少放糖，真是大错特错，川菜的秘密实际上是各种糖，白糖红糖麦芽糖，或者说麻辣负责明修栈道，掩护糖类暗度陈仓。我们四川人岂止喜欢吃糖，有好几个大菜证明我们简直嗜糖如命，甜烧白首当其冲。

在20世纪80年代，我们食堂里这道菜是冯师的，不是只有他会做，而是人家就是以这道菜著名的。

也许现在对于一般川厨，甜烧白根本称不上挑战，学校必修课，但在四十年前这技术还是稍显高端的，因为是年宵菜、酒宴菜，不家常。原料虽然并不难得，难的是相当费功夫，其中最费的是炒制豆沙。我们四川话管豆沙叫"洗沙"。洗沙，听着就千辛万苦，还很沧桑，音韵让人想到诗中"自将磨洗""折戟沉沙"云云。

"我这么多年没有吃到一个超过冯师，"我爸的话，"豆沙他是一绝。"情感真挚到文法不通。

我爸也算是吃豆沙的专业人员了，北上广津的知名豆沙点心没有他没尝过的，居然说成都一个机关食堂的师傅是一绝。

"他干稀掌握得太棒了。豆沙里的水分、猪油，还有糖溶液，三者的比例。"我爸皱眉撇嘴，却是一个神往的笑，忍着口水,"你小时候也吃过的,不过你肯定不记得了。"

"她总共也没吃两片怎么记得住。"我妈憋着笑。

"我有一点印象。为啥我吃得少?太肥怕我腻住?"

"不是,那个年代还是很穷的,一整份也没多少。"我爸说。

"什么!冯师给的量足足的!"我妈说,又转向我,"你爸自己要吃一大半。"

"净胡说八道!"我爸害羞嚷。

我对冯师甜烧白的印象虽然模糊,但偏偏有三两细节是印象深刻的,像他炒制豆沙的过程,我依稀记得见过他奋力挥铲子的背影。

三十多年前的成都,多云多雨,草树繁盛,建筑大都是矮小土木,钢筋楼厦数得出来。冬天清晨潮雾漫漫,灰瓦濡湿成黑瓦,檐头一溜儿凝着银色残霜。这种天就算穿得里三层外三层,寒气也能渗到里边湿答答地贴着肉。不过小孩子根本不知道冷的,我记得快要过年那段时间因为可以不用写作业,我们每天都出去玩。食堂在院子的最后一进,连着花园和一幢民国时期的老洋房,我但凡出去必定要去那边报到。

虽然马上就要过年了,院儿里的炊事班却还没有放假,因为机关年前最后一顿饭是大聚餐,要做出十几桌宴席,炊事班这时最忙。然而,我走到食堂门口发现他们竟然很闲,好几个学徒小伙子坐在外面的条凳上,抽烟喝茶嗑瓜子,跺着脚哈着白气聊天，围裙系在厚棉衣外面又卷进腰绳里，一个个耳朵鼻子冻得通红。我见他们是不用叫人的，我的礼貌很功利，远没到礼贤下士的高度。不仅不叫，我根本不睬他们，瞧见厨房里汩汩喷出烟雾，又浓香扑鼻，我径直就往厨房去。

"莫要进去……"一个小伙子怯生生在后面叫住我，我转头去看，他们又都不吭气了，好像不敢太惹一个无法无天的地头蛇孩子，只有一个老成一点的含笑劝道："莫进去，冯师在灶上，莫去臊他的皮。"我认得他是冯师的徒弟，也就依言不往里走了。

一阵烟幕散去，果然看见冯师肥墩墩的背影，举着大铲子使劲翻腾锅里的东西。冯师只穿着白棉毛衫，下摆边上吊着好长几股线头，袖子卷到肘上，铲子一铲下去他就浑身一颤，显是花了力气。那时还没有抽油烟机这东西，连换气扇都是又过了好些年才有的，灶上热雾腾腾，他颤巍巍的像个大包子。发出浓香的是锅里的洗沙。

洗沙由冯师一手操办，同时也一手遮天。他从头天夜里开始启动，到次日下午端出成品菜肴，其间有几个钟头旁人及学徒都不去打扰，一是他程序严密以至于空气紧张，帮忙反倒添乱；二是据说这多少有一点知识产权的性质在里面，他不开口让观摩让学习，谁也不好意思靠前。

那天后来还有一个印象，我又从食堂经过时，此前在门口聊天的炊事班学徒都走了，大概都跑去灶间干活，只有一个人坐在条凳上，冯师。他弓着背，垂着头，两腿分得开开的，双手撑着膝盖，不喝茶不抽烟也不嗑瓜子，就那么一动不动待着，好像疲倦极了。他头上有一棵树，那种树的落叶边缘结一种花椒粒似的种子，种仁儿吃起来像坚果，我常常去捡来吃，但看冯师今天那样，我不想去了，好像不忍心看他忍着疲惫再说"这个娃儿多对的"。冯伯伯好可怜，我想。

不知道为什么，我是小孩他是大人，我却常常觉得"冯伯伯好可怜"。其实，他从来也没有流露过一点可怜相，虽说他脸上常含着谦卑的笑，但多少年看下来那好像还真就是他唯一的表情，他并没有揣着另一副表情，他的谦卑并不是一种策略，并没打算谋取些什么。我猜不光是我这种半大孩子，他的谦卑使很多人都对他抱有莫名其妙的心疼。

因为我亲眼见到过，人们对他的心疼有一次大爆发。

那时我已经是大孩子了，再也不在院子里游手好闲。我去食堂打饭，直来直往再也不贪看热闹，就那一次例外。那天还没走到食堂呢，老远就听见食堂外边吵吵嚷嚷，好像发生了一场几十人的混战。走近一听，原来是这几十个人同仇敌忾在数落一个人。

"我说小康你这态度不行啊，绝对不行啊！"

"不像话！"

"小康你摸着良心说你今儿……"

"道歉！你得道歉！"

小康我叫他康叔叔。但我是不服的，不是年纪的问题，是他品貌太差，成天一副横样。我从人头缝儿里看到他，他坐在食堂最大的桌子边，面前一大摊米饭菜蔬，汤汤水水直往下滴。他攥着一柄勺子，指着众人，嘴里洋洋洒洒骂着全套的脏话。康叔叔是北方人，学过一些曲艺，竟然用在这儿了。

悄声打听了一下才明白，康叔叔其实不是跟大家吵，而是跟一个人吵，大家看不下去全都帮那个人吵，以至于那人自己反倒插不进嘴了。那人就是冯师。事由是康叔叔不满意菜里没什么肉，吃着吃着就把饭盆儿搊翻[1]了，叫冯师自己出来数数一共几片肉。冯师说要给他补，他让他补个肘子。冯师还没来得及回答呢，旁边的人就开骂了，要求他给冯师承认错误，几下冯师就被大伙儿挤到外围。等他好不容易再挤进去，找到话缝儿，说出来竟是这样一句：

"康娃儿，我把你喂得那么大——"

大伙都听愣了，都等着他狠剋小康一顿，结果他来这么一句！看他顿了一下又张口要说，大家还是马上静下来等着，他说：

"康娃儿，我把你喂得那么大——"

还是这句。

这你让对方怎么回？康娃儿的逻辑被搞乱了，他守着一桌沿儿淋淋漓漓的汤菜，好一会儿不开腔。虽然马上他又被周围人的声讨淹没，冯师也再次出局并且默默地就走回后厨，这场

---

[1] 搊（chōu）翻：掀翻。

架在当事一方早退的情况下大获全胜,这件事儿好像就这么结束了——但对我来说,至今这句话仍然晃晃悠悠地悬挂在食堂的天花板上。尽管食堂早就拆了盖成办公楼,办公楼又拆了盖成垃圾站。"康娃儿,我把你喂得那么大——"到底什么意思嘛。

我也问过我爸,他一听见就笑不停,说"喂"字真是妙极,"喂得那么大"更厉害,"这口气就是当爹的脱了娃儿的裤子打他光屁股嘛。"

"他真有你说的那么高?"我不信冯师有那么高。冯师哪像个高人了,长得敦厚,笑得谦卑,穿得也窝囊,他脱下大围裙的时候总穿着一身洗脱色的、没有领章的军装,黄不黄绿不绿。总体是一个含糊温敦的好人儿,也就这样了。

"怎么,人家冯师是见过世面的——听说1949年的时候,他在少城街那边有一个大馆子,他自己是老板,做得很大,两层楼,字号都创下来了,后来公私合营的时候主动把馆子献出去,本来好像是可以吃定息的,不知道后来怎么的就来我们这儿当了厨子了。

"——还有没有老人记得到啊,他们冯家的馆子。"我妈说。

我爸八则

一

我父母搬家的时候清东西,啥都不舍得扔,因为所有东西都有纪念意义。比如一个巨大的唐三彩陶骆驼。

三十多年前的一个早上我爸去上班,不到十分钟就回来了,使劲叫"开门开门",一开门我们吓一跳,他怀里抱着一个巨大的唐三彩陶骆驼。我妈问他哪儿来的,他放下骆驼光喘。

人家送的?拼命摇头。

谁暂时放咱们家下班来取?拼命摇头。

捡的人家不要的?拼命摇头。

好不容易喘平了才嘶声道:我买的。

啥?你买这个干啥?你不是去上班了吗?

不是,你听我说。我出门刚走到巷口,碰见个拉板车的,满车都是唐三彩,有马有人有骆驼。他问我要不要一个。我说你这骆驼多少钱？我问的时候脚都没停。他说 500。我说拉倒吧顶多 50！结果他说好的卖您了。

二

我爸皱眉，说我："你现在嗓门太大了！卖菜哪！"
我叹气无奈："我有啥办法。"
"什么？——大声一点！"

三

这几年跟父母说话不像早先那样老实伏小了，毕竟自觉有些阅历，完全可以取代他们的权威同他们平起平坐。而且有时感佩于自己做人比他们更漂亮、更堂皇，决不能忍受无人喝彩，因需要经常向他们提提。

"不是我吹啊——"我每每这样起范儿，为后面的锦绣文章垫一嗓子。从节奏上说，这句话是半拍，说完时刚好用尽气管里的半口气儿，需要顿一顿，信息上留个白，给人时间从四面八方赶来，趁这工夫再掬一口新气儿，饱蓄内力说下去。

然而每次我说"不是我吹啊——"就在我起了这半拍，刚好用尽气管里的半口气儿，需要顿一顿，信息上留个白，给人时间从四面八方赶来,趁这工夫再掬一口新气儿的时候,我爸总是会从容地塞一句话在这致命的空当里。

"不是我吹啊——"

"开始吹了——"

四

朋友嘱我写写"父爱"这题目。我非常愿意,这是我最喜欢的题目,但我写不好,因为总摆脱不了论证的思维定式,好像要尽可能全面地列举一些我爸爱我的证据,最后把我爸归入一个"伟大父亲"的宏观中去。当然,我爸的确为我做了好多事,比如小学时帮我糊灯笼应付手工课作业,初中我挨罚抄课文其中他替我抄了一半,我上大学他千里迢迢送我报到,等等。一定要列举也不是不可以,就是太别扭,我们东方人吃不消。而且最终,我觉得这些反倒是避重就轻,他当爹当得出色,我这边用户体验好,完全是因为别的原因。而且最终,因为所谓别的原因,我不愿意把他归入"伟大父亲"的宏观中去,那个地方不适合他。

别的原因其实就是他能让我哈哈大乐。

比如有一次他睡中觉,夏天,躺在竹席上闭着眼睛,开着摇头电扇美滋滋地吹风。我从外面回来满头大汗一步抢到电扇面前,紧贴扇叶子站着,那叫一个痛快,而且我还搞跟踪,电扇头摇到哪儿我就跟到哪儿,卫星似的完全同步。我爸大概一丝风也吹不着了,"唉……"我听他说,转头一看他已经睁开眼看着天花板,我不管我只管跟着电风扇。"这……"忽然他唱起来了,唱的是《沙家浜》里的一句,"这——草包——倒是一堵——挡风——的墙。"

还有一次,也是他睡中觉。他已经躺下了,被子裹得严严实实马上就要堕入黑甜。但我坐在床沿儿上就不走。吃饭时我们聊起一些生僻的汉字,他连考几个我都认得,看得出他有点佩服。我那时刚上初中,已经知道自己脑瓜不灵,没法子,只得下苦功多认几个字好在心理上找补找补。他考我这个真是撞枪口了。我想乘胜追击建立一点地位,谈兴正浓,当然不能放任他睡着。他困得直翻白眼。

"你再考呀!"我说,只要他眼睛闭上三秒钟不出声,我就地动山摇把他摇醒。

"哎呀你学问很好行了吧——"想糊弄我。

"对的——你接着考吧——"我不上当。

"哎呀哎呀……那……那你说,羽字头……羽毛的羽……底下……一个……一个……"他假装气若游丝,采用遗嘱的句型,想唤起我的天良,这真是做梦。

"一个什么你说呀!"我杵到他耳边嚷。

"哎呀哎呀……一个立,立正的立字,念什么?"

"翌,翌日的翌!怎么样服了吧?"

"服了服了，我可以睡了吧……"

"这个太简单出个难点的。"

"啊！……提手旁，一个幼儿的幼字念什么？"

"拗字有两个读音，一个读 niù，执拗；另一个读 ào，拗口——哈哈……"我说完仰天狂笑，真是送上门来啊。

"好，我再说一个字，"我爸眯了会儿眼睛，仿佛好不容易积攒了一点力气，"你要认得才怪了。"

"快说快说，怎么写。"

"三点水。"

"嗯三点水。"

"右边一点一横，下面一个公，外公的公。"

"嗯。"

"公字下面，是衣服的衣字的下半部分。念什么？"

我在手上依言画出来，迟疑道："这不是滚吗？"

"哦你认识啊？对的——滚。"

五

"老想当高人，你这是一种低级的愿望。"他说我，我四十二岁那年。

六

我爸跟他岳父母的关系很好,外公外婆在我们家住了很久。因为他们同是苏沪人,口音相近使他觉得非常亲切,他乡遇故知嘛。我妈少小离家,又加入了一个北方人多的集体,中年以后才陪同母亲回过一次南京,在语言交流和饮食习惯上反而还不如我爸与他们更默契。有时家里吃鱼,我爸让我观察外婆,悄悄赞叹道:"啧啧,你看看她多会吐刺!太灵巧了,江苏人吐鱼刺是童子功!"我妈在旁边抱怨:"哎呀这什么鱼啊刺那么多!我吃半天啥也没吃着光吐刺了!"我爸摇头讥笑。

我外婆认可我爸做的菜,她曾多次当着众人,筷梢点住他的菜,称赞他:"耗切。""耗"是好,"切"是吃,"切"轻声,就是"好吃"。她的南京乡音经过几十年四川方音的淘浣,自成一家。我爸对称赞他的话具有特别透辟的理解力,微笑不语。

但他在她那儿也有失意的时候。

有次他炖了鸡汤,鸡在那时是非常珍贵的东西,一年也吃不了几回,他专门买来敬老的,自以为可以载入二十四孝了。外婆喝了一口,咂摸一下,问:"没撒胡椒?"

"哦哦对对。"他马上撒了胡椒。

外婆又喝一口,道:"迟些个了,刚下锅就要撒的。"

"好好下次早撒——那我现在再多撒一点就会浓一些了吧。"我爸一边又撒一次一边朝我挤挤眼睛,表示老太太怎么讨好起

来有点费劲。外婆又喝一口,终于点点头:

"嗯——这汤主要就是切点个子胡椒。"意思是这汤的鲜美全靠胡椒,喝汤就为喝胡椒。

我爸翻了白眼,冤屈道:"妈,这里面有鸡啊!有一只鸡啊!"

外婆不理他,细细品尝,闭眼道:"——主要切点个子胡椒。"

我爸转头悄悄向我抱怨:"下次给她煮一锅白开水里面撒上胡椒,看她怎么说——主要吃的是胡椒,哼。"

外婆五十岁以后牙口就不好,那时假牙质量也糟糕,她不得不放弃了好多种食物。我妈想到这个就很气,觉得对不起外婆但也无能为力。幸好20世纪90年代初,外婆八十多岁时,赶上了我国假牙质量的一次飞跃,新装的假牙又合嘴又坚固,外婆突然间百无禁忌,啥硬的黏的都能吃了,理论上蹦豆儿也不在话下。我爸很为外婆高兴,那段时间专门研发了一些新菜,企图弥补多年来外婆心灵的创伤。因为听见外婆常怀念早年在故乡吃的"油炸桧",就是油条啦,怀念那个酥脆。他有一次就在外面学了酥炸鸡块,不知道用了什么办法,鸡肉外面有一层松脆无比的壳子,酥香比油条更上一层楼。回来试炸了两块,我和我妈嚼得"喊里咔嚓"的特别带劲。但我们的意见不重要,我爸一定要等外婆夸好才行。

他选了一块皮多肉嫩的腿子肉,炸得恰到好处,在将煳未煳的一刹那撇出油锅,焦黄挺括,我看得牙痒痒立刻想讨这块吃,他不给,郑重用小碟子盛了献给外婆:"妈现在这牙就能啃这个了,很松脆呢!——就光啃鸡,不要着急吃米饭啊妈!"外婆感念他一片孝心,眉开眼笑。她一面仔细翻看鸡块寻找下嘴处,一面叫我替她盛一碗汤。

"妈很会吃,啃了炸鸡再喝口汤,有助消化。"我爸赞叹。转回灶台接着去炸,怕中间断了供给大家就吃不过瘾了。我正埋头扒饭,突然听见我爸嘶声惨叫:"啊——"吓一跳以为他被油烫了,结果看他瞪着外婆。我们再去看外婆,外婆正把酥炸鸡块从汤里捞出来呢,她也被我爸惨叫吓住了,捞半天也捞不起来,鸡块顽固地久久地,最终平静地泡在汤里。

"我吃炸鸡肯定上火,你用武火炸的,泡在汤里才行,去火。"外婆解释,散发着科学权威的光热。

"妈——这酥炸鸡块泡了汤就——算了。"我爸快哽咽。

后来他也还是常常做酥炸鸡块,但每次都唉声叹气。因为外婆很爱吃这个菜,还会跟人家讲:"他做的酥炸鸡块最耗切,但是要泡在汤里。"

七

我爸来电话。

——对不起啊,你的爬藤月季死掉了。

——啊?!都死掉了?

——嗯，死透了。

——两棵都？龙沙和金丝雀？

——我分不清沙啊雀的，反正是粉红的和黄的。

——天哪。

——虽然对不起，但真不赖我们。我们够可以的了，仁至义尽。喷了多少药啊，把我们折腾的。

——开花的时候你们不也说美吗！

——对，我们看看照片就行。还是我的仙客来好。

——仙客来跟塑料花有什么区别。

——这个确实，还得浇水，这点还是比不上塑料花。

——唉等我回来我把花架扔了吧。

——别，花架是无辜的，不仅无辜而且有功，今年晾香肠不用占衣架了。

八

我小孩小时候是他外婆外公带的。他睡觉得外公抱，不然要闹。我常听见黑暗中外婆和外公的轻声对话。

——熟了吗？

——七分熟。

吃白米酥的唐兵

一

出国很久的发小月底回来，约我陪着去几个老地方走走，她说怪了，近几年朝思暮想得厉害。我没敢提醒她可能是年龄到了，她比我还大三四岁呢。老实说我很怕这类活动，陪衣锦还乡的人怀旧，我自己还一肚子愁绪呢，哪里还有余力听她抒情替她开解。但假如不是一拨一拨地陪他们，我自己去闲逛、去专题怀旧的机会太少，毕竟就在这里居家过活，每日里三餐一宿已经够累了。

我规划了几个地方，我妈说你先去实地勘察一下吧，别又像上次。噢上次可真叫懊恼好笑，也是陪回国的人游访故地，走到我们幼儿园，拆了；初中，拆了。小学当时被蓝色的塑料板子围得严丝合缝，里面的动静完全看不见，不知道他们竣工时小学还在不在。

"还在，就是全归了尼姑庵了。"我爸说。

他说的尼姑庵就是先前我们灶君庙街小学的隔壁邻居，金沙庵。

三十多年前的灶君庙街是一条菜场街，可算作草市街菜场的分支。附近乡村的商贩农民骑自行车赶赴，押送着各路家禽来卖，整条街像一个战乱中的村子，长年地杀声震天。只有到街尾的金沙庵和小学，才陡然安静。并没有人维持，那些血光生意自动就止步于前。早年间一般市民有种乡土的、怯生生的敬畏——对金沙庵的出家人，和我们灶君庙小学的读书人。

据说当年我们的教室是霸了人家的庵堂，操场也是挤了人家的后花园，似乎直到2000年左右学校被兼并，才叽叽歪歪地把庙产全部归还。那时我虽然毕业已经很久，却还是年轻，并不明白自己失去了什么，偶尔经过觉得母校平地消失了只是惊奇地傻笑。突然感到悲伤——在旧址上终于寻得一些蛛丝马迹，刚要喜悦叫喊，一抬头意识到母校荡然无存，当着人不得不暗暗忍下泪——是近几年，我过四十了。

同爸妈讲起，他们也很感慨。都说记得记得。"那院子做学校以前也不知道是干什么用的，只是面积大而已，房子却简陋得心酸，像个刚进城的大家庭，祖上好不容易攒下点钱，还没来得及享受呢就败光了。"我爸说。我记得有一次他难得出席家长会，回来以后叹道："哎呀，啧啧，像去了一回《死水微澜》。"

他说得对。一般想起旧时代四川人的居家生活，当然是《家》《春》《秋》更出名，但高公馆那是什么档次，我们灶君庙小学怎么高攀得上，我们确实更接近《死水微澜》里的天回镇，我记得里面对成都城外的天回镇上的一个宅子有这样一番描述，既"年事已高"，但又有"青春的余痕"。我们就是那"青春的余痕"。

20世纪80年代初，我们学校收纳了附近七八个街区的孩子，其中一些已经具备江洋大盗的雏形，整个小学就像一所，一所，一所，——一所小学。我实在找不到喻体，小学已经是这个世上喧闹、荒唐滑稽、无法无天的巅峰了。然而我们学校怪就怪在这儿，它还有一种空寂的、远上寒山的孤独。瓦缝里的蒿草，水池边的苍苔，裸露篾片的泥墙，梁上经年的尘埃，以及从隔壁金沙庵飘来的若有若无的香烟和诵经，常常使我们学校脱离了它的时代。我记得有一次我上着课忽然流鼻血，老师特许出去清洗，我独自走出来在院子里待了很久，血早就止住了也不肯回去，虽然总体是为了逃课，但也因为被院中凄美的风景所吸引所牵制，清晰地感觉到一种像是不高兴似的高兴，不难过似的难过。这种感觉一旦有，就有在那里了，从八九岁到八九十岁这样贯穿下去。人生的开蒙大概并不只智识上的开蒙，情感也有开蒙，而且要经历无数次，死前不会停。

我对母校怀有深爱，连带对金沙庵也一片柔情，一回想起有无数次把球打过墙去请师太婆婆扔回来，无数次师太婆婆上门提意见请我们控制一下震耳欲聋的吵闹，我就嘿嘿愧笑，自知对不住人家。然而后来读到百度百科上成都金沙庵的介绍，十几行字从乾隆说到现今,身世说尽,对我们学校竟然只字未提,好像完全忘了我们,或者简直素不相识,不禁惊愕怨尤,怎么这样?大家在一起那么久……再看看它现在的左邻右舍,一间兼卖干杂的鞋帽店,一间兼卖五金的干杂店,一间炒货店,一间卤兔头店,哪里有当初我们读书人的清新脱俗。

前天冒着一点小雨在金沙庵对过站了一会儿,也不拍照也不打算造访,就那么看着它,我管它愿不愿意,我就要把对母校的怀念倾注给它。整条灶君庙街都变化成时尚建筑了,只有它和附近几个铺面还顶着晚清的屋瓦。我站了片刻,渐渐注意到过往行人莫名其妙都看我。终于有老把子[1]靠近来,劝道:"人家一天就卖那么多——你只有明天早点,哦。"我才明白他们以为我是来旁边那家出名的卤兔头店,吃了闭门羹所以站在这儿生气呢。

我受不住这么多关切的目光,只得缓缓往前走。雨稍密了些,金沙庵的老墙吃透水,原来混沌的灰白泛了石青,显出沉郁。几只白头翁停在树冠里,听抱怨像是直后悔,刚才不走现在想走也走不成了。空气里饱含的潮雾给整条街区除了尘降了噪,连闲人们的废话也压下去。这个骤然的安静很像三十几年前,一条喧闹的杀鸡宰鸭的街道延伸至我们校门时骤然的安静。

---

[1] 老把子:对"老头子""老父亲"的随意的叫法。没有特别的敬意或不敬,有时带一点亲昵。

我就知道我会想起他来。想到他我就会贼头贼脑地笑。我知道自己贼头贼脑，却控制不了。都是因为他，我的小学同桌，唐兵。

千万不要以为他令我这样难忘是因为他集美貌智慧于一身什么的，他这一身真的什么也没有。顶多有一点肉，这在1980年是不多见的，那时食物少，孩子们都瘦，胖起来是十年以后的事。就这一点也许唐兵可以称得上很前卫。他脑袋大，似乎头发稀疏，自幼就有秃顶的危险。他个子矮，三年级我都蹿个儿了，他还原地踏步。他家里总给他穿那种老式裤子，裤腰几乎提到腋下，扎在一件白布衬衣外面，巨大的皮带扣当胸闪耀。

但他显然从来就使他们失望。功课坏，纪律坏，操行坏。老师们对他的脸色也坏。但由此也可以知道他绝不是个乏味的人，他诸般令大人失望的劣迹，恰是他流传在吾辈同侪中的美谈。比如他有一些偏执的思维，有一些神秘的习惯，以及因此而表达的一些荒诞却微妙的见解。

语文课。语文老师请他站起来朗读课文。课文讲的好像是周总理身边一位警卫员回忆相处时周总理的轶事。

"周总理递给我一怀水说……"唐兵声音洪亮吐字清晰。

"停！啥子？"老师瞪眼。

"周总理递给我一怀水……"唐兵重复道。

"啥子水？"

"一、怀、水。"唐兵逐字断开念一遍，他不明白老师在纠缠些什么。

老师气笑了,端起茶缸在讲台上蹾了一蹾。

"这个是啥?"老师问。

"杯子啊。"唐兵答。

"嗯。你再读。"

"嗯——周总理递给我一怀水说……"

"唐兵!!"老师惊叫,白日见鬼一般。

唐兵也惊呆了,回瞪着老师,白日见鬼一般。

品德课。品德课老师教导大家在新的学期里要养成良好的自我管理的习惯,因为再往后走老师们就不会像一年级时那样细致地照顾到每一个学生,什么事情都追着屁股管,"我们将采取优胜劣汰的管理办法,又叫自然淘汰……"品德课老师说。现在想起这话当然知道大错特错,但小时候不懂,只觉得模模糊糊的听着很刺心,大家都有点害怕,都不作声。突然唐兵鼓起掌来,"这下好了。"他说。因为就在我耳边,我吓了一跳。大家也都从四面八方看向他。连老师也被他说得愣住了,忘了后面的词儿。只见唐兵含笑解说道:"二天自然课不得上了,自然课没得了,——自然淘汰了噻。好安逸。"

自然课。就是险些被唐兵淘汰的那门课。考试。那时我们学习了粗浅的关于相对运动的知识,试卷上有道填空题,问:在"月亮在白莲花般的云朵里穿行"这句话中,运动物体是( ),参照物是( )。我答错了,我老实巴交答道"运动物体是

（月亮），参照物是（云朵）"。老师打叉。正确答案为"运动物体是（云朵），参照物是（月亮）"。然而语文课代表不服，她的答案跟我一样，理由也一样，考题说"在这句话中"，前提是这句话，当然应该按照这句话提供的具体情况判断啊！我们一帮人气势汹汹去找自然课老师理论。自然课老师被吵得头昏，只得同意改判，"哎呀好好好你们也对也对。"他废然长叹。与他对桌的语文老师抬起头，目光越过老花镜向我们投来骄傲赞赏的微笑。我们得胜回朝欢天喜地，大家都互相祝贺。我以为这样一来这道题全班都答对了吧，错，还是有一个人固守了大叉叉，唐兵。我看见他被叫去站办公室，自然课老师却偏要他向语文老师认错。语文老师听完摘下了老花镜，怒目相向。原来他在运动物体后面的括号里填的是"白莲花"。

有这些奇闻逸事在记忆里发着光发着热，我又怎么能忘得了他？而且这还仅仅是他非常公共的一面，我们班随便叫一个人起来描述所认识的唐兵，这几个故事必定提到。更别说我是他的同桌，我了解他更多。我儿时虽然懵懂，感情却很充沛，甚至过于充沛，大概也是因为孤独的缘故，我很想跟唐兵结下深厚的情谊，为此我经常讨好他。我愿意借给他任何他看上的东西，我选他当行列长，值日生骂他我帮他还嘴，学校严禁翻墙而他翻了，我没有告发。应该说我做的事情他都看在眼里，他对我的评价还是不错的。他还给我起了一个让我感到亲热的外号："瓜儿"。

就是傻子的意思。

二

我学习比他好，职务比他高，人比他精神，可坐在唐兵肘边，我甘心做一个瓜儿。我服的。这大概也是一种向主流价值观的抵抗，对老师家长树立的榜样一肚子嫌恶，一定要捧一个自己的人起来，最好学习比我坏，职务比我低，人也没我精神，但有趣，有性格，有故事——符合这么多条件的人，除了唐兵还有谁？还有谁？

唐兵确实拿得出手。我时不时跟家里讲他的传奇，今天一个明天一个，潜移默化，我爸妈后来都有点粉他的意思。偶尔饭桌上我爸还主动打听："唐兵怎么样最近？自然课老师没再找他麻烦吧？"我妈说："自然课不是取消了吗——把那怀茶递给我。"当然我也隐瞒了很多唐兵的事迹，因为小孩有小孩的奸诈，知道那些说出来大人们会惊慌，会化惊慌为怒火，我们干吗要引火烧身呢。

我就从没提过他有一手绝技——"掟石头"。

那时在灶君庙街上厮混，遇到合适的情形，比如一根笔直的电线杆刚好似一个靶子，或者一只公鸡五彩的尾羽太过瞩目，或者一家店铺新装了一扇锃亮的卷帘门，唐兵和他的兄弟伙们是绝禁不起诱惑的，他们必须要拿石头去掟。"掟"在成都话里是"瞄准……使劲一扔"的意思，能制造脱手和命中两层快感，后来又增加了赌赛的快感。唐兵的准头和力量都控制得非常好，他的天赋像是完全集中在这件事上,所以得了些兄弟伙的敬意。他最好的成绩是五发五中。那次我正好在场,目睹了这一盛况。

我记得是中午放学,那时学校不提供中饭,学生都要回家后下午再来。中午这趟放学,我看比晚上放学更来劲更有盼头,原因很简单,爹妈们一般中午是回不了家的,家里要么没人,要么就剩婆婆爷爷那种完全没有威慑的家长,中午的自由快乐是一整天的顶峰。所以大伙儿都不着急赶回家,而是聚集在我们心爱的游乐园地:灶君庙街家禽市场。

"尾巴!"男生们喊,他们叫唐兵捉一只公鸡,靶心指明为鸡尾巴。唐兵一抬手,石子儿轻松命中最末一支墨蓝色羽毛。"嚯哟!凶!"他们赞叹。"脚杆!"他们又叫唐兵捉鸡脚,唐兵一抬手又命中鸡脚,准头奇好。"还有一只脚杆!"唐兵果然又不虚发。这时候那公鸡不依了,它本来好好地在墙根底下打瞌睡,与世无争,忽然嗖嗖嗖连挨三下。我猜它并不疼,因为唐兵的石子儿一旦命中立刻就跌落了,显然并不迅猛,不知道是有意还是无意,他似乎并不打算伤害它。然而大公鸡没有领情,就算不疼,面子上过不去,谁还不是勇武好斗的个性。它说"哎?——哎哎?"并且朝我们看热闹的人伸直了颈项。"颈项!"男生们喊。唉,它不伸还好。唐兵手朝它一点,石子儿飞到它下颌,正是颈项最细的地方。"可以可以太可以了!"男生们赞不绝口。大公鸡这回真恼了,它拍出两扇翅膀,卷起身下的草渣尘土,同时又把脸转向正对唐兵,一副鸡冠强硬地竖着,表明一种钢铁意志,算是相当严重的警告。"冠子!"男生们喊。这时唐兵手上已经没有石子儿,正要到处踅摸,我马上掏出橡皮献给他。他捏了捏,似乎还算称心,我感激得都快哭了,能参与到这样重大的历史事件中,何其有幸!他都没有再次瞄准,好像就是顺手一扔,竟然又正中靶心,我的橡皮从天而降,砸到鸡冠后光荣地滚落在地上。人群沸腾了,没有一个不服气的。鸡也沸腾了,受够了屈辱,它发出撕心裂肺的惨叫。

男生们拥上来,争相拜服,我被挤出圈外。没关系没关系,我很懂得他们,大家心情一样的。他们簇拥着唐兵往前走,因为都比他高,唐兵被淹没在中心,我只偶尔在腿缝里看见他肥肥的布裤子。轻叹一口气,我转身回去找橡皮,它值得被珍藏。然而刚转身我就一头撞进一个人怀里。紧接着后颈被狠狠一勒,一只铁爪抓住我的红领巾往上一提,我感觉脑袋快要跟身体分家了,被迫仰着头朝上看,逆光看见一张凶恶枯瘦的脸,我吓得哇哇大叫。

"你还惊叫唤你还惊叫唤?!你们把我的鸡都打死了!"原来是大公鸡的主人,刚刚他一直就在旁边,靠着一辆板板车的辁辘打瞌睡,我们以为他是个闲汉呢。

"又不是我打的——是我们同学!"我真是个烂粉。

"我看到你喊他打的哇!不是你是哪个!——赔起!!"他吼。

我歪头去看大公鸡,它根本没死啊,它不仅没有一丝死意还精神抖擞的,正东张西望啄地上的谷糠呢,大概它很清楚它的事情已经由上头出面交涉了。

"鸡没死啊它还——"我哭腔分辩。但立刻被吼声压住。

"这个娃儿嘴巴还狡[1]咪!你红领巾是咋个戴起的?走走,去找你们学校老师!"他揪着我红领巾往学校的方向使劲扯,都知道我们是灶君庙小学的,绝赖不掉,唉唉。

我哭不出来,想哭来着,委屈、羞辱等各方面条件也都具备,但就是哭不出来,因为吓傻掉。从大公鸡这儿到学校不过三四百米,平常一溜小跑噜地就能到,可被这样揪着红领巾拖过去,沿途多少眼睛多少嘴巴,我感觉拖到校门时我这一生都完了。我整个人朝后仰,两条胳膊垂下来,一个绝望的人也懒得反抗,随便吧。忽然脑后一阵疾风,一群人从我后面冲上来,把我们团团围住。原来是我们班男生杀回来了,刚才我明明看见他们消失在街拐角的。

"放了快点把手放了!"

"不准扯别个红领巾!"

"你的鸡没死的哇?你呵人[2]的嗦!"

"你搞诈骗!"

"哪个看到是她掂的石头你喊他出来作证!"

"大欺小,来不倒!大欺小,来不倒!"

我的同学们十几条嗓子对着那人狂轰滥炸,在旋涡中心我脑袋都快爆了。只觉得下巴底下忽然多了一双手,扣在揪住我

---

1 狡:能说会道。
2 呵人:骗人。

红领巾的那双铁爪上，定睛一看是一双胖乎乎的小手，再一看，原来是唐兵，他一边使劲去掰那人的手指，口里一边胡喊乱叫："诈骗犯！诈骗犯！诈骗犯！诈骗犯！诈……"

不知道是因为意识到鸡确实健在，我尚不能构成凶杀罪名，还是因为十几个小孩，尤其是城里小孩，所造成的舆论和分贝的高压，公鸡主人松开手了。我们再小也是地头蛇，看他装束是从附近乡下过来的，我猜他一击不中，稍微冷静下来就要放弃。

"不是她的话……那是哪个喃？"他中气不足地问。

这时候其实要是大家都说"不晓得"，这个事儿也就了了，鸡没死，孩子们一哄而散，他除了自认倒霉也没别的办法。只要大家都说"不晓得"。

"是我打的。"唐兵说。

"好！"公鸡主人立刻揪住唐兵的红领巾，"去你们学校！"

"走就走嘛！把手放了！"唐兵凛然道。

那人一看唐兵确实不打算逃，勉强放了心，匆匆到墙根儿把大公鸡一把捉住，拿草绳缚紧鸡脚，倒拎在手里跟上来。大公鸡大头朝下，气得使劲挣扎嘶叫，今天的屈辱真是没有尽头的。

唐兵在前面走，公鸡主人本想在他背上找个什么抓手逮着，但一碰到他书包带子他就凶巴巴地躲开，好像刑场就义的烈士一样殊不可犯。公鸡主人只好拉倒，他被这个气度非凡的孩子震慑住了，而且手里大公鸡不停挣扎，两次扑摔在路上，他实在也顾不过来。

我们眼睁睁地看着他押着唐兵往学校走去，都愣在原地，盗亦有道，唐兵自己认的罪，我们都不知道该怎么帮他。然而大家也不肯就此散去。

"糟了糟了。"有人喃喃低语。

"他不该承认的……"有人惋惜。

我们离学校很近，眼看他们很快就要走拢。忽然唐兵站住了，不知道为什么，他在离校门还有最后一小段路的地方停下，也许是终于意识到可能会面临的惩罚。公鸡主人没料到，脚下没刹住，一下子反而冲到唐兵前面几步，只得停下来等着。我们本来已经涣散，这时又紧张起来，大家都盯着唐兵矮墩墩的背影。突然他身形一动，朝街对过撒腿就跑，谁说胖子跑不快了，只要他们需要他们可以拿出踩风火轮的速度。

"啊！龟儿的跑尿了！"大家惊喜欢呼一声，但仍很紧张，不知道唐兵能不能逃得掉。其实真是多虑，哪里有什么悬念了，我们早都知道唐兵家就在我们学校正对面的那个杂院里，他还能往哪儿逃。那个杂院我进去过，其结构幽深复杂，至少由三条窄巷串联并联起来的五六个小院所组成，不熟悉的人一进去就会迷路。果然，唐兵窜进了自家杂院的院门。他可能窜得太快了，院门口洗菜的两个婆婆都没有发现有人掠过，连头也没抬。

公鸡主人还站在街对面，半天没动弹，他完全蒙了，烈士的变节太突然，他没有跟上。手里的鸡还在闹，他猛烈地甩了几下使它安静下来，但接下去也没有进一步的举措，他愣在原地。他似乎都没有追进杂院的欲望，大概他稍一想也就失去了意志，别说追不到，就算追到了又能怎么办，跟人家一家人对抗？跟一院子的人对抗？在他看来他们都是一伙儿的吧。他似乎也发出咒骂，但我们听不见，只看见他很茫然地面朝街对过的杂院站着，很干很瘦的一个农民，衣衫褴褛，被城里的坏孩子欺负了，有冤无处诉。

看见唐兵脱险，我们这群没心没肺的孩子嬉笑着散了。中午回家吃了饭睡了觉下午再到学校时，唐兵已经在座位上。

"你还精灵咪！"我笑赞他。他轻蔑地瞥我一眼，道：

"瓜儿。"

三

"瓜儿。"他说。

"我还害怕他真的万一追进你们院坝就糟了。"我说，"你们爸妈在不在屋头喃？"

"不在。"

"那哪个在喃？"

"我婆在。"

"哦……你婆管你嗦？那你婆得不得告你们爸妈喃？"我知道一般外婆本身是无害的，但她们有致命的一招，添油加醋去告诉。

"不晓得不晓得！"唐兵忽然很不耐烦。是的是的是我不好，这时候提那些个扫兴的做什么。

我又请他教我掟石头的法门，他才恢复到那一种轻蔑的快乐。

我记得唐兵的婆。此前曾经进到唐兵家住的那个杂院，我有一个比较要好的同学住在那里，我去找她玩。那天七拐八弯地走到尽头，迷了路，就站在一户人家的天井外发愣。从敞着的院门往里看，天井非常小，搁到现在也就一个半车位。却有一个齐膝高的花坛，里面卧着一尊半土半石的小假山，山后斜出一棵粗壮却矮小的罗汉松枝，造型是"迎客"。我那时很喜欢盆景，立刻被吸引住，不由自主走进去想细看。天井里仿佛比外面更寂静，盆景像真的深山真的古松。可惜天井里没有风，仅微微有些气流，松枝纹丝不动，只有山脚下几棵凤仙花花枝轻颤。凤仙花显然是新栽的，粗壮放肆，猛地就破坏了整个盆景苦心经营的比例，搅人清梦。"太瓜了……"我心里说，伸手去摸，真想拔了它。

"你找哪块？"一个苍老劈哑的声音说。

我吓得差点蹦起来，明明天井里没有人。循声看去，原来问话是从一堆被褥里发出来的。走进天井时我大致瞄了一眼，看见院角窗下的一溜儿竹凳上乱哄哄摞着大堆的被褥棉絮，万万没发现里面窝着一个人，一个老太婆。她好像很老很老，老得岁数都限制不了了。

"问你找哪块？"却不糊涂，而且一点也不慈祥。

我说了同学的名字，同时打听该怎么走。

"不晓得不晓得！"

我长那么大没见过这么凶恶的老人，她虽然不至于要怎么样我，但听得很分明。那口气里的怒气不是对顽劣的孩子，而是对敌人，是种平等的、对等的凶恶。我已经往外走，她仍嫌我动身太慢。

"不晓得不晓得！"她继续叫喊，"出去出去！"

天井地上有青苔，我被她催逼得差点滑倒。

"出去出去！快点儿出去！——个狗日的！"她在被褥堆里一动不动，单靠一条嗓子就形成非常恐怖的威压。

我从小在草市街菜场一带往来，粗糙的市井语言听了很多，对脏话也早已脱敏，但头一次听见人这样骂我，我还是气昏了。又偏偏回不了嘴，因为实在想不出能对上气口的话。我可谓落荒而逃。结果刚刚迈出天井，就看见同学赶来接我。她说那是唐兵家，骂我的是唐兵的婆。

"唐兵的婆？"我吃惊道，难怪"不晓得不晓得！"听着这么耳熟。

"唐婆婆其实多好的，早先经常给我们屋头端菜，隔壁子对门子，她吃啥好的都要端给别个。她现在老了眼睛不好了，怕贼娃子上门——她可能把你当成贼娃子了。"同学笑道。

"唐兵的婆啊……"我仔细回忆老太婆的眉眼，试图找到唐兵的痕迹，却想不起来，她只给我一个模糊的印象：一大堆凶恶的被褥。而唐兵的五官是天生和乐的，圆头圆脑，白白的胖脸颊，大眼睛塌鼻子，领袖身材，实在要说他们祖孙像，大概只有一个凶狠的"不晓得不晓得！"而这句话我恰恰一向感觉不符合唐兵的滑稽模样，他平时常常毫无缘由地就露出得意的微笑，成绩那么差也不能阻止他莫名的自信，即使叫我"瓜儿"，也是似笑非笑，在不重要的事情上也愿意让我一头，比如学习和职级什么的，算是他对远远落后的我表达的一点歉意。所以我对他的情感也有点复杂，考试分数下来的时候我会有一点看不起他，有一点幸灾乐祸，但一经亲见他五发五中，此后又承蒙他舍己相救，此后又发现他智勇双全，我不得不自失一笑：分数算个屁啊。同桌的时间久了，我一方面好好学习，为了将来进入大人们所说的那个世界；可另一方面，我又清楚地感知到还有一个世界，跟上学，跟"三好"，跟德智体美，跟唱歌跳舞诗朗诵等毫无关系的一个世界，那是唐兵的世界。

"瓜儿，手颈颈[1]要使劲！不要甩膀子！"唐兵虽然勉强同意教我掟石头，却非常缺乏师者仁心，"龟儿稀孬，劲都球没得——整个屁啊。"他一边絮叨一边东瞄西瞄。我懂他的意思，他就怕兄弟伙们发现他竟然跟我有话可讲。他们都以跟女生来往为耻的，不要说讲话了，眼神都不能对上。然而他尽管嘴巴上骂，我却很明确地知道，他何止不讨厌我，他喜欢我。唐兵喜欢我哦。果然，一旦发现教室里并没有其他人，窗外也没有人，甚至从窗户看到斜对的校门也没人，他的口气变了。

---

1 手颈颈：手腕。

"嗯我晓得你手颈颈没劲，我开始的时候也没劲，你就使劲练嘛，膀子不拗，只准自己拗手颈颈……不行不行，不能拿乒乓球练，重量都不一样的嘛，必须拿石头练哈。"他轻轻指着我的腕关节，再次强调，"这儿最关键。"他手指头指点完毕后就自动复位到背后，这是他的小习惯，喜欢把两只手背在背后。起来回答问题他背在背后。放学走路背在背后。上办公室罚站也背在背后。"白莲花"那次罚站，我记得他站在语文老师对面，半侧对门，我们来来回回都能看见他，他就背着手。白布衬衣领口敞到第二颗扣子，黄布裤子裤腰当胸，肥肥的脚塞在黑布鞋里，整个身子向前微微倾着，不像罚站，像来基层视察。

我学着学着就乐了。

"你笑啥子？"他窘道。

"哪个教你的嘛？"

"我个人练的。"他得意地翻了个白眼，"我在房檐底下拴了根绳绳儿，吊一个杯杯儿，每天拿石头捉，每天都要练哦，石头必须要捉到杯杯儿里头。"

"嚯哟。"我说。

"现在我都换成一个滴点儿大的酒杯了。"

"嚯哟。"

"现在我主要晚上练，故意的，故意等天黑。"他说完并不看我，像是知道我一定五体投地，但他很超脱地不想接受。

我眼前出现他黑灯瞎火在小天井里苦练的英姿。

"我去过你们屋。"我笑嘻嘻说。

"咹?"他呆了一下,皱眉道,"嘁,呵人。你又不晓得在哪儿。"

"你们院坝头有个花坛,有假山和松树,边边上还有指甲花——对不对哇?"

"嗯。"他点了头,点完就顺势垂下去。

"你们婆在门口晒太阳。"

"嗯。"

"你们婆……好老哦。"我本来要告一状说他婆"好凶",临时出口却改成"好老",不知道为什么,我觉得气氛有点点不对劲,唐兵的大脑袋垂下去以后一直没再抬起来,他忽然蔫蔫的。我小时候大人都说我"假聪明",即实际并不懂事,只是空有个机灵的薄壳,我得说他们并不了解我,我对知识的理解是很吃力,但有些事情我却很敏感,比如对空气里的味道,忧愁的、伤感的、疑问的、焦虑的气氛,我嗅觉出奇地好。

"指甲花不安逸。"我拣不要紧的说。

"我们妈栽的。"他轻声答道,我都没有问他。

"你们妈栽的嗦!你们妈——"我刚要问却被唐兵打断了。

"不晓得不晓得!"他低低吼完就别过头去了。

我不知道我触碰到什么了,但我知道我触碰到什么了。

这时窗外已经出现好些人,兄弟伙们一冲进教室看见唐兵在位子上,立刻扑过来嘘长问短,对唐兵的顺利逃脱他们很矛盾,既替他高兴又很遗憾他没能把事情闹大。

"你龟儿耍赖——往屋头跑!"

"老子以为你好英勇嘞,球哦假打喙!"

"阴谋诡计!狗日太卑鄙了哈!"

"等会儿放学敢不敢再去掟?他的鸡都半死不活了肯定卖不脱!"

唐兵很开心地跟他们斗嘴,虽然受到各项指摘,他却知道今番是旗开得胜大出风头,越是骂得凶的人越眼红呢。他眉花眼笑地向他们回骂了很多脏话表示感谢。这些男生在一起会交换很多脏话,好像不用脏话他们就开不了口一样,甚至连思维都不能连贯了。其实我知道唐兵在兄弟伙里地位很低,打架不行踢球不行拍纸烟盒也不行,就是个胖胖的喽啰。

那时电视里面演一个美剧,差不多算是咱们国家引进的最早一批美剧,《加里森敢死队》。男生们看完都魔怔了。从我们灶君庙到草市街,到卫民巷,到正通顺,到横通顺、喇嘛寺那边,凡我知道的加里森敢死队就有十几队,加里森有十几个。唐兵他们兄弟伙不用说了,队伍真是一夜之间就组织起来。早读的时候老师还没来,我就听见他们在分配角色,大霸做加里森当仁不让,二霸挑了酋长,戏子、卡西诺也马上有人抢注了,唐兵名落孙山,连高尼夫这种末流角色也没捞上。他臊眉耷眼的,又不敢废话,只得大声乱读课文发气。我悄悄问他"为什么不跟他们争一下嘛?"他也装听不见,更大声胡念课文。

后来听见他们兄弟伙里有人说,带唐兵玩儿就是大霸一个人的主意,大霸在罩他。因为他俩是一个杂院儿里的邻居,从小一起的。二霸为此有点阴阳怪气,曾经表示过一个胖子在队伍里太影响军容,是不是可以考虑裁掉,但大霸说:"爬。他是老子的弟娃儿。"

我早就注意到了,我们班凡是住在唐兵他们那个杂院的,跟唐兵从小一起长大的人,都跟唐兵好,像大霸和我之前去找过的那个女同学,虽然他们仨并不抱团儿,但各自都把唐兵当家里的谁一样,言语行动都护着他。有好几次我听见那个女同学叫唐兵"兵兵儿——",这肯定是他小名儿了,可唐兵不答应,女同学又叫还是不答应,直到她改叫"唐兵——"他才回转头:"唉?"还有一次,他早上没有交数学作业,说忘记带了,数学老师才不信,罚他站壁角。结果大课间的时候那女同学气喘吁吁地赶到老师那里,说她跑去唐兵家把唐兵忘带的作业拿来了,唐兵没有撒谎。老师无可奈何只得放人。实际上唐兵当然没有做作业,是女同学飞速做完的。女同学这么大的恩情,还有大霸公然地偏向他,奇怪的是我从没有见到唐兵拿出任何对等的回报,他对他们木木的、淡淡的,仿佛并不愿意认他们的好意承他们的人情。更奇怪的是,对唐兵这个有来无回的白眼狼,那两位根本不计较,他们还是照顾他,帮衬他,捍卫他。

唐兵有谜一样的魅力。

我没想到揭开这个谜会以那样残忍的方式。

四

不知道现在是不是还这样，老师对同桌的安排，可谓机关算尽。我们那时讲究个"一帮一、一对儿红"，老师大都按照这个布局。比如成绩好的跟成绩差的，操行好的跟操行差的，爱说话的跟闷葫芦，狂放不羁跟少年老成。具体在我们班就是大霸跟班长，二霸跟副班长，倒数第一跟学习委员，公主娇小姐跟劳动生活委员，等等。有点像打扑克，方针是兵来将挡。但这是有教育的高度，所以目标是庄严的，追求相生相克相辅相成。老师的苦心我懂。

只有一点不懂，为啥安排我跟唐兵同桌。我扪心自问，成绩并没有好到能令他自惭形秽从而奋起直追的程度，纪律方面也相当不过硬，当过文体委员也疲软不胜任，半学期就下野了。我这种情况肯定不能算"红"，顶天算浅红，浅薄的。我到底何德何能跟唐兵同桌？反过来，我倒认为唐兵颇多可学可取，乐趣无穷，与他同桌深感幸运。但这是我的想法，我试着从我们班主任的角度想，就想不通了，唐兵在老师看来是问题人物吧？而且从一年级到毕业，我们一直是同桌，其间别的同学老师大都安排过换位子，就我们俩，非要我们从一而终。

有一次，那是五年级刚开学那一阵，可能是因为大家的个子、视力有了变化，我们班大规模调换座位，班主任肖老师在讲台上站着，一手拿着一张单子，一手拿着竹子教鞭。她让念到名字的人立刻站起来，火速到达新座位，连行李都不许收拾,过程中不得迟疑,余人也不得喧哗!然而都是猫狗之年,光是听见这规矩底下就已经喧哗起来。肖老师用教鞭狠狠抽打着无辜的讲台,声音惨烈瘆人,大家才勉强安静。就那一次,我隐隐约约揣摩出她的深意,她对我和唐兵的深意,深意就是——没有深意。因为那天只有我和唐兵这一桌,大霸班长那一桌,二霸副班长那一桌,还有一个落单的人那一桌没变,其余都变了。大霸二霸地位坚挺,所以班长副班长也必须原地固守。那个落单的人必然落单,我们班人数是单数,另外他又是最高的那个,他没有变化的空间。但我和唐兵,我们本没理由独善其身的,肖老师却不提我们的名字,最后还说"这下我要请全体同学,啊当然除了没有变的三桌,大家都要好好跟新同桌相处,既要团结又要监督,取长补短共同进步!"——她忘了我们了。

忘了就忘了吧,我觉得没啥不好,挺好。我歪头去看唐兵,我猜他也一样暗暗高兴。

"咹——?还有我这儿的哇?搞忘了嗦?我这儿还没斢[1]哦?"唐兵朝讲台嚷,瞪着大眼睛,拧着眉毛,嘴巴停在"哦"字的口型上,他很惊愕、委屈、愤愤不平,好像已经盼了很久的好事却没轮上。

讲台上肖老师已经背过去写板书,粉笔在黑板上的尖叫能把人牙震松了。她躲在这尖叫里就是不睬他。

---

[1] 斢(tiǎo):调换。

"啥子嘛？——凭啥子嘛？唉？"唐兵虽然大声，但并没有盖过粉笔。再说同学们都沉浸在新同桌带来的巨大震动中，虽然都压低了嗓门，但二十几桌的窸窸窣窣也掀起了分贝的巨浪，唐兵的叫嚷被淹没了。

"凭啥子我这儿不斟？区别对待嗦？——凭啥子？唉？"明明知道上面决定听不见，他还是叫唤。但他又不那么着急，仿佛只是拿住了肖老师的一个把柄，还没有决定这把柄的具体用法。

"莫名其妙嘛简直——嘎？"唐兵笑嘻嘻转过来说，但嘎还没嘎完他就愣住了。因为我哭了。

我不是不体谅他的难处，此前他在兄弟伙面前的一切花招，比如课桌划界啦故意凶巴巴啦起哄嘲讽我胆小如鼠啦，我都高高兴兴地接受了，因为我知道他在演戏，我一向佩服他演得好。但今番他演得太好了，太好了，好得跟真的一样了。

我可不是什么娇滴滴的哭法，可以说我这是一种恶狠狠的哭法。泪都没流下来，因为含羞忍垢，我眼里憋的不是泪是冒烟的开水，咝咝蒸发着。

我拧过颈项把脸去朝着窗外。窗外是一条窄窄的泥巴路，然后是一堵泥巴墙，不高，但也把视线挡得严严实实，因为那时候外面就没有什么高楼。我只得去看墙头。初秋的天光还很耀眼，照在墙头密密匝匝的玻璃片上晶莹剔透。刀光剑影似的。中间又有几茎芒草颤颤巍巍地立着，穗子沉重地歪倒了。墙头像一个古战场，没有仇恨只有荒凉。

"喂，啥子嘛？"唐兵在我背后问，声音轻得像蚊子叫。

"你咋嘞哦？"他又问。

"瓜儿？"又问。

"装疯迷窍的搞啥子嘛？"又问。

我像古战场上的一个老兵，死守着阵地。

后来就放学了。这件事没有一个结尾。没有放学后，没有第二天，我们再见面已经隔了快一个月，因为我查出来得了一种血液病，次日就去住院了。

那是一种没有什么太大危险的血液病，就是名字复杂，原发性血小板减少性紫癜。但发病初期的症状很唬人，我一是常常流鼻血，很难凝固，二是手臂上出现了皮下出血点。当时上医院检查，抽了两大管子血，我爸妈已经有点紧张了，但大夫说验血还不够，还得做骨穿刺化验骨髓。骨穿刺我记得好像很疼，但很快做完了。大夫表扬我："娃儿多坚强的。"又转头跟我爸他们说，"排除一下。"

"排除啥？"我爸哆嗦问。

医生看了我一眼对我妈说："妈妈先带娃儿出去等到嘛。"

我妈带我出去，走到医院大门口的小卖部给我买了根"娃娃头"奶油雪糕。我真是个没心没肺的，那天白天的事我就记到这儿。实际上后来他们告诉我那天从带我出去之后，他们贤伉俪经历了可怕的精神折磨。因为大夫说我的小命有可能顶多还能残喘半年,所谓"要排除一下"指的是白血病,查骨髓为了看看我的造血机能到底还灵不灵。时至今日白血病的诊断和医治已经有很大进展,但在三十多年前基本没希望,死亡就是个时间问题。那会儿我爸妈不过三十几岁,人生经验并不多么丰厚,本来他们对白血病应该无知无畏的,但三十几年前发生过一件大事,使他们偏偏掌握了一些相关知识,刚好能够支持他们往最坏处想。那件大事是现象级的——日本电视连续剧《血疑》在全国播映,全国人民非常细致深入地了解了白血病的可怕,观赏了美丽的幸子姑娘山口百惠的悲惨命运,为她的痛苦不幸洒下全国性的泪水。我需要被"排除一下"的就是害死幸子的白血病。

我就说那天我妈有点怪,平常我要吃娃娃头总是得跟她一番麻烦,签一大堆不平等条约,今天我还没提呢她主动就给买了。这边我正享用着娃娃头,那边诊室里我爸已经天昏地暗。

幸好当天晚上我们家就接到了检查结果,没大事,去医院住两星期就行了。

住院那段时间没有学习的打扰我过得相当舒服,理直气壮在风景优美的住院部混日子。其间收到过班长代表班上同学写来的慰问信,他们鼓励我要"坚强地跟病魔做斗争",让我要多想想张海迪、蒋筑英,还表达了对我的思念,甚至用到一些相当有分量的词,完全不顾我其实还在人间:

"亲爱的同学!每当我们想起你的音容笑貌,激动的泪花就会涌出眼眶!"

"缅怀你亲切的面庞,温暖流淌在我们的心田!"

"在你的课桌上,在操场乒乓台边,你的身影仿佛就在我们眼前!"

通篇都是惊叹号,很多地方还押着韵,我读哭了,此前真不知道他们这样喜欢我离不了我。

不过班长是代表不了唐兵的,我一读就知道这里边没有唐兵。这封信太烫、太甜、太浓厚,而唐兵没什么温度的,有一点呛人,微微的辛辣,辣过之后才反出暖热和奇怪的焦香,像胡椒粉。这封信里没有这个味儿。没人会认为我跟唐兵有什么交情,我可想而知,他已经向全班都说得很清楚了,他想斛位子,因为没斛成而生气失望。我不知道,我总以为他表面撇清是为了隐藏和保护我们的交情,他演得太过逼真,但现在我怀疑这压根儿就是真的,他与我没有交情。

我给班上写了回信,辗转交到肖老师手上,后来有同学告诉我"肖老师读的时候都哭了,尽倒[1]拿帕子揩眼睛,眼睛飞红"。我在信里也说了很多带惊叹号的话,拉上张海迪、蒋筑英他们一起表了个态,一是保证活着回来,二是保证不拖班级后腿,争取早日追上大家。其实我爸已经提出要我降一级,因为

---

1 尽倒:一直。

担心我功课落下太多回头必定吃力。但我不肯，一想到我的座位从此就空了，唐兵会一直独自坐在那里直到毕业，我就啪嗒啪嗒掉泪。我爸还以为我是学业上好强，非常欣慰地接受了我的拒绝。

我在信里出卖了我爸，把他描述成一个懦弱颓废的家长，以衬托我的坚强和一定要回到班级的决心。我说"我舍不得大家！"我还灵机一动，提到很多同学的名字，学语文我离不开语文课代表鲁一梅，问数学题我离不开我后排的范凯，打乒乓球我最想同邱成彬、毛雷、李军红一组，上美术课我想挨着张国强，合唱队排练我喜欢蒋蓉领唱我们给她和声，上学放学我想跟徐美华、赖岩、卿海燕一路说说笑笑……我提到很多人，我在病床上想象他们听见自己的名字会有多骄傲多感激。后来重逢时他们果然围着我又蹦又跳又鼓掌，千言万语化作一句——"我们都以为你要死了"。他们赞美我。

我没提唐兵。我不提。

跟他重逢那天其实也很平淡，因为我的回归太盛大，那一整天都欢声笑语，像西哈努克亲王一样被少年儿童热烈追随。坐到座位上也在回答各种问题，直到老师来上课才打断我的发布会。甚至，老师看见我也会先感叹一句："好像是要拽实[1]些

---

1 拽实：结实健康。

了嗬！"

我偏偏不记得那天唐兵说了啥脸上有啥表情，我努力回忆，那天的回忆里就是没有他。这也许是因为几天后发生的那件事，太意外，太让我傻眼，直到现在想起来也还是一种恒久的傻眼感。

我记得好像是学校要报到区里的一个什么"三好"或者"五好"之类的荣誉，我们班一共三个名额，肖老师要我们自己提名自己选。按惯例其实没啥可选的，成绩前三名的人自动当选嘛。但那天竟然有人提名我。我听见他们说："啊对的！选她选她！"肖老师微笑了："嗯，这个同学还是不错的。"又鼓励大家，"那么她有什么优点，我们好生想一想列举出来嗬？"我被这迅猛的幸福砸晕了头。

"她热爱集体！"

"她团结同学！"

"她多坚强的！"

"她战胜了病魔！"

"她不怕吃苦！"

"她有信心——她爸喊她降班她严词拒绝！"

人的命运真是，我十二岁那年就体会到"不可捉摸"的滋味。我之前从未当选过任何高级的荣誉称号，原因概括起来基本就是：不热爱集体，不团结同学，不坚强不积极，怕吃苦犯娇气等，同样也都是这些同学列举的，每一条我都不得不承认是有那么一点儿。可怎么住趟医院回来，我主观上还没来得及做出任何改变，大家对我的评价完全相反了。

可能对一个原以为必死无疑，结果居然起死回生，即使之前没啥感情的这么一个熟人，人们也会平添一份好意，好意的主要成分是可怜。我但凡有一点志气就该在这时站起来，慷慨陈词谢绝大家，但我确实一点都没有，不仅没有，我还非常享受，沉迷于大家美丽的谎言中。肖老师频频点头，不断确认我那些子虚乌有的优点。等差不多了，她就在黑板上写下我的名字，紧跟在前两位当选者的后面。写完她转过身，笑道："这个同学喃，确实很优秀。但是喃，他们家长来跟我摆过了，还是希望她可以降一年级，毕竟耽误了那么久的学习，想追上大家可能比较困难。现在喃，学校还没有确定到底要不要降一级。但是，我们今天还是要把这个荣誉给她，如果她降一级，我们也希望她带着荣誉带着大家的称赞和鼓励降一级。大家说，好不好？"

大家鼓掌叫好。我大吃一惊，原来我爸妈偷偷去找过老师学校，还是要给我降一级。这"区三好"不是什么荣誉啊，是个安慰嘛，得了这个奖就可以体体面面降级了。

肖老师笑问："她是全票通过嘛，嘎？"这话听着是选择疑问句，其实是一个设问句，问的同时她自己已经回答完了。底下又都鼓掌表示同意。掌声稍歇时，一个冷冷的声音说：

"我不同意。上学期期末考试她数学没上80。"

教室里嗡地就静下来，这句话比上课铃有效多了。说这话的人是唐兵。他坐在我左边，是全班离我最近的人，他的话没人比我听得更清楚。

大家全都往我们这边看。紧前桌的两位同学转身的幅度最大，我听见他们的板凳发出剧痛的惨叫。我们学校又穷又破，桌椅板凳不知是前朝哪一届的遗物，本来就老朽，哪里禁得起这样摧折。他们俩不仅看我们，看完又互相看，交换一下眼色，然后又看我们。前面隔两排的同学可能角度的原因，看不太完整，看着看着就站起来了。第一排的同学离得远，个子矮，完全地忘我了，不由自主就跪在板凳上。好像全班同学都虔诚地看着我们。肖老师的脸上是一种我从没见过的表情，她很吃惊，还有点生气，像是被冒犯了，但又不确定这算不算冒犯。

我没看唐兵。那一瞬间我下意识地朝他转过去，可仅仅转了十几度就硬生生地停下来。我余光瞟见他几乎是背对着我。他好像比原来瘦点了，也高点了，他的背不像之前那样肥墩墩的，白衬衣里有的地方空着。他肯定是脚蹬在桌子的横枨上抖动，一阵阵轻微的震颤通过他的胳膊传递到我们紧邻的课桌上，我感到自己在哆嗦，想停下来却不由我。

我之前一直在笑的，我采取了一种吃惊而谦逊的笑。实际上心虚是有的，因为上学期的数学成绩79分，是我的一块心病。我只盼着没人知道，肖老师也不记得。绝没想到唐兵会兜出来。

我的笑还在脸上，但肌肉僵直，皮肤快要绷裂，那种难堪的痉挛现在什么时候想起来都需要使劲张嘴三四次才能稍微缓解。

肖老师愣了一会儿。很快下课了，她只勉强维护了一下课堂秩序也就急急忙忙离开教室。我的名字还在黑板上。人都陆陆续续往外走，唐兵也站起来就走，抢在前面。我等人走得差不多就拿板刷把我名字擦掉了。擦的时候不得法，又或者是板刷嫌我的名字笔画太多它吃不消，粉尘嘭地就喷出来。石灰有种尖锐凶狠的腥气，呛得我闭了一会儿眼睛。我对这一幕记得很清楚，因为心里从来没有过这样空旷寂静。

据说小孩子生一次病，病好就会长大一些，会懂事一些，不知道是病痛从生理上调教了他磨砺了他，还是病中因为各种限制使他不得不转过身来与自己相处，与自己交谈，在精神上有了一次上升。总之那一阵我爸妈总朝我发出感叹，"换了个人"。

就是那一阵我迷上了去文殊院。有时是跟三两个女同学一起，有时就独个儿。

文殊院在 20 世纪 80 年代初是个寒素的庙子，游人不多神仙也少，除了不得不到岗的文殊菩萨和陪同的几位天王，就没有其他神佛了。殿宇也简陋，有一两进院房几乎可算家徒四壁。后花园没什么花，竹子管够。站在竹林里，假如仰头盯着竹梢，看那些细碎的叶簇簌簌颤抖，纤细的茎尾跟鲤鱼须子似的在风里蜿蜷舒张，久了会晕，天上地下的分不清自己是站着还是大头朝下，会以为整个竹林是从天上洒落下来而不是从地面生长上去。

我们最钟爱的地方是一个土坡，坡上除了荒草就是黄土裸露的坡脊，没得可玩，但站在坡上可以眺望到很远很远。还是的，三十年前成都哪有几幢像样的楼，目力及处就是天边。那时似乎是不净园的，没有公园管理员，和尚更不管我们，有一次我记得离开时天都快黑了。那天我是独个儿，在坡上站着，看北门一带渺茫的树冠和屋瓦，天边是刚刚退下的阴云，有这深青色一衬，就能看见好几缕雪白的炊烟。对啊，那会儿的人家里还有烧柴烧煤的灶台呢。没有风，我耳朵虽然露着，却不知道为什么能听见空气旋流，像身处一个辽阔但最终是封闭的空间。觉得闷。

我不明白唐兵怎么了。从那个下午以后我们几乎没有再说过话，连最不耐烦的"不晓得不晓得"他也没再说过，也不再叫我瓜儿，实在要说话他也不看我。我使劲去回忆去捕捉他的神情，我刚回学校那时他好像是很生我的气，揭露我的那天他肯定是生气的，但之后没过多久好像不气了，即使他并不理我我也能感觉到，他跟我一样，空旷而寂静。也一样，他好像也觉得闷。

全班都知道我们是仇人了。这下他倒也省事，不必再努力表现讨厌我，可谓一劳永逸。男生那边的情况我不知道，女生都劝我"莫再理他"。除了一个人，就是跟唐兵住一个院子的那个女生，她叫王异彩，是我们小队的队副。我们本来很好的，为了这件事，总感觉有点儿怪怪的。此前去文殊院我们总是要叫上一起，自从我喜欢独处，要么去时谁也不叫，要么谁叫也不去，她也就不怎么热心。但我有个很深的印象，此前我们最后一次同去,就是在土坡上,她说过几句很深的话,现在想起来她简直是个懂事的大姑娘了,情智都远远超过我。她说:"主要还是他心头多恼火的。"她说的是唐兵,替他向我解释,似乎是劝我去找唐兵和好。

那天我们是一泼四五个女生去玩,她们都在下面竹林里。我在坡顶。一回头她跟来了,一来她就坐下,也不管泥地潮湿。我看她是希望我也一起坐的,我只得挨着她蹲下。我不知道她说那句话是受了唐兵的委托,还是仅代表她个人,我只含糊答道:"不晓得的嘛。"

"还是有同窗友谊的噻。"她是班上的小队队副兼行列长,水平高,很官样,但这话根本不通。虽然不通,我也懂。

"他喊你来说的哇?"我问。

"不是。"她说。然后不说话了。

"是曾红薇。"然后又说了。

冒出来个曾红薇。

曾红薇是我们班女生,跟我没啥来往。她非常美丽,别说我们班了,在全年级都是出名的。和其他美丽活泼的女生不同,她的美丽里含有相当的忧郁,很安静很柔弱的忧郁。她笑得很少,我想起她时印象最深的是她没什么笑意的一双大眼睛。后来我大一些看《红楼梦》,看到"眉尖若蹙",搞明白意思之后眼前马上出现的恰是曾红薇。不知道她为什么那么不开心,又没啥不开心的事。也许是因为成绩不好？她几乎样样成绩都不好，然而我又感觉并不是，我见过她答不上题时的表情，那是懊恼羞愧，与面孔底色的忧郁不相干，甚至懊恼羞愧倒还使她一时忘了忧郁。她就是有一种奇怪的忧郁。她名字也怪，她以前一直叫唐薇的，四年级寒假说是家里搬去川棉厂，一个离学校很远的地方，再开学就宣布自己改了名字，复杂的新名字叫曾红薇。不过我一向不大关心她。嫌她蔫。只有一个比较有色彩的传闻我听了觉得有味，二霸他们传她跟大霸好，拿他们两个起哄开玩笑，她细声细气骂他们不要脸，大霸却笑而不语，看上去很是称心如意。

"哎哎？"我很吃惊，"曾红薇？"第一个喊我"莫再理他"的人就是她啊，她座位在前面两排，跟我隔了一个巷道，我记得她特意斜着转过身对我说的，边说边看着唐兵。唐兵本来就半背对着我，当然也就背对着她，她声音不小，他肯定听见了，但并没有转过来找她吵。我很迷惑曾红薇表面一套背后一套到底啥意思。可能她心软了，不开心的人是不是都容易心软？但我马上怀疑，而且几乎可以肯定这实际上跟曾红薇没关系，而是她，小队队副王异彩，一个基层干部做思想工作的方式，不直接说自己的意见，而是假托一个群众的名义，表示这是群众的呼声。

我那时毕竟幼小呆愚，都没要她进一步解释。下面竹林里又传来叫喊说一起去吃洞子口凉粉，一迭声地催。这事稀里糊涂就过去了。

然而我还是决定要去找唐兵。

我想了一个借口，我借口去王异彩家找她玩，在一个星期六的下午。那时我们星期六也要上半天课的，中午后才正式休息。我跑回家刨了几口饭，激动得吃不下，心跳得难受只有立刻出发才能平复。当然不是为了王异彩，她都不知道我约了她，她在不在家我也不关心，或者不在才好。我要去她家的前一进，唐婆婆守着的院子。

那天很狼狈，因为下雨。从学校到我家总共没几截水泥路，之外全是三合土路、泥沙路，连泡几天都像糨糊一样，稀的稀稠的稠，我的裤腿湿透了，污渍斑斑。中午回家时我妈坚决要我换条干净的，换完坚决不许我出门，我犯了浑，换回脏裤子就跑。她虽然在后面叫嚣，但终究因为心疼自己的裤子而没有追出来。

我到唐兵家时雨勉强算停了，他们院墙的青砖吃透水变成黑砖，墙头上的野草啪嗒啪嗒滴着大颗水珠子。我早就想好要说的话，我就说一句：莫生气了，我们还是有同窗友谊嚜。虽然是从王异彩那里抄来的，但我心也是真的。唐兵肯定，肯定，肯定……其实我不知道他会怎么样，我想象不出。自从重逢，我发现他瘦了，脸上五官的位置也都有一点微妙的变化，他的新的笑容什么样我还没有见过。

院墙很短，几步路往左一拐就能进他家院门，但我刚一拐就差点叫门板撞了头。院门竟然关了，还用一个老铁锁松松垮垮地锁着。我扒着门缝儿看进去,院坝里没人,院角窗下的一溜儿竹凳还在,竹凳上大堆的被褥棉絮也还在,但我瞪眼使劲分辨,唐婆婆没在。檐下晾衣服的铁丝中间垂下一根细绳,绳端吊着一个破塑料杯子,我猜这正是唐兵掟石头练准头用的那个,杯口果然好小。唐兵不知道在不在。虽然门锁着,但他未必不在,万一他在呢。

"唐兵儿——唐兵儿——唐——兵儿——"我把嘴杵近门缝喊。

院坝里很寂静,檐瓦在滴水。斜过去一点能看见那个花坛里的小假山、山后的罗汉松枝,还有山脚那几棵凤仙花。凤仙花叶子很茂盛,而且高大得不像话了,它出卖了假山,衬得它成了玩具。

"唐——兵儿——"我把嘴嵌进门缝喊。

没有回音。

但外边巷子里却传来几个人大声讲话,而且马上他们就从我这个岔口经过。看见我他们好像有点吃惊。

"找哪块?"最前一个男人问。

"咹?我找唐婆婆。"我临时决定找唐婆婆。

"哦,找唐婆婆嗉——唐婆婆回她们乡坝头了。前一向她大儿他们从医院头接起走的,送回安岳老家那边去了——肯定医不好了噻。"话还没说完他旁边的女人狠狠揎了他一下,又低声骂他一句。女人走到唐兵院门口,温言对我道:"不晓得唐婆婆孙儿在不在，兵兵儿你认得到不？"再一低头看见大锁，"哦嗬，门都锁起在的哇。"她抱歉地看着我，问我有什么话她可以帮我捎给唐兵。

我不记得我怎么回答的，肯定很没有礼貌，反正急急忙忙地我就离开了。我本来是想站在那里等的，唐兵总要回来的吧，但被他们一搅和我感觉简直待不下去。我只记得那个女人在后面叫我，问我要不要伞，叫把伞拿去，"妹儿，隔会儿雨要下大的哦——"我听她喊，拐出巷子才听不见了。

我小时候很二，下雨都不知道要躲一躲的，就那么直不棱登地淋着走。走到卫民巷时发现巷子里有个下坡后又上坡的地方被水淹了，过不去，只好绕去横通顺那边走。横通顺有很多半新的居民院子，院子对面临街的是几间连续的茶馆，平常集中了整条街上的老头，长年吵吵嚷嚷。今天茶馆却没什么人，街上也安静。我听见自己的鞋里发出咕叽咕叽的响声，里面当然装满了水。这是一双丁字皮鞋，本来穿着硬硬的很硌脚，现在泡软了还挺舒服。我边走边低头看自己，发现裤脚上的污渍不见了，好像被雨水洗干净了。雨滴还在啪嗒地往下落，落在我的脚面，从我的下巴颏。一抬头瞟见一个男的抱着个奶娃站在前面，他正指导奶娃学自然科学，"看哇，打雷雷，扯火闪，姐姐焦巴湿[1]——"他说。姐姐指我。

---

1 焦巴湿：很湿、湿透。

我看也不看他们，我走我的。到喇嘛寺丁字路口一拐就到我家。虽然我并不想回家。

远远地我看见路口的那个公厕外面站了一个人，淋着雨好像在扣他的裤子，刚从厕所出来。他一边扣一边大声笑骂着什么。我快走近的一刹那我们俩对望了一眼，都愣了一秒，原来是大霸，我笑着刚要打招呼，他却猛然转身回了公厕，喊叫着。我不知他发什么神经，走也不是不走也不是，但站在公厕对面等他是万万不可以的，我只好缓下来走。很快他扯着一个人跑出来，那人刚刚扣好裤子，瘟头瘟脑地朝我这儿看，隔着雨帘，他拼命眨眼皮。但我已经看清楚了，是唐兵。

他看清我时他笑了，还不是抿着的笑，是咧着嘴，我听不见声音，只看见他露着大板牙，非常快活的样子。我们没说话，还没来得及说话，我就看见他身后从公厕里又出来一堆人，都挤在他后面，有二霸，还有戏子、高尼夫、卡西诺，总之整个敢死队都齐了。他们朝我看，二霸别过头好像实在看不下去了，我隐约听见他说："瓜儿笑稀了——太瓜了。"他们几个又商量了两句，大霸说："兵兵儿去说！"推唐兵，唐兵躲开好像表示不肯，但一直笑着。

大霸两次扯唐兵都被他挣脱了，气得只好自己跑过街来找我。"龟儿下炸蛋。"他叨咕。

"给你说，明天中午去下河坝耍嘛，我们这儿一波都要去，女生有你、曾红薇、姚云、卿海燕……"他说了一堆名字，我不停地点头。我们俩就在雨里站着，我看见他的耳垂上挂着渐淅沥沥的水珠，像戏里小姐丫鬟们戴的一对耳坠子，他转头回去指他们那泼人时耳坠子也甩出去。那泼人里的唐兵背对我了，他弯腰捂肚子，因为二霸他们嘻嘻哈哈假装拿拳头捅他。

"明天中午哈！我们过来喊你哈！"大霸说完跑回去。快到他们面前时飞起一脚，虚踢唐兵的屁股，大喊一声："龟儿下炕蛋！——喊老子去帮你说！"那泼人哄然大笑。

我很快就到家了。我妈看见我差点晕过去。她一边给我洗剥一边竭力数落，但我没听见。我只想着一个，这就是他的新的笑容，原来是这样的，咧着嘴，眼睛真正地看着我，而不是抿着嘴斜着瞄我一下再翻个白眼。

其实我现在早已记不清唐兵的笑容，很吃力很吃力才能模糊地拼凑出来。人们说这跟时间有关，久了自然要忘的，但我不是这情况，我是当年想得太多了，看得太多，记忆中的画面禁不起我一再去凝望去索取，高压终于使它崩塌散落成碎片。

第二天下午去了很多人，我到的时候河边都站了好几堆，没想到大霸的人缘其实那么好，他一喊全都跑来了。女生就是我平常玩的那七八个人，王异彩也去了，还有一个我不大来往的曾红薇，他们说大霸喊的，嘻嘻当然啦，都懂的。男生来得也不少，敢死队的两套班子全齐，还饶一个没名分的唐兵。从后面远远地看，原来队伍里的胖子不见了，唐兵真的瘦了很多，头发也好长，硬扎扎戳着。他原先的衬衣塞进裤腰时鼓丁鼓暴的，现在瘪进去，衬衣多出几簇褶裥。

那时叫下河坝的地方，就是现在锦江北门大桥往下这一段。现在捯饬得漂亮了，两岸的坡地无论布局还是草木选材都按照园林的规格，四季常青、鸟语花香这些词都可以用上。然而我一闭眼，眼前还是三十多年前，一条烂洼洼的水泥路，两边住着贫苦的人家。瓦顶上疯长的蓬草倒伏了，青纱帐一样，风把团团的毛絮吹下来，迷人眼睛。门也不是现代的门，而是一块块窄条形的门板镶进地上的槽缝里，因为门板有顺序，所以之间咬合得紧，少有空隙，这么古老不知是哪一代祖宗传下来的。有一次我瞟进一扇破窗户，看见地面似乎是泥巴地，因为竟然泛着绿意，青苔将萌未萌时就是那样一种泼墨洇染的绿意。这条巷巷里住着邋遢的老人和他们看管的邋遢奶娃儿，每次我经过他们都会一直盯着我，我总是越走越快最后小跑出巷口，因为感到他们眼里的凶光像带刺的鞭子浑身上下地抽我。很难见到一个青壮年人。只有一次，我遇上一场惊天动地的吵架，是发生在一对年轻夫妻之间。我仍然没有看见他们，我太矮了又站在外围，只听见男人的咆哮女人的尖叫。他们说的几乎一样，都是脏话、诅咒。听内圈的人传出来的信息，大致是女人刚刚投了旁边的河水，从家后门走下去的，还没到最深的地方就被男人揪着头发拖回家来。现在男人说他后悔了，请她再去跳河，这回保证不拦她。女人说不想跳河了，就想在屋梁上吊死，让男人滚出去她好马上开始操作。女人哭着说不想做人了想做鬼。

他们的房子是一连串房子的尽头，侧面露出一面残破的红砖，葎草铺满了墙根。平常窗子里总是黑洞洞的，里面似乎没有家什没有灯火，明明有一对生龙活虎的夫妻住着却也像杳无人烟。没做鬼也像个鬼屋。倒是临着水，锦江从门前流过。然而那时锦江水质糟透了，乌灰透黄黑，既不能淘米洗菜也不能浣衣洒扫，要说便利，大概真是只有跳河便利。我总有个印象，老成都那些跳河寻短见的人往往集中在我们下河坝，都爱选北门大桥这一段。不知是不是比别处水深水急的缘故。我还听我们院坝的大孩子们说过，有一年亲眼看见从上游冲下来一具尸体，泡得男女都看不出来了，两只胳膊弯曲着翘在水面上。

下河坝穷困阴惨，锦江水腌臜凶险，现在客观地说起来只能用这些词，然而不可思议的是，三十几年前，那里居然是我们的净土，我们的乐园。

我就记得那天到了河边，我们都激动得叫嚷，废话特别多，决定玩个有难度的。我们在岸上站成一排，一个挽着一个的胳膊，要一齐向河心水深的地方迈进，表示我们能征服这条凶狠的河。按之前的风俗，男生女生是不拉手的，双方都认为下流不要脸。但这回风俗忽然就改了。我左边是王异彩，她挽住了我，她左边是二霸挽住了她。我右边是其中一个高尼夫，我刚伸手要挽，大霸把身子隔进来，不让。他朝旁边张望，笑嘻嘻大声喊："兵兵儿——过来！——兵兵儿过来！快点！锤子哦！"唐兵在一旁就是不肯过来，但他一直在笑，不停地笑，那意思觉得大霸疯疯癫癫的。大霸气得嗓子都劈了："龟儿的又下炕蛋！"

忽然，唐兵的手被人挽住，那人拖着他跑到我身边又一把挽起我，是曾红薇。她把我和唐兵连接起来了。曾红薇好像很开心，虽然仍没有什么笑容，但她的声音是尖亮的："齐步——走！"好像怀着无穷的希望和光明。

河水急不急大不大我们看不出来，急又怎么样大又怎么样，我们人那么多，挽得那么紧，铜墙铁壁似的，我们怕啥啊，我们就怕水不够急不够大嘛。

喊着号子唱着歌，我们很快就涉过浅滩。浅滩上都是沙子，实实在在的硬地面很好走。突然脚下一空，我往前扑过去，幸亏王异彩一把拉住。我刚勉强站起来，曾红薇又一个前趴，幸亏唐兵狠命拉住，她站直的时候刘海直滴答水，原来脑门都浸进河里了。我们正要重新挽起来，但马上发现即使使劲伸出胳膊，连手指头尖也碰不上。而且脚下像生了根似的半点都挪动不了。就这两下，我们的队伍冲断了。我耳边听见大霸二霸在叫喊，他们那边也冲断了，也曾有人扑到水里，一样，胳膊再也挽不起来。我低头看了看，水已经淹到大腿，水流好像非常急，想站稳还得使劲。再抬头时，天旋地转，我差点吐了。

我们十几个人零零散散地站在河里，有人在嚷，有人在发愣，没有一个继续往前。我们离目标，也就是河心最深的地方还有一大截呢。但我们像木桩一样杵着纹丝不能动。我后来才意识到这大概是动物的本能反应，在险境里会痴呆。我模模糊糊记得唐兵，他想往回退，想拽着最近的曾红薇和我一起退回去，但只见他上半身扭来扭去，下盘却像石像底座一样稳固。

不知道痴呆了多久，也许几秒钟，也许十分钟，我认为是一下午。

突然膀子一下剧痛，被螃蟹钳住一样，耳边是破口大骂："死娃娃死女子些——"发自一条破烂但又如金石打制的喉咙。还有很多没意义的脏话，仿佛这喉咙气得要飞出刀剑来劈杀我们。我被他钳住胳膊往岸上拖，感觉双腿猛地被拔出淤泥，身轻如燕从水面噌噌噌掠过，终于脚踏实地。其实我们离江岸才几步路。之后又看见大霸二霸王异彩曾红薇和全部两套敢死队成员被一一拖上岸。唐兵最后上岸。

"脑壳都是乔[1]的哇?! 唉?! 死娃娃些胆子莽起大!! 自己来找死嗦?!"拖我们回来的这条喉咙是一个半老头，还有另一个半老头。他们俩都瘦，衣裳破破烂烂，拦腰都湿透了。训话的这个青筋暴起七窍生烟。他每次猛然伸手指指戳戳我都以为他要揍我们。

"去年子淹死四个！前年子淹死十几个！来哇！我给你们说，冬天家都淹得死人！啊！来哇，来告[2]哇！来不来告一盘哇?! 喊你们妈老汉儿带起棺材板板在一号桥等到接人！——来哇！"

---

1 乔：傻。
2 告：试。

半老头儿声嘶力竭,另一个也帮腔。我们都静静地站在地上滴水,大霸二霸那么狂的人也不吭气了。我偷偷瞄了唐兵,他也傻不棱登的,眼睛似乎盯着我的脚。

周围围上来很多人,圆圆的一个场子我们站在最中间,像一个戏班子在表演节目。

"别个联防的——"

"嚯哟联防的嗦!"

"幸好碰到别个联防的巡逻不然嘛……硬是死娃娃些了……哈哈……"旁边围观的闲汉们起哄讥笑我们。只有两个老婆婆好心解围,教我们说话:

"快点谢谢别个!快点说谢谢联防伯伯!命都是别个救回来的!"

"谢谢联防伯伯——"我们哭丧着说,齐声读课文都没有这样齐过。

联防伯伯们惊魂甫定,也骂够渐渐消了气,这才掏出小本子做了一些简单的记录。我们老老实实把学校、班级都招了。破喉咙点头叹道:"好了对了,二天不要瓜眉瓜眼了,这条河危险得很,莫再来耍水了哈,快点儿回去了。"又向围观的人挥手,"散了散了没得看头了。"

人们哄声散去,我一抬头才看见连北门大桥上都站满了人,可见刚才看热闹的规模。再一回头看见唐兵朝我走过来,但他一直盯着我的脚。

"哎呀!"我尖叫起来。原来我两只脚都光着呢!鞋呢?——

必定刚才陷进河泥里了。我说脚底一直很疼，但顾不上看，以为沙石塞得太多，没想到是赤足站在河滩地上。我使劲憋着不哭。

"没事没事，莫哭。"唐兵面对面站着轻声说，"在刚才那边的泥巴头哇？我可以帮你去摸回来。"说完转身就往河边跑，再次去往我们刚刚找死那地方。

"兵兵儿回来！"大霸惊呼，跑去拽他，"你做啥子？"曾红薇也扯他回来。

唐兵被他们两人一左一右押住，只得望着河水发愣。突然又挣脱他们跑回来，轻轻说："我背你嘛？"他眼睛不看我脸只看我脚，好像要只背我的一双脚回去。我哭唧唧："要不得。"他听了也没话，我们就站着一起发愣。大霸他们围上来，二霸说："扶她走喃？喊她跳起跳起走喃？""屁。"唐兵回答。

"不然挵钱[1]？买鞋子？"曾红薇说。唐兵马上掏兜。大家一挵，竟有五块三。可是又一想上哪儿去买鞋子？我们只知道春熙路有鞋子卖，但春熙路好远好远，于是都垂了头。唐兵捏着大家的钱不撒手，"等下哆。"他转身向桥头快跑。我们目送他跑走，完全不明白他想干吗。

"兵兵儿拿的五块哦……"曾红薇说，她也跟着大霸叫兵兵儿。

---

1 挵钱：凑钱。

"嗯，看到了。"大霸皱着眉头。

我也看到了，大家包括我自己掏出来的都是几分一毛，唐兵拿出来的是张五块。五块钱是大票子，黄色，我平常也见得少，但印象深。唐兵有这么大票子啊。

好多人都看到了，二霸他们也在那边嘀嘀咕咕的。

唐兵回来了，拎着个塑料袋，里面还有别的什么东西。他先把钱一一点给大家，大家的钱他没有花出去。他摊开手时五元钱不见了，是两三张毛票和两个绿色的两块。交割清楚后他把塑料袋递给我，"你脚先拿毛巾包起，然后穿塑料袋，就不得遭了，也不得进水。"

原来塑料袋里是四条新毛巾。我依言分别包在两脚上，一脚两张。毛巾又长又厚，我笨手笨脚包了半天。

"嚯哟——懒婆娘的裹脚布嗦……"二霸在我后面奚落道。大家哄笑，我也没羞没臊跟着笑起来。唐兵也忍不住笑，但还是骂二霸"爬嘛哈"。

很多很多年以后，街上流行爱斯基摩式的雪地靴，穿上后两只脚大得失了比例，凸显出一种倒霉的可爱，总觉得我对这创意也有贡献。不过当时真狼狈，刚走几步塑料袋就破了，唐兵说再去买塑料袋，多买几个，但要走回我家一百个都不够。幸好遇见我们院坝里一个叔叔骑车经过，顺路带上我才回家。

我妈见到我前卫的双脚时差点晕过去。打开一看脚上稀脏，她差点再次晕过去。我没法扯谎只能告诉她实话，她听说我竟然下河涉水，一下坐在椅子上，半天道："吃完饭我跟你谈几句。"结果没谈成，因为吃饭的时候我爸打了岔。

"都有谁去了啊？"他很有兴趣。

我说了一堆名字，他绝大部分都知道，对他们他常常喜欢品评几句，对其中一些人更如数家珍。

"啊，大霸带头的啊？——是得他出面才行，他的话可能比班长还管用——班长应该跟他学着点儿礼贤下士。二霸当不了大霸不是打架打不过的问题，还是气度不如。"我妈再三提醒他重点是我下河涉水差点丢了小命，他假装生气道，"怎么可以这样？绝对不可以——唐兵没去吗？"他不看我，头埋在汤碗里。

"去了。他跟大霸的嘛。"

"他最近怎么样，有没有新的感人事迹？好久没听你说了。"

"他借给我钱买的毛巾塑料袋。"我弱化了一切，只说事实。

"借人家的钱明天要记得还哦。"

"晓得。"

"同学关系还是要搞好哦。"

"晓得。唐兵有张五块钱。"

我爸跟我妈对望一眼，我妈笑了："是五毛吧。"

"就是五元，我看见的，有藏族人那个。"

"他小孩子哪儿来那么多钱？"我爸很吃惊。那时候五块钱够我们家去食堂打十几二十个"甲"菜了。

"是不是偷家里钱了？"我妈说。偷家里钱是非常坏的，她认为。同时，她认为我最好的品质就是从不偷家里钱。她一直

241

是这么认为的。怎么说呢，只能说这事我确实干得很干净，一直干得很干净。

"他爸爸妈妈做什么的呀？"

"他爸是司机。"

"哦哦，司机啊，难怪！"他们点头，众所周知司机是金领。

"我家长会上从来没见过他爸爸，只有一个老太太跟我坐同桌了。那是唐兵的奶奶还是外婆？"

"他喊婆婆。"我说，唐婆婆竟然还去开家长会，我觉得她都不可能迈出那个院子呢。

我爸说："他婆婆好像耳背得厉害。你们肖老师当时话说得很难听，叫她——你们娃儿你管不到的话还是要喊他妈老汉儿管一下哦？不然二天升不到初中哦——肖老师当着人说那么难听，他婆婆一直说谢谢老师请老师严加管教。来来回回只会这一句，大声喊着说，我看肖老师直皱眉头。"

"结果他们家就这么管？给大票子？"我妈很不以为然。

星期一上学我妈给我带了一块钱还唐兵。可我给唐兵他却不要。虽说是坚决不要，却又笑呵呵的，很怪我多事。他现在采取了一种新的坐法，侧着，一条胳膊放桌上一条胳膊搭在后面同学的桌上。那时我们合坐一根条凳，而不是各坐椅子，没有椅背，他总是侵占后面同学的地盘。这样一来姿态真是相当难拿，他大半个人朝着巷道，小半个背对着我，每次说话转过来都得至少转一百二十度。

"不要不要不要，拿起走。"他不要我的一块钱，边说边背转身，说完已完全背对我，意思是这事情已被他抛诸脑后。

"要不得，快点儿，我给你放到文具盒里头了哈。"我伸手去够他的文具盒，他嗖地就把文具盒抢走了。我又要扔到他位斗[1]里，他马上转过来拿本书堵上。我趁他注意力在位斗上立刻把钱塞进他外套敞开的领子里，他防不胜防惨叫一声趴在桌上哈哈大笑："嚯哟耍流氓嗦——抓流氓！抓女流氓！——"我也乐得趴在桌子上。

有那么一瞬间我们趴在桌上脸对着脸，眼睛对着眼睛。

"老子淹不死！老子会游泳！"旁边有人大声喊。是二霸。二霸平常总有一点牛皮烘烘的，成都话讲"爱提虚劲"，我不喜欢他。其实他成绩很好，也有过几次很像样的打架的胜利，甚至一点不夸张，他长得很帅，像20世纪80年代的香港明星汤镇宗。可我们很多女生都不喜欢他，就是因为觉得他"爱提虚劲"。

"信你嘞——"王异彩讥笑。她从来看不惯他。

"老子在猛追湾游泳队训练过的，去年子暑假！"二霸气急分辩。他委屈起来倒比平常可爱。

"嚯哟哈哈哈，好凶！游泳池和北门大桥比得到啊？游泳池好深北门大桥好深？"

---

1 位斗：桌框。

"老子游泳池有三层楼那么深！"二霸嗓子都要喊破了，王异彩只是笑，她就喜欢整治这种不实事求是的同学。

"三层楼那么深的游泳池哈哈哈——你还会吹唛，冲壳子哦——"王异彩把两只手卷成个喇叭围在嘴边，朝二霸喊，声音并不大但她做出一种千万人山呼海啸的声势。"冲壳子"就是吹牛，但比普通吹牛在程度上还要严重得多，相当于无中生有。二霸气得踢她板凳，但她根本不在意，转向人更多的地方山呼海啸。

大霸也在跟几个手下吹，说他会游泳，是在简阳乡下外婆家门口的沱江里学会的。沱江比我们北门大桥的水还大，而且都是山里的水，冰清冰清。"我们小舅把我丢到河头就不管我了，我栽没头儿[1]都还没会就喊我游，我游得起个锤子啊。他把我婆的黄狗赶下河喊它追我，把老子吓惨了，老子就会游了噻，老子一伙子[2]游到对岸，气都没换，没法啊黄狗跟到我撵啊！"哈哈哈大家都笑死了，"我们小舅说的，你还没得黄狗姿势优美嘞！"同样是吹牛，大霸的牛大家就爱听，也肯信，还特别愿意归顺于他，我爸说得很对啊，大霸是有气度。

曾红薇也在旁边，眼睛并不看大霸，照样还是一副愁容。但大霸说到黄狗姿势优美时她稍稍抿了下嘴，马上又收住了垂下头，可见听着呢。

---

[1] 栽没头儿：扎猛子。
[2] 一伙子：一下子。

"我要是戴游泳圈就好了。"一个同去的女生说,她小巧纤细但并不娇弱,从一年级到现在她都是全班第二名,第一名倒是换过几次人,可她这第二名是铁打的。敢死队的人都嘲笑她,喊她去儿童戏水池耍算了。虽然那时大家明明都还是儿童,却都认为"儿童"两个字是奇耻大辱。第二名羞愧地捂着脑袋埋到桌子下面去,大家只管跺脚拍桌子狂笑。半晌光见她肩膀簌簌发抖没见她起来,他们才停下,心虚道:"得不得哭了……未必哭了嗦……"结果旁边一个女生拖她起来一看,她哪里是哭,笑得脸红脖子粗气都喘不上了。

听我们说得热闹,还有好些没去玩的同学都要羡慕死了,使劲儿打听。唐兵也吹,说我、王异彩、大霸和二霸我们四个差点被河水冲走,从北门大桥冲到南门大桥去,幸亏他力大无穷把我们全都救了,还说我们应该向他磕头谢恩。我还没来得及骂他,二霸和大霸就冲过来,两人一个抬肩一个抬腿把他抬到教室后面稍微开阔一点的地方,要对他采取一种残酷的惩罚措施。

"舂碓窝!舂碓窝!舂碓窝!舂碓窝!"围上来的人大声喊,越喊越齐,像支排练多年的啦啦队。唐兵身体完全被大霸二霸控制住,胳膊腿儿根本无力反抗,还要忍受不断伸过来咯吱他的无数双手,他一边笑一边嗷嗷叫着求饶。

"舂碓窝"原指一项农事活动,碓窝是石臼,就是在石臼里舂米,用木棒一捶一捶舂去稻谷壳。不知怎么的激发了人们的灵感,依照舂米的动作流程创造了一套游戏,两人抬一人,用

245

他的屁墩儿一下一下地砸在地上，充分呈现羞辱的效果。我在圈外挤不进去，光听见唐兵屁墩儿着地的声音和大家有节奏的"哎哟哎哟哈哈……"，急得跪在凳子上使劲伸脖子，仍然只能看见密不透风的人堆里扬起来的飞灰。还有人爬到桌上站着俯瞰，激动地发出尖叫狂笑。我们这边有句俗话，老辈子们责骂儿孙胡闹时常说的，"嚯哟，房顶顶都要揎翻了！"这话虽是夸张却又写实，我感觉他们抬着唐兵春碓窝时，房梁上真有尘土窸窸窣窣落下来。不知道震动是从地面顺着木头柱子爬上去的，还是太喧嚣了直接撼动了房梁，这间由民国院落的耳房改造而成的教室真个被快乐揎翻了房顶顶。我小学六年，其间有无数的庆祝日联欢会，都是欢声笑语喜气洋洋，但好像都没有今天的快乐。

"十五……十六……十七……十八……十九……二……"啦啦队不知为啥，马上就数到二十了却忽然断了气，水泼不进的圈子忽然乱了阵形，他们把唐兵放下了，一个二个完全没了笑容，唐兵在地上一骨碌爬起来，屁股上的灰都不拍也垂着头往外走。"咋的喃？咋个不……"我使劲喊，想问他们咋不春了，忽然前面站在桌上的男生猛跳了下来差点撞翻我，大家像变了聋哑人一样默默地朝自己座位上拥。我回过头一看，吓得一哆嗦，原来肖老师站在讲台上，阴着脸，而且不知道已经站了多久阴了多久。

其实还没有到上课时间呢，再说下节课也不是语文课。

"区上给学校教务处打电话了。教务处熊主任等一下也要过来。今天最后一节课斠成班会。"等人都坐定噤声，肖老师说。说完停下来，并不看我们，眼睛一翻朝着天棚，瞪着天棚一言不发。我们也跟着看天棚，上面房梁屋瓦还是老样子啊，它们怎么惹着肖老师了，她那么生气。她今天真气得不行了呢，使劲喝了两口大气，好像在努力克制自己，等待自己从失控的边缘一点点平静下来。

肖老师总说她对我们每一个人的情况都了如指掌，谁心里在想什么她一眼就能看穿，不要想瞒她。不过她可能不知道的是，我们也了解她，不比她了解我们少。她今天什么情绪，脾气好不好，我们也是一目了然，她也瞒不了我们。她要是讲课时双臂支开双掌撑在讲台上，那就是全情投入课本，正讲到动情深情处，角度越大动情越深。她若是胳膊拐撑讲台，心情必定奇好，喜欢我们喜欢极了。讲着讲着胳膊逐渐离开讲台，这是个不好的信号，万一最后双臂抱在腹前，那讽刺挖苦立等可取。顶坏顶坏的情况，她后退一步，双臂放下，一手握住另一手手腕，那一定会有一个人，一个具体的人，领受一场暴风雪。

今天怪，她一只手握拳放在讲台上，一只手垂在下面看不到。这我就读解不了了。反正也无所谓，就算她发作起来倒霉的也不会是我，我飞快回顾了近期的生平作为，确实无懈可击嘛。

只见她垂下的那只手缓缓升上来，拳头打开，露出一张字条。肖老师目光从天棚落下来仍不带我们一眼，直接盯着字条，念道："区领导接到东马道、人民北路、酱园公所三街道片区治

247

安联防大队的情况汇报，上周日，灶君庙小学五年级一班部分学生，违反《成都市河道河段管理规定》及《小学生守则》，擅自下河游……"

什么叫头皮发麻？我一直以为这话是一种修辞虚构，但哪有这么文艺，头皮发麻就是一种最老实的陈述，一听到"擅自下河"，我头皮立刻千疮百孔快要爆炸。二霸、王异彩、曾红薇和第二名都坐我前面，二霸的背东转西转，其余三个脑袋深深勾着，脖子都要折断了。我不敢回头去看大霸他们，麻劲儿过去之后我感到已经高位截瘫。

唐兵仍是半背对我的坐姿，但他搁在后桌的那条胳膊滑到他自己腿上。

"是我们学校，我们班。"肖老师放下字条向我们解释，怕我们不知道灶君庙小学五年级一班是我们班，"说是男男女女，一泼人，星期天下午，在北门大桥底下，游野泳，差点遭淹死，是联防的同志，在巡逻的时候发现，及时施救，才幸免于难。"

死寂。

"今天就理抹这个事情。好久理抹清楚了好久再放学。""理抹"在成都话里是调查的意思，但同时带有清算的意味，因而更为凌厉狠辣。

我们肖老师叫肖细娟，名字里有个"细"，为人却是粗线条。头发花灰，两根黑色铁丝夹子狠狠地别到脑后，因为没烫过，发梢很齐很厚像新笤帚的穗尾。她的脸苍白而多皱纹。只穿棕色的上衣。棕衬衫，棕中式棉袄，棕中山装。无论什么料子，棕色都已经发白，像覆了一层白毛，跟空气跟时间磨出来的。我们觉得她很老了，现在想起来可能也就五十出头。那会儿那个年纪的人大多是吃过苦的，从贫苦的童年到艰苦的青年到清苦的中年老年，各种苦楚在他们脸上都留下了深刻的痕迹。我们肖老师好像特别苦，因为常常听她回忆她自己在农村的往事，饿红眼的童年，空口吃新大蒜差点肚子痛死，去堰塘挖芦根差点淹死，上山摘拐枣空心泡差点摔死，偷人家红苕差点被狗咬死，以至于耳朵差点聋眼睛差点瞎都不算什么了。我讲给爸妈听，他们听了也凄然。我问是不是编的啊，为了吓唬我们？我爸说这还用编？她小时候农村应该就那样，她那样的经历也并不独特。又叹道："怎么活过来的……倒也活过来了。"

我们都不知道她是经历了怎样的奋斗才成为一名人民教师，在几位主科老师中，我们听说只有数学老师和教务处熊主任是大专毕业，其余都不是，肖老师还是班主任呢，也不是。但所有这些老师都算上，只有我们肖老师——这是教导处熊主任说的，是唯一得过区里、市里优秀教师奖的。这不是骗我们，有班干部去过肖老师家，说肖老师家用奖状糊墙。

"今年子，我可以明确地给你们说，我们这个班，这个集体，已经没有可能争取到任何荣誉了。先进班级，优秀集体，这些，区上的、学校的甚至年级的，根本连想都不要想了，癞格宝[1]想吃天鹅肉。"肖老师阴沉的语调里透着绝望。

"男男女女一泼人,说的。来嘛,自己承认,是哪个带的头——哦对了!我就晓得是你。"肖老师说话的时候我没抬头,我正在想大霸不承认的话我们是不是也都不承认了,结果肖老师话音未落,甚至连我自己脑子里这句话还没想完呢,大霸已经站起来了。

"嗯嗯回回都是你,基本上。还有喃?——嚯哟嚯哟嚯哟——"
二霸和敢死队的那帮人也都站起来了,桌子板凳一片磕碰。我只觉光线一暗,唐兵也站起来了。他在窗户那边,一站起来我就坐在他的阴影里。但他站起来以后使劲往外靠,几乎站到走廊中间,一下跟我扯开很远的距离。我觉得我也得站起来,我刚动了一下唐兵一脚踢在凳腿上,震得我一哆嗦。我猜他不想让我站起来。可王异彩已经站起来了,紧接着第二名也站起来了,连曾红薇和其余两个女生也站起来了,我心一横,也站起来了。唐兵小声叹了口气:"唉瓜儿。"

大霸二霸他们站起来时肖老师毫不吃惊,因为意料之中。当王异彩,一个她信任的基层干部;第二名,她心爱的、为之骄傲的学习尖子;还有我,一个跟病魔殊死搏斗终于凯旋,她正要树她做典型人物的模范学生,都站起来的时候,她惊愕得、冤屈得,我感觉她快哭了,她的心碎了。

---

1 癞格宝:癞蛤蟆。

"好的。对嘛。对嘛。对嘛。"她不停地点头好像怎么也刹不住,"这样,女生先坐倒[1],我们下来继续找时间再说。不是不处理,要处理,没得那么轻巧。"

一听说让女生先坐下,教室里立刻就传出低低的嘘声,男生们显然很不以为然。二霸转过身,冲着唐兵撇了下嘴又使劲抖了抖肩膀,"看哇,人家好安逸……"唐兵嬉皮笑脸接过话茬,拖长声音道:"就是嘛——"

"唐兵!"肖老师一声大喝,声音尖厉爆破,像支二踢脚在教室半空炸了,"唐兵你再说一遍!"

唐兵也给肖老师震傻了。"我啥都没说啊……"他嘀咕。

"你说了的!你再说一遍!当倒[2]全班!"

"没有啊!没说……"

"你说了的你再说一遍!"

我听见唐兵只说了一句"就是嘛",这算什么话,难道再说一遍"就是嘛"?"就是嘛"就算说十遍一百遍也没啥啊?但肖老师好像气疯了,不停说"你再说一遍",不知道是不是把唐兵的话错听成别的什么话了?

二霸也惊呆了,嗫嚅着想解释:"他真的没说啥啊……"

"闭倒!"肖老师让二霸闭嘴,她声音已经劈掉,"你再说一遍!"

---

1 坐倒:坐下。
2 当倒:当着。

唐兵忽然放弃了，他耸肩笑笑，连眼睛都干脆不看肖老师，而是转过头去看窗外。忽然一阵安静，肖老师好像愣住了，同学谁也没敢说话，只有唐兵自己手上玩着的文具盒，哐啷哐啷的，里面的几支铅笔撞击着铁皮，声响像铃鼓一样清脆悦耳。

"站没站相坐没坐相！"

哐啷哐啷。

"你看你那副样子！一天到黑！流里流气！跟街上的烂眼儿有啥子区别？"

哐啷哐啷。

"不求上进，不学无术，不知羞耻！"

哐啷哐啷。

"——难怪你们妈不得要你。"肖老师忽然平静下来，再也没有声嘶力竭，甚至边说还边笑了笑，好像是对唐兵刚才的笑做了个礼貌的回应。

"难怪你们妈不得要你"，这话我听不明白，大概小孩子很多都被妈妈这样威胁过，当我们淘气惹怒她们时——你再这样妈妈不要你了啊？但这话也太幼稚，我们已经是高年级学生，这种话对我们说我们只会觉得荒唐不可理喻。肖老师真是气到糊涂，说这种不过脑子的傻话。

唐兵的文具盒不响了，他丢在桌上。他还是看窗外，没有表情，我猜他也觉得肖老师可笑。

"死狗日瓜婆娘你说的啥子？！"

全班同学都听到了，大家都去看发出这声狂叫的人。大霸。

大霸侧脸对我，正脸朝着讲台，他说的死狗日瓜婆娘，是肖老师。就算我只能看见他半只眼睛，也感到那时他流露的狠毒残暴的凶光。那一刻他不是威武庄严德高望重的大霸加里森了，他像一条恶狼，也许更准确一点是像只疯狗。我终于窥探到一些他的人生，他毕竟是在灶君庙草市街出生长大的，他与生俱来就带着这条街上那些真流氓的浓厚气息，如果没有什么意外他迟早是他们中的一员。草莽、荒蛮、不顾一切，他使我害怕。

奇怪的是王异彩听到大霸这句话又站起来了，都说了女生不用站的。她僵硬地面朝讲台站着，像大霸一样，只是没有喊出那样的话。但肖老师不看她。

肖老师盯着大霸，她好像很茫然糊涂，这人谁啊？是我学生吗？是个孩子吗？我看得出来她有点断篇儿。她看了大霸好久，忽然啥也不说就走了。其实我们也断篇儿了，她走了好一会儿我们才反应过来她走了。这个班会开得七零八落，前所未有，连完没完都不知道。班上像遭了一场洪灾，大水退了留下满目狼藉。肖老师之前说教导处熊主任也会来的，结果熊主任也没来。大家开始叽叽咕咕不知所措。因为已经发现其他班级的同学放学了，人家呼噜呼噜往外走。我们怎么也没想到这节班会课竟然开了那么长。

嘈杂越来越大，都坐不住了嘛。正乱呢熊主任走进来，"下课，放学。"他说。

这时候整个学校都空荡荡的，人早走光了。但我还走不成，我做值日，在离校前必须在我们班的责任区和后操场巡视一圈确保没有学生无故滞留。我腿脚都有点软炒炒的，像大病初愈，红袖套折腾了半天都套不上。王异彩本来已经快走到门口了，又折回来，一边帮我扯袖套一边悄悄说："我陪你一起。"我感觉她也有点颤颤巍巍的，失了往常的英豪气，今天她当然也吓得半死。

我们俩相互搀扶着往后走，出了走廊，发现下毛毛雨了。

后操场是一片空坝子，听说最早是金沙庵的花园，曾经种过花草，但地皮拨给小学后花草除掉了，坝子一端修了个旗台，竖了旗杆，升了国旗。另一端抵着一个碉堡一样的矮矮的居民楼，楼脚砌了个水泥乒乓台，旁边挖了个沙坑，此外没有别的体育设施。成都一年到头都有雨，这个操场一会儿成水塘子，一会儿成沼泽地，真正接待我们运动嬉戏的时候并不多。但我还是特别喜欢跑来玩，因为这里四季常青，虽然只有三四棵羸弱的香樟树，但墙脚墙头遍生野草，官司草蛇莓草都是现成的玩器吃食。最赏心悦目的是整片坝子的泥地，永远透着幽暗的墨绿，或者闪耀着黄绿，或者泛出蓝绿，不同种类的苔藓斑斓可爱。

但今天哪有心情玩赏，想着敷衍瞄一眼操场就赶紧溜了。谁知道刚到操场，就瞄见不远处两个人在墙根相对站着，咕咕哝哝好像在密谋啥事。再一瞧大吃一惊，是唐兵和曾红薇。他们俩怎么凑到一起。唐兵侧对着我，曾红薇几乎正对着我，看样子像在这里已经站了一会儿。

我不由自主走过去想问他俩为啥还不走，刚迈步王异彩就拉住我，"莫去。"她小声说，"我们走了算了。"我苦笑说我不能走啊，我得把他们请出校门我才能走呢。她也没办法，我们只好退回到走廊有屋檐的地方待着。等了一会儿我跑去看，他们俩还在那儿。唐兵佝偻着背，好像在咳嗽，曾红薇伸手给他拍背，一边拍一边轻轻抹擦，嘴里不停重复说："对了对了……没有没有……"像是使劲安慰他。忽然唐兵大声喘息几口，好像是快要断气一样，停了一下，猛地呜呜地大哭起来。唐兵的哭声没有节奏，节奏是乱的，该掬气的时候不掬气，只顾低号，号到快断气了才拼命呼吸，抽噎时又被自己呛住，又弯下腰去干呕。整个操场都嗡嗡地回荡着他的呜咽和干呕。

我没见过男生哭，没见过唐兵哭，也搞不懂曾红薇怎么会给唐兵拍背。

曾红薇跟着弯下腰去，一只手轻轻给唐兵拍背，一只手伸出来扯着袖口擦眼睛，我才知道她也在哭。她说："对了对了莫哭了哈……兵兵儿莫哭了……"

我手被人死命一拉，原来王异彩跟出来了，她不让我偷看使劲拽我回教室。我就是不走。她只得陪着我靠在墙角他们看不见的地方。断断续续还是能听见唐兵的抽泣。过会儿王异彩叹了口气："哎呀，他们姐姐还不是恼火。"

"吱？哪个？哪个的姐姐？"

"唐薇噻，唐薇是唐兵他们姐噻。他们两个是一对双双儿的嘛。"王异彩瞪着我，很惊讶于我连这点常识都没有。

唐薇是曾红薇原先的名字,一对双双儿就是双胞胎。什么?——我压根儿、从来就不知道唐兵和曾红薇是双胞胎!唐兵是曾红薇的双胞胎弟弟!没人告诉过我,而且他俩长得一丝一毫也不像啊!大概张嘴的时间太长了,我喉咙干得像塞了一把稻草。

"前年子曾孃孃给[1]唐叔叔两个离的婚。兵兵儿跟到他们爸,唐薇跟到他们妈,就是那时候他们妈给她改的名字,跟到曾孃孃姓曾了。原先他们姊妹[2]两个都是我们院坝头的。——唐薇、唐兵、大霸和我,我们四个是一年生的,从奶娃儿耍起的毛根儿朋友,晓得不嘛。"

离婚现在是不算什么事儿了,但三十多年前,算大难,算丑闻,算悲剧。我儿时只觉得茫茫的恐惧。

原来肖老师说的并不是一句笼统的气话,而是有所指——唐兵的妈妈不要唐兵,是真的不要唐兵了。

我忽然听不到哭声,操场很安静,只有毛毛雨的淅淅沥沥。我探身出去看,果然唐兵已经不哭,冲着一堵泥巴墙傻站着。墙头上有隔壁人家的一棵芭蕉伸出来,破破烂烂的叶子就在这姐弟俩的头上滴水。曾红薇低头从书包里掏出一个小报纸包,打开以后露出一块白色的方墩墩的东西,唐兵一把就抓起来往

---

1 给:跟。
2 姊妹:泛指手足,是比较古老的说法,四川方言直到现在也这么说。

嘴里塞。唐薇把报纸使劲抖了几下，好些渣渣粉粉扑落到地上。

是白米酥啊。我几乎能叫出我们这儿所有点心的名字，我早都吃遍了，因为总共也没几样，全都出自北大街口子上那家糖果店。白米酥像是绿豆糕和波斯糖的混合，表面既有松散的干粉末，内心又有甜香油润的玫瑰馅儿，吃起来一会儿绵软一会儿酥脆，不知有多享受。我每次吃都要一小口一小口故意在嘴里拖延很久，尽量拉长幸福的时间。

唐兵张嘴就下去大半个，只剩一小点捏在手里。曾红薇没得吃，她攥着报纸团站在旁边看着她弟吃。他们俩没话，唐兵的腮帮子一鼓一鼓的，他嚼得很急。

突然"嘭"的一声，唐兵一口喷在泥巴墙上，呛得大声咳嗽，白粉白烟混着鼻涕变成白浆白糊从他鼻子里嘴里往外喷，他喉咙管完全给占据了，这下真像要断气。他姐姐又急急忙忙给他拍背。拍着拍着唐兵蹲下去，咳个不停，咳着咳着，咳嗽声又变成了呜呜的哭声。

我被王异彩扯住，她一言不发把我拖回教室。我们俩坐在第一排，各自发愣。过了好一会儿她说他们肯定走了，我们去操场一看果然。我不知怎么的，跑去他们俩站过的地方站了一下。泥巴墙已经被细雨洇透了，从灰黄色变成黑褐色，墙上有一块清晰的白灰斑迹，是唐兵喷出来的白米酥的粉面。雨天天很暗，碉堡似的矮楼里有家人家亮了灯，窗户正对着我们操场。漆黑的方块中心有一团昏黄的光晕，这午后像个半夜。

五

肖老师病了,我们的语文课由隔壁班老师代上。还以为就一堂课两堂课,结果一个多星期她还没回来。代课老师听我们议论,吃惊问,原来你们不晓得?肖老师去医院开刀了,肾上的手术,早就该去医院的她一直拖起,拖到痛得没法了都。

班长组织大家去医院看肖老师。统计谁要去的时候,唐兵举了手,大霸也举了手。我们到肖老师病床前真是大吃一惊,她的脸像垮掉一样,腮帮子坍塌进去两个大坑,下巴大得吓人。除了来来回回说"肖老师祝你早日健康"我们都没别的话,一屋子同学围着她的床眼睛看着地,就那么安安静静地站着。

倒是肖老师自己扑哧笑了:"啥子嘛,默哀嗦?"

大家都假笑起来。肖老师看我们实在尴尬没话可说就要我们离开:"回去嘛,都回去了哈,莫在医院头旋久了[1]。"我们也不懂得推辞客气,也就"嗯嗯嗯"傻头傻脑地往外走。忽然肖老师轻轻喊:"唐兵——"唐兵转回头来,吃惊道:"哎——"

"学习还是要自觉哈,不能因为肖老师没在就耍起了哈。"肖老师温言。

"嗯嗯晓得。"唐兵轻声回答,低头看地。

"二天嘛肖老师还要……"她没说完停住了。

"嗯嗯晓得。"唐兵还是说这句,他是不是都没听出来肖老

---

[1] 莫在医院头旋久了:不要在医院待久了。

师哽咽了。

"肖老师没在大家更要互相帮助哦,快要毕业了的嘛。"肖老师转而向大家叮嘱道。大霸也跟着"嗯嗯",眼睛也看地没看肖老师,但他在门口多站了一会儿才走。

肖老师二天还要干啥?我想不出来,问王异彩她也不知道。但肖老师啥也没干成,因为期末之前唐兵就走了。肖老师没等到"二天"。

我至今不知道唐兵到底是退学还是转学,只好说他"走了"。王异彩先说他是转去他们老家安岳,过后又说不是,是跟他们爸去了康定,在那边借读,又过一阵又改了,说不读了,跟他们爸进了车队,但又过了不久又说年纪太小车队不收,他们爸送他去跟着人家学生意,在阿坝那边做药材山货生意。

唐兵走得很突然,本来一直都高高兴兴的。那段时间临近考试,我们互相抽背课文,他背唐诗背得东拉西扯,我笑得趴在桌子上。轮到我背,我背得那个滚瓜烂熟,他气得摔书,我又笑得趴下。但他数学上去了,比我好不少。我记得他给我讲一道题,没废话,三两句就说清楚,我抬眼看他,竟然觉得他很英俊。胖子乍瘦固然已是惊喜,让我意识到他眉清目秀英姿勃发的是一道应用题,我仍记得那是一道行程题。那段时间真好,可也真短。一开始他没来我总以为他还会回来,但竟然再也没有。

"他们爸打他了……其实不是。"王异彩说,这句莫名其妙的话她解释得也很费力。她说唐兵爸爸最后实在没法了。离婚以后唐兵判给他，他一个跑运输的司机咋个带？还不是只能交给唐婆婆。唐婆婆那时候健康就已经勉勉强强，眼睛耳朵都越来越坏，也没有气力，祖孙两个早都是饥一顿饱一顿的，亏得有邻居帮着。半年前，唐婆婆被送回老家，从那时起唐兵就一个人过。他爸爸给一位邻居留了钱，请人家时不常地管一下唐兵的衣食，他一个月才能回来一两趟。他也给唐兵留了零花费，很多很多，五元。

"有一次他们爸回来，他给他们爸说他不想读了，读不起走了。他们爸就毛了嚛——"

"读不起走了"是一个非常可怕的情形，那时候我们听到都觉得毛骨悚然，因为这句话并不是出自本身，也就是说一个人绝不会自己说自己"读不起走了"，"某某读不起走了"只可能是老师说的，是老师对某某情况的判断，或者根本是判决。

"我们在后头的院坝都听到他们爸吼他，气惨了，还听到哭。我们爸和我们外爷都跑去看，怕打得太凶要不得嚛，结果……"王异彩做出傻眼的表情，"结果揎开门一看，唐兵是被他们爸反起捆到桌子腿腿上的，但是他一滴眼泪都没流——哭的是他们爸！我们爸说的唐兵爸爸抱到唐兵哭哦哭哦，抱起他们儿边哭边骂。"

我没见过唐兵爸爸，只知道他是跑运输的司机，我没法想象他的模样他的哭骂声。唐兵家的天井是寂静的，我眼前马上出现的只有房檐底下牵来晾衣服的铁丝，铁丝上没有衣服，只有吊着的一个破塑料杯子，和珠串似的雨滴。唐兵不在，去哪儿了也不晓得，什么时候走的也不晓得，什么时候回来也不晓得，回不回来也不晓得。

"你不晓得他上次为啥揭发你哇？把你的'区三好'出脱[1]了？"王异彩忽然问。

"……我数学是没上80噻……"

"他不想你降级。肖老师说的得了'区三好'你就可以安安心心降级了。唐兵怕你降级。"

我使劲回忆唐兵揭发我时的表情，但他说那句话时是背对着我，我只能回忆起他的背，只能看到他穿白衬衣的白茫茫的背。

"他们姐姐给我说的。"

"唉——"我半天不说话，我装作愣住了，余光瞟见王异彩一直看着我，我知道她在等我的表态。但我表不出态，因为我不太相信，唐兵那么一个直不棱登的脑袋哪会有这么多弯弯绕，这应该是他姐姐和王异彩的想象吧？她们总是那样，还有大霸，像商量好的，或者都不用商量，总想护着他，顾头不顾尾地。但是，不知道，万一是真的呢？唐兵真的是那样打算的？我只

---

[1] 出脱：断送。

是觉得唐兵的变化在半年之中非常大,万一?我好想去问问他。

但你在哪里啊唐兵?安岳?康定?还是阿坝山里头?

其实我后来也许是有机会求证的,向他本人。隔的时间也不算长,也就六七年。那是我大一的寒假回家,有一天傍晚骑着车在正通顺双眼井那边晃荡,慢慢悠悠超过了前面嘻嘻哈哈横行霸道的一排小伙子。刚超过十几秒钟,听见背后传来骚里骚气的口哨声,"车过来[1]——"他们中还有人嚷。喊,我才懒得回头。但突然有个声音,清清楚楚地喊:"瓜儿。"我一把刹住跳下车,一边使劲在那一排小伙子中搜寻,但他们没停下来,而是往旁边一家台球厅练歌房似的地方拐了,勾肩搭背流里流气。那门口出入的人多,霓虹灯又闪烁,我看不过来。就在眼花缭乱的时候,又听见一声:"爬嘛——不晓得不晓得——"

那肯定是他吧?

只要使劲喊一声他的名字,我就能见到他,但是我没有。只要我追上去一个一个把他们的脸扳过来看,我就能见到他,但我也没有。我推着车站在街边,目送他们去了那种我渴望但不敢去的地方。过了一会儿我才意识到自己太荒谬了。

"爬嘛——不晓得不晓得——"什么意思,就是荒谬的意思。

我们这儿的人都这样,越是担心人家看出来自己惦记什么,就越要把什么定义成荒谬。

---

[1] 车过来:转过来。

哭得响点儿

我在重庆有个大表哥，我小时候很喜欢他，因为他每回来看我爸妈总带一堆东西。而且我跟他可以完全没有礼节礼貌，他刚进门笑着叫人呢："二孃……""孃"字没喊完，我糖果已经抢过来塞嘴里了。我还很喜欢他时髦的样子，整个家族，他率先烫了爆炸头，穿了电力纺的丝绸衬衣。哦，说"率先"是不对的，他的时髦压根儿后继无人。那天在饭桌上外婆还数落他，说他打扮得"怪头怪脑的"。我替他不服管，捍卫道："你不懂！大哥好坤！"外婆对四川话的生僻字不了解，等着我解释，我骄傲地按着大哥肩膀，"坤就是提劲！像……流氓一样！"话刚说完我差点从椅子上摔出去，原来大哥笑趴下了，害我胳膊突然失了支点。他笑得前仰后合，身上的丝绸料子轻薄光滑，非常夸张地颤抖着。外婆笑骂我胡说八道，我妈也骂我，我绷不住了要哭，大哥马上拍我背，又向他们宣布："是的！是像流氓，就是像流氓！——很提劲！"大人们一时笑得忘了理我，全去骂他"挼[1]起嘴巴乱说"。

其实大人都喜欢他,说他憨厚,肯吃亏,让得人,喜纳人。他下面的弟弟妹妹也都受了他的照顾。当然他最早出来工作,做了货车司机,这职业在20世纪80年代很"吃香"的,钱他早早就有一些。然而他赚钱也拼命,川东川西,山崖江边,去过很多我们闻所未闻的犄角旮旯,他长年在遥远而危险的路上跑车。他妈妈,也就是我妈的大姐,在他刚刚成年时就过世了,按说好像,一般这种,亲戚们的来往就渐渐地不大勤了,但他好像之后反而来成都更频繁,在我家偶尔还住一两天。我那时已经不太爱跟外婆交谈,嫌她啰唆、跟不上、太落后。他却跟外婆话很多,他简直就爱她啰唆、跟不上、太落后,他也是外婆带大的。我感觉得到,他非常喜欢我们一大家子人吃饭,"二孃""二叔""外婆",他每说点话就要用这些称谓开头,吃顿饭要喊他们好多次,也不嫌麻烦。

他把火力引开,舍己救我,我给他发誓说这个恩情我忘不了。他微笑道:"那你帮我娃儿起个名字嘛。"原来我大嫂马上要生了。我刚得意地拍巴掌,我爸劈头就一盆冷水:"让她起名字?她老几?!"意思家里有的是学问好的老大。大哥不敢跟我爸嬉皮笑脸,只得算了。我妈问他希望孩子将来做什么,说出来大家好依这个帮着想想。大哥笑道:"不晓得,我又没得啥文化!——我只想他平平安安生下来,拽实点儿,哭得响点儿!

---

[1] 挼:拿。

哈哈。"外婆他们又说他没正形，做爹了还稀里糊涂的。

亲戚们似乎也都各家想了几个名字写信寄去，我也在我家的信上写了一个。我爸看了愣一下，慢慢想起来，微笑了："对的对的，他自己说的嘛，就想娃儿哭得响点儿。"信寄过去，但很久都没什么回音。有一天我妈哭了一下午，说我表大哥突然就病倒住院了。

他去世时也就三十多一点，家里人怀疑他的癌跟疲劳有关系，另外他烟瘾酒瘾都齐的，叫他戒他哈哈大笑，说车队上都这样。他挣来的钱最后在医院里也花得七七八八，加上整个家族的帮衬——也没多少，毕竟家家都穷——全都搭进去，所以给我大嫂剩不下啥。可以想象，我大嫂独自带孩子过得多么艰难。直到再结婚。他们后来很好，那位先生是好丈夫好父亲，我们这边的亲戚都为他们高兴。不过因为不在一个城市，二十几年来我再也没见过大嫂。他们那个孩子，我更就压根儿没见过真人，当初只听说他出生时果然哭得很响，全了他爸的志向。后来再有消息又是十几年后了，亲戚传话说这孩子念完职高就没再继续念，去做了列车员，工作非常辛苦，幸好他自己喜欢，愿意东跑西跑。

前几年，我最小的一个表弟结婚，因为他拖了很多年，他爸妈也担心了很多年，终于要结了，全家都当个大事庆祝，为了"脱险""松口气"的性质。婚宴几乎请了全家族的人，多少年不见的、走大街上打死认不出的亲戚都来了。那天实在太热闹，程序太繁复，单元太冗长，刚熬到证婚人介绍恋爱史我就熬不住往外溜。

大中午烈日当空，我找了好一阵才发现假山背后有座凉亭。大樟树的树荫把凉亭完全盖住，我一边爬台阶一边美滋滋。然而爬上去才发现，最好的位置竟然给人占了。一个大小伙子横在最凉爽视野最好的亭座上打瞌睡。我只得在他对面坐下。最好他识相，或者脾气大不肯跟人分享。我盼望着盼望着。

"咹？完啦？"他忽然一骨碌爬起来，迷迷糊糊问。我笑了，原来也是来吃酒席的亲戚。

"你是男方家的还是女方家的？"我问。

"表姑好。"他说，微笑看着我。

"咹？你是哪家的娃儿啊？"

"我叫声沛。"

（全文完）

巷里林泉

作者_杨云苏

产品经理_张睿汐　　装帧设计_小雨　　封面插画_冷风　　产品总监_王光裕
技术编辑_顾逸飞　　责任印制_刘淼　　出品人_贺彦军

鸣谢

薛薛

果麦
www.guomai.cn

以微小的力量推动文明

图书在版编目（CIP）数据

巷里林泉 / 杨云苏著. -- 成都：四川文艺出版社，
2024.9（2024.11重印）. -- ISBN 978-7-5411-7055-3
Ⅰ. I267
中国国家版本馆CIP数据核字第2024TL3435号

XIANGLI LINQUAN
巷里林泉
杨云苏 著

出 品 人	冯　静
责任编辑	陈雪嫒
装帧设计	小　雨
责任校对	段　敏
出版发行	四川文艺出版社　（成都市锦江区三色路238号）
网　　址	www.scwys.com
电　　话	021-64386496（发行部）　028-86361781（编辑部）
印　　刷	北京盛通印刷股份有限公司
成品尺寸	145mm×210mm
开　　本	32开
印　　张	8.5
字　　数	180千
印　　数	12,001 - 15,000
版　　次	2024年9月第一版
印　　次	2024年11月第二次印刷
书　　号	ISBN 978-7-5411-7055-3
定　　价	58.00元

版权所有　侵权必究。如发现印装质量问题影响阅读，请联系021-64386496调换。